锦灰堆 美人计

萧耳 著

广西师范大学出版社
GUANGXI NORMAL UNIVERSITY PRESS
·桂林·

图书在版编目（CIP）数据

锦灰堆 美人计 / 萧耳著. —桂林：广西师范大学出版社，2017.6
ISBN 978-7-5495-9815-1

Ⅰ. ①锦… Ⅱ. ①萧… Ⅲ. ①随笔－作品集－中国－当代 Ⅳ. ①I267.1

中国版本图书馆 CIP 数据核字（2017）第 125920 号

广西师范大学出版社出版发行
（广西桂林市中华路 22 号 邮政编码：541001
网址：http://www.bbtpress.com）
出版人：张艺兵
全国新华书店经销
桂林广大印务有限责任公司印刷
（桂林市临桂县秧塘工业园西城大道北侧广西师范大学出版社集团有限公司创意产业园 邮政编码：541100）
开本：889 mm × 1 194 mm 1/32
印张：8.875 字数：177 千字
2017 年 6 月第 1 版 2017 年 6 月第 1 次印刷
定价：45.00 元

目录

第二辑　窃玉记

第三辑　偷香记

序：萧耳的“一千零一夜”

毛尖

长发飘飘。长裙飘飘。丝绸语调。红酒眼神。第一次见萧耳，我就心里抹把汗，还好不是男人，否则怕是被她拿下。

没有被她拿下，却经常被她的文字拿住。她写纳兰性德写普鲁斯特，虽然汹涌着文艺青年的爱慕，但摆脱了梦里挑灯腔，因为她是资深又老辣的，一句“纳兰的成长史并没有成为脱缰野马，离开父辈设计的道路，读书，考进士，求功名，纳兰都干得漂亮”，我们知道，她的写作起点不是风花雪月。

跟萧耳熟了以后，很快就感受到了她琴心剑胆的一面。一伙人出去玩，她是永远的决策者。她开快车走黑路，遇到匪人我们筛糠一样，她大声呵斥一句，然后油门一踩绝尘而去，回过头来，她笑意盈盈，说我们预订民宿的未曾谋面的老板要约她山下看莲花。

这是萧耳的弹性，她愿意在《红楼梦》里醉生，也能够在《蝴蝶梦》里横枪。她写西门群芳的寒酸身世和里外算计，直接端出了西门庆作为暴发户的真相，但她显然不想对西门庆的淫欲赶尽杀绝。因为本质上，萧耳不是阶级论者，她是审美主义者，趣味至上派，一旦想到西门庆曾经也是“张生般庞儿，潘安般貌儿”“风流浮浪，语言甜净”，她心就软了。于是她一边戳点着西门官人家的“风雅颂”，一边也帮他辩护两句“此乃时代风气”。

真喜欢看她对笔下男女又是骂来又是爱。《海上花列传》中，几乎每个重要人物都被她如此拿捏过。沈小红、黄翠凤这些当红倌人不说，她写书中资历最深的长三屠明珠，一句“老妓伏枥”把辛酸幽默全部道出。她历数屠明珠的家宴排场，说尽上海滩名妓的声势，也道出了这声势背后无可倚傍的悲凉。李漱芳、沈小红可以懒得奉承恩客，屠明珠不行，青楼之色是经济学，也是政治学。用芳魂说历史，萧耳的方法论是，你们尽管弯弓射大雕，我偏雕羽祭春秋。

一本“锦灰堆”，我最爱她写亚历山大。亚历山大大帝，比我们大三号的巨人。他一路向东，从波斯到印度，狮心如铁，从不回首。“几乎每个人都想衣锦还乡，醉里梦里都是乡音之时，只有亚历山大，对未知世界的欲望超过了思乡的疲惫”，他没有将马其顿当作故乡，沿路他建立了几十个亚历山大城，他不扎根只扩张。历史握在他手里，但是，狮心握在赫菲斯提昂手里。萧耳说，亚历山大与童年好友赫菲斯提昂的同性爱可以称为史上最完美的爱情。而在描述这段完美爱情时，萧耳不仅刻画了两人之间的伟大情谊，她举了一个非常漂亮的例子：茫茫征途，有一次，赫菲斯提昂救下了亚历山大的波斯男宠，为什么要救情敌呢？赫菲斯提昂淡淡一句“你要好好照顾他，因为我有很多事情要做，不能总是陪伴在他身边”；更重要的是，她刻画出了为这种巨大爱情打底的宏阔时代。亚历山大和赫菲斯提昂一起祭拜特洛伊的阿喀琉斯和帕特洛克罗斯，公开他们的同志关系，当战败国波斯的太后错认赫菲斯提昂为亚历山大时，亚历山大宽容地说："没关系，妈妈，他也是亚历山大。"

因此，亚历山大之大，也是时代之大，萧耳喜欢这样的文史乐理，喜欢从一只鸽子的痛苦中眺望世纪末的黄昏，在里斯本的酒馆回望昨日的世界。她的个人姿态既傲娇又散漫，同为写作者，我的所有文字都是约稿催逼稍微穿戴一下就出门了，但她这十几万字却闺秀般在自己宅邸养了多年，在这个匆忙急躁的年代，她守护的不仅是自己阅读经典的余裕，更是文艺青年和文艺最两情相悦的时刻。

此书记录了萧耳的"一千零一夜"，当你对烦乱的朋友圈或者各种新闻报道生出绝望的时候，打开它——它是你不用下山就能看到的莲花。

第一辑　锦灰堆

《金瓶梅》缘起：大运河上的酒色财气

皇皇大著《金瓶梅》自张竹坡等点评本外，如今又有了堪称经典的格非版点评书《雪隐鹭鸶》，现世对《金瓶梅》的研究，也终于热了起来。除四大名著外，《金瓶梅》这本书可称为永不过时之书。

托名“兰陵笑笑生”的《金瓶梅》于我是奇书、有缘之书。早在读中文系的时代，研究清诗的老师朱则杰要我们效仿金圣叹“雪夜读禁书”，此“禁书”正是老师提供的。于是就读完了惊世骇俗的足本《金瓶梅》。这本毁誉参半的、姑妄认为作者是“兰陵笑笑生”的黑暗之书，和西蒙·波伏娃的《第二性》，成为两本拥有足够火力颠覆我求知之年三观的书籍。时隔多少年，那年秋风里，在京城的格非跟我说起快要完结一本写《金瓶梅》的书，会先发给韩少功等几个道中朋友过目，修改后再端出去。后来我也终于等不及新书上市，向格非要来电子版先睹为快了。此后《雪隐鹭鸶》出世，不仅《金瓶梅》和《雪隐鹭鸶》不能隐，连格非自己都不可能隐了：此书的各种屠榜，加之媒体的轮番轰炸，已经让格非到了又怕又厌的地步。他感叹要赶快忘掉这本书，才能再写别的。

不过我们早就约好要好好谈谈这本书的。首先，《金瓶梅》里的运河是我们共同的敏感点。有十六世纪喧腾的京杭大运河，才有运河码头的喧腾的临清。格非慧眼从《金瓶梅》中频频写到临清钞关，识出《金瓶梅》“假托于宋，实写晚明”。也正是十六世纪后晚明时期的运河漕运，才将西门庆的生意一路从临清牵扯到杭嘉湖一带。苏州，杭州，湖州，西门庆的货船都来过，他的财富梦也曾到过。

小时候我在运河边读《红楼梦》，也觉得有意思。当年林黛玉从她父亲林如海做官的扬州去京都贾府外婆家，就是坐着船从大运河上走的。黛玉沿途就要经过西门庆的家乡山东临清，再一路向北，到京城北京。贾雨村一路护送林如海家的金枝玉叶林黛玉到京都，有一大段水路与西门庆叫来旺儿去杭州贩货的路程是重合的。《金瓶梅》第二十二回《蕙莲儿偷期蒙爱，春梅姐正色闲邪》，说到了西门庆派家人来旺儿去杭州做生意。西门庆因为看上了来旺儿的漂亮媳妇宋蕙莲，为了把来旺儿支开，方便与宋蕙莲暗通款曲，就设了一计，交给来旺儿五百两银子，往杭州替蔡京制造庆贺生辰的锦绣蟒衣，还有家中主子妻妾们穿的四季衣裳。当时下江南的这一趟，从山东临清到浙江杭州，来往要半年期程。等到这来旺儿回家，除了交买办公物，还悄悄送了与自己有私情的孙雪娥一些杭州采办来的女人的饰物，有绫汗巾、装花膝裤、杭州粉、胭脂等，应都是当时的时兴货。那时潘金莲等坊间爱俏女子，还时常梳一种从江南流行起来的时髦发型，将头发用网罩网起来，叫杭州纂儿。后来西门庆为了独占宋蕙莲，又曾打过主意让来旺儿带一千两银子同主管往杭州贩卖绸绢丝线做买卖，可惜被与宋蕙莲有过节的潘金莲巧言搅局，改派了别人。当时几百两银子就可以买个不大不小的宅院，一千两银子的杭州买卖，已经不算小宗生意了。

西门庆家的奢侈丝织品货物，要从杭州运回山东临清，得经过我故乡的运河码头塘栖。《三言》作者冯梦龙生活的年代也是在晚明，运河边苏州人氏，曾在格非的老家丹徒当过小小的县训导。宋元话本《三言》翻着，时时能感受到运河边流动的水气。小时候，冯梦龙的《杜十娘怒沉百宝箱》被改编成电影《杜十娘》，就在我家附近的河边取景拍摄，一时盛况，镇上百姓从四面八方赶来，站在桥上围观，看河上热闹地拍戏。名妓杜十娘是潘虹演的，那时候潘虹真叫美，女神一样的人物。我们在桥上看女神坐在船里哭着，或以为自己真的看到了女神脸上的眼泪，下了桥各自吹嘘，那些真是属于古运河边的好时光。那来旺儿办了货再北上，还得经过格非的故乡江苏丹徒，也是运河码头。

西门家的生意还做到了浙江的古严州府一带。《金瓶梅》开篇头一回，讲西门庆热结十兄弟，称出四两银子叫家丁来兴儿买的食物中，就有五六坛浙江的金华酒。第二十三回，新春佳节，孟玉楼、潘金莲、李瓶儿三妾在房中下棋，赌五钱银子，三钱用来买金华酒，可见金华酒又是这几位美妇人的所爱。金华酒是江南的黄酒，至今我的朋友中还有人极爱喝这种酒，一到雪天，就念叨着雪夜喝金华酒乃人生快意事。《金瓶梅》中山东临清的北人喜饮金华酒，虽是小说笔法，但也可见明末南北商品流通极为发达，甚至已改变了人们的饮食习惯，北人也爱喝南酒。《金瓶梅》中西门家日常生活里特别是节庆之日，这金华酒每每出场助兴，特别受西门庆和各位美人抬举。

到第五十八回，西门庆一路发达，资财更见丰厚，买卖更是大手笔。他以扬州贩盐所得巨利，到杭州再做丝绸生意，这次出手一万两银子，从杭州运到山东临清贩卖。当年江南的丝绸到北方很受欢迎，富贵人家穿的是南方运来的绫罗绸缎，西门庆敢下手一万两银子，赚的肯定不少。笔者因是杭州人氏，对《金瓶梅》中提到的跟杭州有关的物事，就格外地留神些。《金瓶梅》全书中，扬州、苏州、杭州这三大明清时期的运河富庶名都，也是西门庆的生财之地。

如今京杭大运河成功申遗，对运河的敏感，也使我想探问一条河对晚明世风的影响。在《金瓶梅》前后，冯梦龙的《三言》和凌濛初的《二拍》中，就有很多处对运河沿岸码头的世情描写。因为商品经济的发达，个体工商业的兴盛，明初运河边就已产生沈万三这样的巨贾，所谓资本主义萌芽，使原本重农轻商社会的种种礼法的枷锁有些松动，金钱、欲望的表达在市井社会渐渐有了一些空间。明末清初，坊间流传颇多以警世说教为名、实则金钱情色暗涌的文学作品，或许在这种大背景中，才出现了一部干脆连警世说教的幌子都懒得打的《金瓶梅》。

《金瓶梅》的世界是礼崩乐坏的，其实明末文人的生活普遍奢靡，就像张岱、李渔这些明末风雅文人，他们在明亡之前的私生活，也曾是鲜衣怒马，呼奴蓄婢，造园及戏班盛行。

格非说彼时江南地区的富裕不一定要依赖运河，运河对于江南流域来说不是举足轻重的，因为当时江南的海运也已经相当发达。但运河对整个北方经济的影响却是巨大的，没有运河，淮安和临清不可能成为商业重镇，《雪隐鹭鸶》中提到，当时八大钞关有七个就在北方。运河的繁荣，运河沿线民风的淫逸、欲望的赤裸，或许比其他地区更盛。因为资本总是以自己的逻辑制造着附属于资本之上的人性，比如对财与色的贪婪。这种人性的张扬，是有别于晚明之前的传统农业社会的。《金瓶梅》中，西门庆及弟兄、潘金莲、李瓶儿诸男女非常直露的不再压抑的欲望诉求，跟从前以儒家思想为本的中国社会有很大的不同。

这个世风的变化跟运河文明的发展到底有多少关系呢？运河与非运河流域在明末的世风人情上有多大的区别？这些问题却依然不能妄下结论。因为鲁迅先生曾断《金瓶梅》的淫邪在当时是时尚，淫邪之风遍及朝野，颓靡之风渐入士林之流，这已经不独是运河流域之世情了！

格非对西门庆家盛衰史的洞察是刻刀一般入木三分的，他看到明代的商业社会跟今天完善的商业社会完全不同，《金瓶梅》中虽也出现全民皆商的现象，小说中没有务农的人，大家都在做买卖，在运河沿岸这些地区有这样浓烈的商业氛围，会以为商人作为新势力势不可当，但西门庆家的财富都在流通之中，聚散又尽在朝夕。西门大官人一死，忽喇喇大厦将倾，这一种速败，虽阶级门第大不同，但与《红楼梦》贾府自元妃死后的急速败落又何其相似。

西门庆的财富链条也是非常脆弱的，因他还是处于宗法制的社会中。人不在了，财就散了，没法成为“恒产”。但在这种脆弱中，社会的新因素已经一一破土，它导致晚明的社会转型：价值观在变，同时社会的风气、人们的道德观都在变化之中。

格非喜欢说西门庆是个浅人，绣像本《金瓶梅》的批注者李渔也这么说。西门庆身上似乎已经表现出近代社会的契约精神，但他依然是个浅人。财富给他带来巨大的幻觉，他以为西门家的财富帝国会一直延续，这种幻觉使人变得浅薄。财富也带给他巨大的虚妄。他看不清即便活着，当时社会阶层之间的上升通道其实并不通畅，他也就只能攀爬到正千户这一步而止。即便西门家极盛之时，他在送上重礼的情况下，也只见了权臣蔡京一次。所谓拜干爹，不过是一厢情愿的虚妄。那干爹看你这一方地头蛇有几个钱可以给他上贡，上了贡，也让你叫几声干爹占个便宜罢了。

《金瓶梅》品：攀个高枝儿

人有两种属性：一是自然属性，二是社会属性。先看男女关系，李瓶儿、孟玉楼、潘金莲女子好色，见西门庆而生情思欲。西门庆到底什么样？我们都没见过。书中只说他“风流子弟，生得状貌魁梧，性情潇洒”，在潘金莲、孟玉楼、李瓶儿的初见印象，这二十五六岁的官人“长腰才”“张生般庞儿，潘安般貌儿”“风流浮浪，语言甜净”，三美女几乎对西门庆都是一见钟情，而久经世故的媒婆王婆更是一语中的：所谓“潘驴邓小闲”，西门庆一人全占了。金莲、瓶儿、玉楼的初衷，都可谓因为人的自然属性，嫁给了一表人才的西门庆。富姐李瓶儿和孟玉楼原来都是正妻，却倒贴了钱财家底，甘愿进了西门庆的家做妾。

《金瓶梅》中，最见过世面的应是李瓶儿，从花子虚的正妻甘愿下嫁为西门庆的六妾，只能说李瓶儿爱色贪淫的自然属性太过强大。李瓶儿的起点就是大名府蔡京女婿梁中书的小妾，梁中书被李逵杀了全家，李瓶儿因梁中书大妻善妒，住在外院，得以幸免大祸，带了一百颗西洋大珠，二两重一对鸦青宝石出来，嫁为有权有势的广南镇守花太监亲侄儿花子虚的正妻，就住在西门庆家隔壁。后来花家一些宫中所赐的宝贝名物，也大抵落到了瓶儿手中，带到了西门庆家。西门庆给蔡太师上寿，少两匹玄色焦布和大红蟒，买也买不到，还是李瓶儿来开了私箱，拿出织金边的五彩蟒衣，那货色要比杭州织来的花样更强几倍，这等西门庆从没见过的好货，自然是瓶儿从先前的梁府中带出来的。李瓶儿遇见西门庆，一见倾心到没办法，再三称西门庆是“医奴的药一般”，也难怪风流成性的西门庆，也爱重瓶儿“纯粹”与情痴。

宋蕙莲、王六儿这几个底层妇女，甘当西门庆的泄欲工具，动机却要复杂得多。首先她们眼中的西门庆社会地位高，有钱有势，搭上西门庆能改变自身的命运。最可悲的是脚比潘金莲还小的来旺儿媳妇宋蕙莲，搭上了西门庆后，就乔模乔样地装扮自己，自己原来在厨房的分内活儿都不乐意做了，只在西门庆几个妻妾的身边混，仗着西门庆的宠爱，还敢和潘金莲处处别苗头，就此埋下了祸根。“小人得志”的气焰，连平时温文无争的孟玉楼都看不过去。一次在西门庆妻妾几个下棋小赌时，宋蕙莲在一旁不停地插嘴，被孟玉楼看不过训斥了几句。但宋蕙莲还是做着成为西门庆第七房小妾的梦，最终丈夫被西门庆设计陷害，自己的晋升阶梯也被西门庆的几个不想让她分宠的小妾挡住，又被和自己同样身份的西门庆家仆媳妇咒骂讽刺，羞恨交加，只落得悬梁自尽的下场。惠莲红颜薄命，有一颗于连的心，却和上了断头台的于连一样，终究功败垂成。

另一位韩爱姐的母亲王六儿，与西门庆厮混的目的似乎更为现实。第三十七回《冯妈妈说嫁韩爱姐，西门庆包占王六儿》中，王六儿二十九岁，有几分风骚，却也不是传统意义上的美人，是个紫膛脸儿，可见西门庆的口味极重。这王六儿一听虔婆说西门庆对她有意，就喜形于色，脱口而出："他宅里神道相似的几房娘子，他肯要俺这丑货儿？"一成为西门庆的姘头，王六儿家得了五十两银子，衣服头面的穿戴有人照应了，还给她三间好房子住，买了个侍女享用。王六儿丈夫韩道国，在这不错的利益面前便默认了妻子与西门庆通奸，戴了绿帽还不忘吩咐老婆要敬业一点，好好奉承西门庆。从此有了西门庆保护，清河县中一般人也不敢惹他们了。

王六儿毫无顾虑就用身体攀了高枝儿，只恐一旦西门庆玩厌了喜新厌旧，自己的利益也将不保。到《西门庆乘醉烧阴户，李瓶儿带病宴重阳》一回，西门庆疯狂地性虐，王六儿曲意忍辱奉承，这极不平等的床笫事，使人从荒唐淫欲中读出了人生的无限凄凉，为西门庆的无耻、王六儿的卑微直要流下泪来。

攀高枝儿的生态，就像一架云梯，上面按等级分别地攀爬着各色人等。《金瓶梅》第四十六回《元夜游行遇雨雪，妻妾戏笑卜龟儿》，小人物贲四娘也着意要巴结一下西门庆家的"红人"。像她这等下人仆妇，自然不敢去请西门庆和吴月娘这等尊贵主人，连西门家的小妾也是高攀不起，但贲四娘又心思活泛，看着被西门庆包养成外室的王六儿难免眼热，于是设家宴请春梅、玉箫、迎春、兰香四个得宠的丫环到她家坐坐。好不容易这四大“红人”获准到了她家，贲四娘喜出望外，“如同天上落下来的一般”。后来贲四娘果然效仿王六儿，用身体搭上了云梯最上端的贵人：西门庆。

《金瓶梅》明写宋朝实写晚明，晚明世风日下，礼崩乐坏，大厦将倾之时，社会各阶层更是蠢蠢欲动。西门庆想攀高枝儿，他眼界里的各色人等也想攀高枝儿，以抬高自己身价。小说一开篇，西门庆就热结十兄弟。西门庆作为高枝儿，就给应伯爵、谢希大、吴典恩、祝实念等破落户子弟攀上了拜把子的兄弟，为的是从大手大脚的西门庆手里捞些好处，当然西门庆愿意和他们结交，也是看上这些帮闲者自有帮闲的用场。整部《金瓶梅》，这些你来我往，拜兄弟拜干爹拜干妈的“热”，却处处见得世情的“冷”。

人往高处走，做人处处就得讨巧卖乖。先前已被西门庆梳笼的妓女李桂姐，后来又偷偷和别人相好，见西门庆升官，赶紧抱起吴月娘的大腿来，拜了月娘做干妈，为此她的院里姐妹吴银儿就犯了酸，怨愤李桂姐瞒着人干这趋炎附势之事，又见成了干女儿的桂姐坐在吴月娘的炕上，卖弄起女主人女儿的身份来，感觉比自己要尊贵了，心里更是不爽。吴银儿被同样势利眼儿的应伯爵一语道破天机：李桂姐认干妈的目的，无非是西门庆加官晋爵，势力大了，怕他以后对她不再像先前有新鲜感时那么热络，去妓院里走动得少了，所以要借着认干女儿往来，断绝不了她和西门庆“这门儿亲”。机灵的应伯爵还立刻给吴银儿指明出路：“他认大娘做干女儿，你到明日也买些礼来，却认与六娘做干女儿就是了。”吴银儿失落之下，赶紧也如法炮制，拜了生了儿子官哥儿正得宠的李瓶儿为干娘。李瓶儿有钱又为人大方，与吴银儿交好，赏赐也多。

可见能在烟花柳巷混得出色的，不仅貌要出众，还得是伶俐人。后来李桂姐得知吴银儿不甘落后也攀了干娘，抢了她的风头，很是生气，两个院中姐妹别苗头别得不说话了。但“干母女”真情又有多少呢？后来最得意的李瓶儿先是死了官哥儿，自己又重病而亡，这吴银儿就不怎么去干妈处走动了。李瓶儿重病，吴银儿这干女儿人影儿不见一个，直到瓶儿死的第二天才姗姗来迟，得了瓶儿慷慨的临别馈赠之后，才哭了几声。《金瓶梅》之人情冷寒，可见一斑。李渔曾评点李瓶儿和吴银儿是一对好人，比潘金莲和李桂姐要好上许多，看来吴银儿也有些辜负李笠翁的看重了，情深情浅，一眼便知。连张竹坡都看不过去，戏谑道：“娘死而女不知，方是干女。”伶俐人未必是有心人啊。

西门庆的“后宫”中，长得五短身材、也有几分姿色又有一手好厨艺的孙雪娥，性格却不够伶俐聪明、巧言令色，反倒不如只是被收用的潘金莲房中丫环春梅更受重视。雪娥失宠，只看西门庆家过年期间叫来裁缝做衣服。妻妾有别，正妻吴月娘的衣裳最隆重，其他四妾都是一样的配置，有锦缎衣服，还有袍子，只有雪娥只有两套衣服，没有袍子。大约袍子是重要节日时大户人家妻妾出门时披的，而每有这种出动，雪娥总是被留在家中看家的那一个，平时也只在厨房里忙活打理一家人的吃喝。而春梅恃宠向西门庆讨新衣，心气高得还要与回娘家躲难的西门大姐攀比。一个是夫家再落难，毕竟还是西门庆原配生的女儿，一个是潘金莲的丫头，春梅竟能恃宠而骄，张狂若此。世情之冷暖，一部《金瓶梅》就可以看得透了。等孙雪娥与家仆私通败露，此后地位越来越不保，最后这没时运的西门庆第四妾，先在当了周守备夫人的春梅那儿沦为灶下婢，后来干脆被春梅卖到妓院，怎一个人生冰冷刺骨寒。

至于吴月娘这样吴大户的女儿、西门庆的正妻，为何也愿意让丽春院的妓女攀自己这个枝儿，当人家的干娘，还是颇费思量：一是出于明末社会当时的社交需要，大户人家家中请客，也要请些堂子里的姐妹们唱曲，时间久了也便熟络了。有些官场商场的应酬，不放家中而是放在妓院里更为方便。二来，李桂姐、吴银儿等人，就像西门庆的那些帮闲兄弟，也可给内室女眷充当帮闲的角色，给大宅妻妾们平日无聊的生活助个兴儿，解个闷儿。三来，堂子出身的干女儿，到底显出了西门庆家的门第之浅——虽有了些财势，毕竟还到不了云端，只是接着地气儿的市井本色。

拜干爹干妈这种事情，基本都是审时度势的“会来事儿”，看看吕布吕奉先，又有几个“假子”靠得住？利益面前，有时连嫡亲的父子都要反目，更不必说假子了。但拜干亲这两方面，依然是一个愿打，一个愿挨。结这种亲，比结儿女亲家自然更灵活，更方便进退。

到如今，在民间无论上层还是下层，结干亲的事依然流行，娱乐明星要上位，也时兴拜个有钱有势的干爹干妈，以求日后行事有个保护伞。要说动机，还是“有用”为上。《红楼梦》中王熙凤把巧姐儿拜给刘姥姥家结个干亲，原是为了富贵人家的娇小姐好养些，谁料贾家败落后，这巧姐儿还真是靠刘姥姥家保护，没有被狠心的王家亲戚卖掉，才有了一份贵族小姐也未必命中能有的踏实生活，当初王熙凤对刘姥姥的善待，也得到了回报。

要攀高枝儿，其实都要付出代价。有钱的出钱，没钱又没地位的，只能肉偿，或屈身卖笑。西门庆拜干爹，拿钱攀个高枝儿，得了个金吾卫副千户，顶了千户的员缺，居五品大夫之职。正妻吴月娘因此也成了夫人，顶受五花官诰。李笠翁批：“蔡京受私贿，擅私宠，作私恩。已画出一私门矣。”批得妙绝。第五十五回《西门庆两番庆寿诞，苗员外一诺赠歌童》，讲西门庆进京贺寿，第一次进了蔡京的宅第，也是刘姥姥初进大观园一般。连李笠翁旁批也不禁感叹：“西门庆居家亦可谓富贵矣，今以此相形，便觉纯是市井暴发户景象，富贵宁有极耶？”西门庆以巨资贺寿，这蔡京也是见钱眼开，在生日正日，“独独请他一个”，亲自轩下相迎，两个喁喁笑语，真似父子一般。正所谓当势利时，一种亲爱情景，亦易动人啊。但此殊荣也只此一回，识相的西门庆叩谢了干爹，得体地说：“爷爷贵冗，孩儿就此叩谢，后日不敢再来求见了。”

西门庆能将家庭事业做得比自己父辈更上一层楼，在于他也是个洞察人情社会的聪明人。除了奋力抱上蔡京的大腿，对他眼中或许将来有用的“高枝儿”，花十二分心思结交，唯恐照顾不周。蔡京的另一干儿子蔡状元，和同榜进士杭州人安凤山一路同行，回乡省亲，这两新科进士都不太有钱，途中被接到西门庆府上，在西门家新建成的豪华私园中游园作乐，又下榻于藏春坞雪洞，还暗暗派书童去满足了安进士的男风癖好。临行，西门庆又送给两位新科进士厚礼：“蔡状元是金缎一端，领绢二端，合香五百，白金一百两；安进士是色缎一端，领绢一端，合香三百，白金三十两。”比这两位对在西门庆这儿化缘的预期回报高多了。虽今人难知古人的金缎、合香、领绢等是什么价值，但看这一百三十两白金，也算是重贿吧。西门庆只是慷慨卖阔么？这一次大“放血”，为的是在朝廷中放个长线。如果说蔡京是如日中天的绩优股，那么这新科中榜的蔡状元和安进士就是潜力股。西门庆的算盘中，这也是有用的“高枝儿”。

有些攀，是对方在你眼里是“高枝儿”，你在对方眼里也是“高枝儿”，那样的枝儿交缠枝儿，才有了两情相悦的热闹。在《金瓶梅》中是新贵与旧贵的结交。西门庆发迹，先是买了对过乔大户的房子，两家走动起来，还将李瓶儿新生不久的官哥儿和乔大户新生的长姐结了儿女亲家。说是那一日，两个小婴儿在炕上你打我，我打你，像小两口儿，毕竟只是用来玩笑的作张作致，两家有意互攀了巩固势力，倒是真相了。这门亲事，西门庆内心还觉得不般配：因那乔大户是白衣，而自己已经是五品官，当官的和白衣人怎生相处？西门庆爱这宠妾生的头生男孩，内心并无嫡出庶出之念，因而本可慢慢待价而沽，如今被几房妻妾一起哄做了亲，觉得这个亲家攀得亏了。但吴月娘这正妻并不这么想：自己丈夫的庶出孩子，去配那乔大户家是正好，至于以后自己的嫡出儿子呢，那自然另当别论了。

有意思的是两家定礼、迎接新亲之时，为了表示隆重，西门庆的家人媳妇、妻妾丫环，都要插金戴银、披红垂绿地打扮起来。吴月娘率众妾，一个个打扮得粉妆玉琢，锦绣耀目，出二门迎接。这就是西门家的排场。乔大户家为了不输尊贵和面子，家中类似于《红楼梦》中贾母地位的乔五太太亲自出马。乔老太太的豪华轿子领头，后面黑压压一群人，五顶大轿，使藤棍喝路，四名校尉，还有两个青衣家丁骑马跟随。可见乔家人出个门，刻意地摆出个大排场以壮声势。姜还是老的辣，乔五太太年已七旬，还要亲自出面打这一仗，谈笑之间，就抬高了乔家的身价，原来乔五太太有个亲侄女儿，是当今皇上的东宫贵妃娘娘，其身份之尊，相当于《红楼梦》里的贵妃元春。而这贵妃父母都没了，只有乔五太太这姑妈最亲。然后说她丈夫乔老爷在世时也是世袭指挥使，只是身边没有儿孙，只得过继了这侄儿乔大户。一番“说起来话长”，乔家直接成了“皇亲国戚”，乔五太太又轻描淡写的一句“手里没钱，如今倒是做了大户”，又暗示了乔家看中的是新贵西门庆家的财富，而非门第。这是一桩富与贵的联姻，两家都不吃亏。虽然那定礼之日西门庆托故有公事不曾露面见亲家，但事后，或许是因为得知了乔大户的来头，打消了心里对这新亲家的轻视，西门庆于是也不敢再怠慢，赶紧回了礼。

西门与乔家拿小婴儿结亲家一事，看双方互探家底揣摩实力，见招拆招，也是绝了。

十六世纪以来东西方各社会制度中，都曾有贵族与新富阶层金钱与门第的联姻，西门庆本来给女儿西门大姐结了门好亲事，女婿陈敬济之父是八十万禁军杨提督的亲家陈洪，也算与豪门沾边，怎奈很快获罪败落，等于西门家重要的靠山没了，只能靠自家打拼。西门庆此人松中有紧，形势突变，一度只好夹紧尾巴做人。西门家造了一半的园林也不敢继续了，眼巴巴等着他的李瓶儿都忘了娶，结果瓶儿急吼吼嫁了蒋竹山。再总结西门庆的"情史"，一辈子连普通的小家碧玉都攀附不上，淫的都是下等阶层的女子。他娶妾除了为色，更是为财，娶孟玉楼和李瓶儿，则是财与色一箭双雕。孟玉楼财大于色，李瓶儿色大于财，说明西门庆靠敛财发迹的历程尚未圆满完成。格非所著《雪隐鹭鸶》中，提及西门庆除正妻吴月娘外，共淫女十九人，西门群芳的寒酸身世，似乎也端出了西门庆作为暴发户的真相：他的社会地位，或者说精神地位依然是有限的，他靠财势向上攀爬得吃力，一旦一命归西，根基不深的西门家便很快败落。

《金瓶梅》的小范儿与《红楼梦》的大范儿

西门庆这名字几百年来如雷贯耳，但西门四泉又有几人知？西门庆，号“四泉”，但西门庆并没有多少机会用得上这个号，只有与回乡省亲的蔡状元、安进士等朝中文官和读书人相处时，才谦称自己“贱号四泉”，“因小庄有四眼井之说”，而那蔡状元的号偏偏叫“一泉”，四泉对一泉，西门庆只得鹦鹉学舌，改用文质彬彬的官方话语体系。西门庆从小不好读书，要他脱离市井语系改用官场雅语，也是有些为难他了。但新兴商人阶层要由富到贵，就像日本古代武士阶层要由武到贵，还是得学一点文质彬彬的腔调的，这一点，聪明人西门庆也是知道的。

且说富贵闲人的四时风雅。古人以造私家园林为风雅事，赏心乐事谁家院，没有园林可不行。西门庆先时因父亲西门达贩卖药材发家，在清河县城开着大大的生药铺，住的是门面五间，到底七进的房子。后来西门庆发迹，在家大造园子，为此不仅占了花子虚的老婆李瓶儿，还趁火打劫巧取了花家的园子，两园打通了合二为一，新造了当地最气派的私家园林，那回乡省亲的新科蔡状元和吴进士到了西门庆家，顾盼园池台馆，只见花木深秀，一望无际。

读《金瓶梅》的时候，你会恍惚，西门家园子是不是像石崇的金谷园那么奢华呢？石崇家的金谷园又是什么样？蔡状元虽是新科状元，却是个没钱的书生，连回乡省亲的盘缠都要问西门庆“借”，他眼中西门庆家的园林豪奢，也就不为怪了。若是西门庆的干爹蔡京屈尊来访，怕是不一定看得上这“清河县第一园林”吧。

再说京城贾府的大观园，不知要比西门家的园子大多少，豪奢多少，精致多少。因为那是皇帝赐了给贵妃元春省亲用的，在后宫嫔妃中，贵妃是除了皇后外最高阶的皇帝老婆了。

西门官人家给人“风雅”的错觉，果然也有客观因素的。因为在宋之前曾局限于文人士大夫阶层的那种仪式化的“赏心乐事”，到《金瓶梅》的时代，已开始向新兴商人阶层蔓延了。《红楼梦》中有许多大观园钗黛喝酒行令的场面，《金瓶梅》的众花对此消遣也游刃有余。二十一回《吴月娘扫雪烹茶，应伯爵替花邀酒》中，正逢孟玉楼生日，西门庆与众妻妾夜里猜枚行令，也是“看起来很美”，行令的吴月娘定下规矩：一个牌儿名，两个骨牌名，合《西厢》一句。西门庆行令，“虞美人，见楚汉争锋，伤了正马军”，只听“耳边金鼓连天震”，果然是个正马军，就吃了一杯酒。看西门庆行令，竟比呆霸王薛蟠要了得。再看作者的匠心，行令中也别有深意。比如西门庆二姐李娇儿的令：“水仙子，因二士入桃源，惊散了花开蝶满枝。只做了落红满地胭脂冷。”难免令人想到金莲、瓶儿两位美妾进家门之后，曾经的名妓李娇儿地位一落千丈，颇受西门庆冷落的“寂寞胭脂冷”的境况。金莲的令听着俗，“鲍老儿，临老入花丛，坏了三纲五常，问他个非奸做贼拿”，也令人想到红颜薄命的潘金莲先后在王招宣和张大户那里的凄凉遭遇。李瓶儿的“端正好，搭梯望月，等到春分昼夜停。那时节，隔墙儿险化做望夫山”，暗示的正是李瓶儿与西门庆先有隔墙私情，又痴盼嫁给西门庆的前情。至于那日的寿星孟玉楼，行的是“念奴娇，醉扶定四红沉，拖着锦裙襕。得多少春风夜月销金帐”，也正道出了玉楼的心事：因为一见西门庆而钟情，执意要改嫁到他家为妾，结果他对她是不热也不冷，天生丽质的玉楼，落得要时时独守空房。

西门庆家园林既成，请了李娇儿过去待过的妓院乐班高手李铭调教起家庭乐班来。腊月初八日，西门庆教妻妾房中的四个灵巧些的丫环春梅、玉箫、兰香和迎春四个，打扮起来学弹唱，学琵琶，其中有曲目《三弄梅花》，大概就是现在的《梅花三弄》吧。到元宵节、正月十六，合家痛饮作乐，家班就在旁抚筝歌板，弹唱灯词。会弹琵琶的潘金莲，后来还向孟玉楼学了些月琴的本领，西门庆家由妾和丫环组成的家班，也是“有声有色”了。此后西门庆每有生子、加官等大事和节庆佳日，四人家班也是浓墨重彩地登场助兴。

于是想起张爱玲或董桥的“旧时月色”说。我读《金瓶梅》，也是觉得旧时月色就是比今时的月色美，这是什么缘故呢？旧时灯节之时，但见“银河清浅，珠斗烂斑，一轮团圆皎月从东而出，照得院子犹如白昼”。自然之美，是如此这般。

《金瓶梅》人物之美又是如何呢？但见“妇人或有房中换衣者，或有月下整妆者，或有灯前戴花者”，月色之下，都是白绫袄儿，遍地金比甲，头上珠翠，粉面朱唇，恍若仙娥。三位美人：玉楼、金莲、瓶儿则在厅前看放烟花。美人看放烟花，花火闪烁之时，只这一刻，仿佛西门家众女子，与大观园尊贵丽质的诸钗们都可以媲美了。再说春天，西门家的女子与大观园佳人一样，也有打秋千的烂漫时刻。绣像本配上李清照的“蹴罢秋千，起来慵整纤纤手。露浓花瘦，薄汗轻衣透”的《点绛唇》，金莲、玉楼、瓶儿的秋千架上丽人之姿，又让人恍惚以为是大观园的湘云、探春们以春天戏耍出飞天的仙姿了。

读这些雅段子，时常会有仿佛在读另一部《红楼梦》的感觉。西门家的生活，看上去也有风雅优美处，西门庆也模仿贵族，模仿读书人，书房书童，文房四宝，雅玩清供一样不少，加之俊男美女的服饰之美，妆容之美，你会错觉身在另一个小一点的“大观园”中，而察觉不到此“西门园”与彼大观园有天大的区别。

这错觉，既有今人对古人日常生活的陌生感，也有《金瓶梅》中大部分典雅的文字给人造成的困扰。格非曾一语惊醒我这梦中人，指出《金瓶梅》中的“赏心乐事”其实并无高雅趣味，只是普通人的吹拉弹唱而已。据说绣像本把原来很多俚语歪诗等都改了，后来的作者人为添进很多的雅诗词，换成了周邦彦、范仲淹、李清照等人的诗词，使读者易生文雅的错觉，而我读的正是绣像本《金瓶梅》。就连格非这本解读《金瓶梅》的《雪隐鹭鸶》，听起来“雪隐鹭鸶”的意境非常美，却又隐含着非常罪：“雪隐鹭鸶飞始见，柳藏鹦鹉语方知”，恰原来影射的是西门庆第四房妾孙雪娥与家仆来旺儿有首尾。真相，真的就是锦衣华袍内的虱子，暗暗地在那痒处喧腾。

只要跟《红楼梦》一对照，你就会发现市井人家生活的普通，以及那个时代贵族与平民的巨大阶级差异。跟高门华第的贾府一比，西门庆家的享乐竟显得寒酸起来。大豪门与小新贵，毕竟还是泾渭分明。

《金瓶梅》中的物质就是物质，物质性没有附带更多的东西，而《红楼梦》中的物质不仅是物质，还是文化，是符号和象征。看看两家的物质生活，仅吃这一项，贾府烧个茄子，要大量的食材来炖，来烘托。那种精细到极致，繁缛得像绣花一般的过分与挥霍，都不是西门家可以比的。同样是女眷想食个荤，大观园小姐们烤鹿肉吃，憨湘云也能大快朵颐，西门家的小妾们，则叫来宋蕙莲用一根柴火煨烂一个猪头。那么憨湘云会大块啃猪头肉吗？感觉还是突兀得紧呢。

日常生活也高低自见。就说衣裳，可看出贾府的大贵与西门家的小贵。同样大雪天女宾们的穿着，可见富贵的深浅。《红楼梦》中，对大观园主子们的冬衣有详细描写。大冬天雪一下，大观园里琉璃世界雪白梅红，小姐媳妇们纷纷穿上猩猩毡和大红羽缎斗篷，披裘披毛，美若仙子。宝玉穿的，有一件孔雀裘，名“雀金呢”，是俄罗斯国的舶来品。黛玉的雪褂子是一件宽袖对襟大衣“鹤氅”，大红色羽纱的面，内镶白狐狸皮为里。凤姐在家闲居，戴着紫貂昭君套，上穿绯丝为面、里镶灰鼠皮的对襟罩衫“披风”，下着洋绉缎为面、银鼠皮为里的“皮裙”，出门有灰鼠披风。湘云是贾母赐的里外发烧大褂子，十分名贵。只有邢夫人娘家的穷亲戚邢岫烟最是寒酸，大雪天只穿个旧斗篷，冷得弓背缩肩，还是平儿拿出一件大红猩猩毡的雪褂子，让袭人转交给邢岫烟穿。就是得宠的宝玉房中人袭人下雪天回娘家，凤姐嫌她穿的青缎灰鼠褂不够好，又给袭人很精致的石青色刻丝八团天马皮褂子穿。

雪中最美的，当是“宝琴立雪”。薛宝钗的堂妹薛宝琴来贾府做客，贾母很喜欢宝琴，送她一件金翠辉煌的凫靥裘。宝琴披着凫靥裘，站在雪地中折红梅，连宝钗都不知这是何物，原来是用野鸭子头顶上的毛织的。贾母当着薛姨妈和宝钗的面笑着说：“你们瞧，这山坡上配上她的这个人品，又是这件衣裳，后头又是这梅花，像个什么？”众人都笑道：“就像老太太屋里挂的仇十洲画的《双艳图》。”

《红楼梦》中一到冬天就说到各种皮裘毛裘，大毛小毛，如今只能徒劳地想象这些今世稀见的贵重衣物穿在大观园少爷小姐身上的华丽了。

同样是下雪天，再看《金瓶梅》中，吴月娘、孟玉楼和李瓶儿都是貂鼠皮袄，李娇儿的皮袄是潘金莲从前待过的王招宣府上十六两银子当的。潘金莲来西门庆家前是蓬门小户，没有皮袄，月娘调度一件转手来的黄狗皮皮袄给她穿，金莲恃宠看不上，又说“有本事，到明日问汉子要一件穿”，故金莲从各方面嫉妒着富婆李瓶儿。到《金瓶梅》第七十四回《潘金莲香腮偎玉，薛姑子佛口谈经》，关于李瓶儿的这件遗物皮衣，才算正式易了主。夫妾床战时的一番对话，颇有意思——

妇人道："你把李大姐那皮袄拿出来与只我穿了罢。明日吃了酒回来，他们都穿着皮袄，只奴没件儿穿。"西门庆道："有王招宣府当的皮袄，你穿就是了。"妇人道："当的我不穿他。你与了李娇儿去。把李娇儿那皮袄，却与雪娥穿。你把李大姐那皮袄与了我……也是与你做老婆一场，没曾与了别人。"西门庆道："贼小淫妇儿，单管爱小便宜儿。她那件皮袄值六十两银子哩，你穿在身上，是会摇摆！"妇人道："怪奴才，你与了张三、李四的老婆穿了？左右是你的老婆，替你装门面，没的有这些声儿气儿的。好不好，我就不依了。"

如此这般枕头风劲吹着，李瓶儿的那件奢侈品皮衣，才穿在了潘金莲的身上，可见得金莲有多眼热李瓶儿的这件奢华皮衣。因西门庆私自把这件李瓶儿遗物给了爱妾金莲，坏了大妇吴月娘的规矩，后面又生出若干口角来。

雪一下，丈量富贵深度的大毛儿皮裘招摇过市，西门庆这"山东第一大财主"的新贵身份，也立刻露出了底子不深的真相来。虽说邓云乡先生认为，《金瓶梅》实托的明朝还没有《红楼梦》实托的清朝那么盛行冬天穿皮衣，不过从两家的女眷所着皮衣的品相来看，大家范儿和小家范儿，毕竟相去甚远了。而潘金莲在西门庆面前按各房妾的受宠程度来分配皮袄，也让人一时忍俊不禁。

潘金莲的文化修养

不少读者或许也曾有过我曾经的那种幻觉。因为《金瓶梅》的文本之美，我们似乎感受到了西门家在生活上的附庸风雅。黛玉和金莲都聪明，又爱耍小性儿，还都天生俏丽风流。但黛玉的拈酸与金莲的吃醋，虽都是女子，毕竟又有天壤之别。林黛玉月下抚琴是美的，孟玉楼月下弹月琴也是美的，但黛玉之琴与玉楼之琴，又何其不同。黛玉的抚琴，又高级在哪里？王昭君弹琵琶是美的，潘金莲弹琵琶也是美的，那么和亲的王妃弹琵琶之美和西门家五娘弹琵琶之美，其天壤之别又在哪里？即使是下层仆妇，贾琏偷情的多姑娘与西门庆偷情的宋蕙莲之流，又是否完全是同一类人，甚至可把多姑娘和宋蕙莲互换呢？

《金瓶梅》第一回中潘金莲出场，比黛玉初出场的年纪大些，也不过十二三岁，书中着墨描写金莲本性机变伶俐，十二三岁就会描眉画眼，敷粉施朱，品竹弹丝，女红针指，知书识字。十八岁，出落得脸衬桃花，眉弯新月。可惜《红楼梦》中冰雪聪明的林黛玉，可能都没能活到十八岁这花季。金莲出场，让人惊艳的色是在意料之中，而

“知书识字”四字，却是让人有些意外地一惊了。《金瓶梅》实托的晚明之际，即便只是粗通文墨，在当时底层女性中已经算是个“文化人”，加之潘金莲会弹琵琶，拿今人的眼睛看她，这是一个出身堪怜、追求爱情、有色有艺，孟玉楼口中“诸般曲儿都知道”的“文艺女青年”潘六姐了。

《金瓶梅》第二回《俏潘娘帘下勾情，老王婆茶坊说戏》，开篇有一词烘托，更见金莲之美：“芙蓉面，冰雪肌，生来娉婷年已笄，袅袅倚门余”。李笠翁旁批二字：妩媚。妩媚二字，画出了潘金莲的骨。若论色，金莲妩媚，瓶儿柔艳，玉楼俏丽。

曾以为弹琵琶的金莲，与明末艳名高炽的名妓柳如是也并无大异。两人的起点是差不多的，都从小在大户人家当侍婢，受男主人宠爱，自小就领略了男女之事，也因受宠被女主人嫉恨而流落市井。聪明伶俐的柳如是从小学的是诗文，后来则因诗文而混入上流文人圈，怎奈潘金莲不精通文字，只学了弹唱之术，只能勾搭市井之徒。面如银盆的美妇人吴月娘扫雪烹茶，曾使我联想到宝钗的雪中静美。李瓶儿看似华丽的香艳闺房，跟让宝玉进了太虚幻境的秦可卿香闺又有怎样的天差地别？这一切，只能是用精准的细节来揣摩了。

潘金莲的文化水平到底是什么样，其母潘姥姥曾说，潘金莲小时候，家里曾供她上过几年女学。书中有一处细节，颇有意思，讲纵欲无度的西门庆新娶了孟玉楼和潘金莲不久，又被应伯爵怂恿，花五十两银子去勾栏梳笼了色艺过人、善唱南曲的李桂姐，这李桂姐又是李娇儿的侄女。西门庆流连烟花，半月不回家，家中妻妾，数潘金莲最是难熬孤枕冷清的日子，于是金莲给西门庆写了情书，让小厮玳安捎信给夫君，西门庆一看，原来是一幅回文锦笺，上面写词一首，名《落梅风》：

黄昏想，白日思，盼杀人多情不至。因他为他憔悴死，可怜也绣衾独自。灯将残，人睡也，空留得半窗明月。眠心硬，浑似铁，这凄凉怎捱今夜？

这一通“金莲思夫”的闺中怨曲，潘金莲性情中的聪明灵巧可见一斑，不过终究又是俗品，算不得“清词丽句”。后来金莲与西门庆女婿陈敬济私通，也写了小词诉情，差不多也是这般格调。又想起《红楼梦》中香菱学诗，香菱是甄士隐的女儿，自幼被拐，最后被卖与薛蟠为妾，与大观园姐妹在一处，香菱也熏染了诗香，还拜黛玉为师学诗。潘金莲与林黛玉的学生香菱比起来，诗词功夫谁高谁低呢？看香菱的咏月诗：

精华欲掩料应难，影自娟娟魄自寒。
一片砧敲千里白，半轮鸡唱五更残。
绿蓑江上秋闻笛，红袖楼头夜倚栏。
博得嫦娥应自问，何缘不使永团圆？

我以为香菱的诗高在清雅，金莲的词妙，却仍在俗流之中。金莲吟得“空留得半窗明月”，而“影自娟娟魄自寒”，金莲再是聪明也吟咏不出吧。再看潘金莲情书的落款：“爱妾潘六儿拜”，更显出潘金莲身份的低微和性情中不害臊的急色。

若将《金瓶梅》与《红楼梦》两大名著互相对照着读，略一想就觉得别有情趣。《红楼梦》和《金瓶梅》，一个是贵族荣衰记，一个是市民阶层荣衰记，是不同阶层的“盛衰记”。

又假想把《红楼梦》和《金瓶梅》的人物进行阶级互换，将大观园的公子小姐们放到西门庆的院子里去，把西门家的男人女人们送进荣宁二府，他们的命运会再现怎样的戏剧性？将春梅和探春配对，觉得她们如此相似。写了《金瓶梅》研究专著的作家格非说这样的狂想很有道理。格非认为西门庆的影子分别投射到了贾宝玉和贾琏身上。曾有前人批注《金瓶梅》，说贾琏要是身在贫寒之家，“琏就死矣”。贾珍与秦可卿天香楼的乱伦事，也只有在贾府这样“宅院深深深几许”的大家族中才能盖得住，贾珍还敢大张旗鼓地给他口中的“贤德媳妇”秦可卿操办白事。“爬灰的爬灰”，管不住的只是老佣人的醉骂而已，要换在市井之家，一点风吹草动，比如有夫之妇潘金莲、王六儿搭上西门庆，不几日就已满城风雨了，门庭浅门槛也浅，又怎么捂得住？故红裳紫裙，三寸金莲比潘金莲还小巧的宋蕙莲，最后只得上吊来了却羞辱了。花子虚的老婆李瓶儿先前与西门庆偷情，靠的是花府与西门府隔墙而望的有利地形，西门庆每每乘夜翻墙幽会，李瓶儿也是通过越墙将一箱箱的银子暗渡到了西门庆府上，因此不曾走漏风声。

如此说来，《金瓶梅》若拍成影视作品，你要如何逼真地呈现那一种市井又古典的生活呢？在那些衣服、器具、庭园、琴棋茶组成的西门家锦衣玉食的日常生活上，又如何去和高高在上的《红楼梦》之簪缨世家区分开来？比如用错道具，穿错衣裳，将贾府雪天用的红泥小火炉搬到了西门庆家，史湘云的名贵皮衣穿到吴月娘身上，普通观众可能浑然不觉，若是扬之水之类的古代名器物鉴赏大家看到，这下要贻笑大方了。

《海上花列传》品

“海上花”的世界，巧的是在前辈奇书《金瓶梅》中一语道出。《金瓶梅》第四十六回《元夜游行遇雨雪，妻妾戏笑卜龟儿》，吴月娘率众妾和女眷一干人元宵节赏灯，遇下雪打道回府，其中有李瓶儿的干女儿吴银儿，是丽春院的妓女。吴月娘于是派女婿和小厮两个送吴银儿顺路先回。妻妾一行到家后，潘金莲取笑吴月娘说要一起送吴银儿回去的，怎么又不送了，吴月娘则取笑潘金莲是小孩儿不懂事，话是这么说的——

“丽春院是哪里？你我送去？”金莲道：“像人家汉子，在院里嫖了来，家里老婆没曾往那里寻去？寻去没曾打成一锅粥？”月娘道：“你等他爹明日往院里去，你寻他寻试试。倒没的教人家汉子当粉头拉了去，看你——”

吴月娘与潘金莲说的，正应了《海上花列传》中发生过的场景。只不过从明末到清末，丽春院变成了更时髦的公阳里等上海租界红灯区。而良人与妓女的世界，又岂可随意逾越？《海上花列传》中，上海商人姚季莼的太太醋劲大，不顾身份体面，亲自去长三卫霞仙公寓找自己寻花问柳的丈夫，良家女子一踏进妓界的地盘，反倒被卫霞仙羞辱而回。梨花院落，柳絮池塘，此需泾渭分明。而《金瓶梅》中二妾李娇儿先由丽春院从良到西门庆家，后又回到丽春院，后又再嫁为妾。四妾孙雪娥不幸被仇人春梅卖到堂子里，由大户人家妾沦落为妓，都是女子身份的重要转折。

《海上花列传》，韩邦庆著，用苏州话写成的晚清淫邪小说，对很多有心想一窥海上租界十里洋场风月的人，有难以逾越的阅读障碍，但只读张爱玲的译本，又有些隔靴搔痒。我自小就在吴侬软语中长大的，小时隔壁就住着苏州老姨太太，语言不是问题。读《海上花列传》，读得极慢，就像要嫖到书寓的长三先生，光有钱，还不能急，得斯斯文文地，有礼有度，你才进入长三们的日常生活。

《海上花列传》担着狎邪之名，写的是清末上海租界妓女生活。又有一说法是《海上花列传》取材于真人真事，像《红楼梦》一样，这书也有"索隐派"想过把瘾，于是对号入座，认为书中影射到两位中国近代工商业发展史上的大佬：上海富商李鹤汀影射上海第一豪门大资、洋务派代表人物盛宣怀；杭州大富商黎鸿篆影射红顶商人胡雪岩。赵朴斋，晚清时也真有其人，与作者韩邦庆有交游，索性名都没改。

你要说这是部风月界《红楼梦》，也是可以的，大观园的众钗流落十九世纪的江南民间，散落在上海公阳里、尚仁里、东兴里等各条巷子里，就有了沈小红、张蕙贞、黄翠凤、蒋月琴、周双珠、周双玉、李漱芳、李浣芳、林素芬、林翠芬、吴雪香、卫霞仙、陆秀林、陆秀宝、赵二宝诸钗，还有老妓屠明珠、诗妓文君玉等，各花入各眼。

作者自托花也怜侬，述海上通商，南部烟花日新月盛，凡冶游子弟倾覆流离于狎邪者，不知凡几。这花也怜侬便要以过来人现身说法，此不脱离明清章回体旧小说套路，说风月道风月，最后还是要让你警惕风月。胡适先生倒是大为激赏这一部《海上花列传》。适之先生说了："如果从今以后有各地的方言文学继续起来供给中国新文学新材料，新血液，新生命，那么韩子云与他的《海上花列传》真可以说是给中国文学打开一个新局面了。"

读罢全书，反复玩味，也像张爱玲那样地佩服起来。《海上花列传》，写妓女三十人，仅二人从良，不到百分之十，其余二十八人无归宿；即使有情的三对也未终成眷属。光绪年间的风土人情，人物大约有百人之多，细致描写的就不下四十人，这些人有商人、做官的、高级妓女、一般妓女、跟班的、管家、老鸨、包打听等，形形色色，简直就是一幅社会百态图。

说是淫邪小说，倒是比当今作家的小说洁净得多，绝无半个淫亵字样。堂子里的那点事，恩恩怨怨、远远近近中，变成了类似于大观园儿女的日常生活。纵是钱字当头，也还是挡不住痴男怨女，你侬我侬，醋海翻波。心气高的，如李漱芳，与二十四岁的上海公子陶玉甫情投意合，想做真夫妻，却因不能当大奶而生怨生哀，郁郁成病，成了花界林黛玉，海上茶花女。心气孤傲的，如沈小红，一路窘困，黯淡下去。心气低的，如幺二（比长三低一等的妓女）出身的张蕙贞，一心巴结王莲生，终于被娶进门了，可不知是否出于得不到王莲生真心的失落，却去姘了王莲生的侄子，被毒打，被赶出去。而小红到底是欢喜武生小柳儿，还是依旧对王莲生不能忘情？名妓爱戏子，还是老套路。却说乡下青年赵朴斋，一进上海滩就堕落如飞蛾扑火，其母其妹也皆不以娼妓业为耻，着实乃资本主义吹入上海滩后，笑贫不笑娼的新风气弥漫。

有记载，十九世纪七十年代上海的风尚，归纳有七耻：一耻衣服之不华美；二耻不乘肩舆；三耻狎幺二妓；四耻肴馔之不贵；五耻坐只轮小车；六耻无顶戴；七耻观戏就末座。这七耻，堪堪与《海上花列传》成为对照。

小说前半部，从乡下初入上海的青年赵朴斋的娘舅洪善卿穿针引线，重要人物一一登场。洪善卿是上海滩不大不小的商人，没有自己的轿班，跟周双珠要好。罗子富是个胖子，候补知县。葛仲英是苏州有名贵公子。王莲生也是等着上任的洋务官员。陶云甫和陶玉甫则是上海宦家子弟。朱蔼人、朱淑人兄弟是上海世家公子……商人，官员，公子哥儿，海上文人，偶尔也有平头小民，都可能是长三和幺二们的客人。

时人狎妓的目的，不仅仅是为了风流，或者张爱玲说的谈恋爱，更把书寓当成了谈生意的场所，官员和商人们的时髦社交场所。有头有脸的白相人，在大观园办个生日宴，场面也是办得盛大。如果请客摆个双台，仅倌人就有二十二名，服侍倌人的大姐（即丫环）二十二名，簇拥着一干非富即贵的人。而那时候的鸦片烟，几乎成了倌人和客人的室内道具，看来自鸦片战争后，抽鸦片的国人，是越禁越多，连十七岁初来乍到的赵朴斋，他的同属中下阶级的朋友张小村，也在客栈和堂子里抽起了鸦片。不是鸦片，就是吸水筒烟。

但见海上茶烟乍起，钗冠招展，一宵也便烟消云散。王莲生要去江西上任了，对沈小红的爱怨也便两清，只余两滴眼泪。

其一，洪赵舅甥关系，也看得出资本主义对农业时代亲情的冲击。人情淡薄，赵朴斋不曾到舅舅府上，首次去拜访的地方是洪善卿在咸瓜街的参店，住的是客栈，到上海投亲靠友几乎是妄想。舅舅只说工作难找，也不见得帮他找过。后来见他不回乡下，落魄到拉黄包车，干脆翻脸不认人了。而全书最混沌的人，就是这乡下青年赵朴斋。天生的“轻骨头”，执迷花场，不改不悟，初涉海上繁华，哪怕堕落到破衣烂衫拉黄包车，也不愿意本分回乡。后来在上海滩花街，给妹妹赵二宝挂牌“赵二宝寓”，做起龟公也不觉得丢脸，衣服穿得体面些，还觉得自己混得不错，意气风发。小说入木三分之处，几次提到赵朴斋的衣着。一开篇，就是赵朴斋去找舅舅路上跌了一跤，弄脏了身上的体面衣裳而发急；后来朴斋潦倒上海滩，穿得破破烂烂，遭舅舅嫌弃不认；再后来，娘舅洪善卿在花场偶遇当起大班的赵朴斋，本已说因丢他的脸而断绝关系，见他穿得体面，不禁又跟他打起招呼来。生意人洪老板的浅薄势利，一笔就写到了位。就连赵朴斋初到上海时的朋友张小村，在与落魄的赵朴斋疏远后，偶见他穿得十分体面，又“心存依附”。十九世纪后期的上海滩，真是赤裸裸“只认衣衫不认人”的风气，赵朴斋这个人物，以他的浑浑噩噩，彻底打碎了乡村的礼义廉耻观，成为城市欢场中的一个畸零人，你甚至窥不见他的内心是否仍有一丝耻感与痛苦存在。或许他真的是乐在其中。上海滩的灯红酒绿，在他眼里肯定是好过乡下的宁静与清白。

虽是晚清，中国社会看似还曾相识，但骨子里已经不一样了。赵洪氏亲自到上海寻儿，洪善卿对自己的亲姐姐，比起对花场上的朋友的热情都不如，更谈不上为困窘的姐姐付出了。

其二，当红长三，前有沈小红，后有黄翠凤。再之前，便是屠明珠、蒋月琴等老倌人了。旧时金陵，秦淮八艳各有绝技，上海滩长三的本事，以黄翠凤为例，不仅有色，还有艺。出局的时候，会弹琵琶，会唱曲，弹词开片，全套《荡湖船》，要会喝酒，猜拳，行令。吴雪香与恩客葛仲英这一对，能合唱昆曲，边上则有公子陶云甫吹笛，长三倌人谭丽娟点鼓板。最厉害的是，红长三黄翠凤只几招就让罗子富舍了旧相好蒋月琴，变成她的忠犬，收拾得服服帖帖，那气势堪比御夫有术的大奶。

其三，最有情义的一对，是上海公子哥儿陶玉甫和李漱芳。漱芳病重，花容憔悴，玉甫像小丈夫日日相陪：“漱芳缩紧身子，钻进被窝中，一头顶住玉甫怀里，教玉甫两手合抱而卧”，一个睡姿，便看出两人为真心相爱的一对。玉甫起身出门办事，漱芳就叮嘱他要多穿点，黄浦江风大，小儿女的彼此挂牵，叫人鼻酸。

名士高亚白为李漱芳诊病，断其为痨症。也即与林黛玉、茶花女同一病症。说李漱芳先天不足，气血两亏，生来娇弱，又其为人必然绝顶聪明，加之以用心过度，所以忧思烦恼，乱梦颠倒。这东兴里的林黛玉遇上宝哥哥“陶玉甫”，虽两情相悦却注定无法明媒正娶，“心比天高，命比纸薄”，终于香消玉殒。李漱芳死，高亚白做得四言押韵祭文，奇丽哀艳，无限缠绵，两个有情青年的生死恋，被这些所谓的风雅名士之流敷衍成了一段风月佳话。

其四，出身上海世家的弱冠青年朱淑人，十七岁就被拉下了欢场，因思清倌人周双玉而生相思病，当然也只有周双玉才是解药。后来朱淑人爽了婚约，被哥哥朱蔼人另外定了亲，周双玉强迫朱淑人一起吞生鸦片，还算为自己争得一万大洋的补偿：五千赎身，五千当嫁妆。比起痴情的赵二宝，周双玉一勇一智，为自己挣到了利益，真相却是双玉吞的生鸦片也是假的。周双玉，长相性情都有几分似沈小红，却是个泼辣的心机婊。

其五，小说后半部，“教主”出场，即“风流广大教主”齐韵叟，齐老一出，海上影影绰绰的欢场恩客圈也变得清晰起来。齐韵叟乃是海上大人物，齐公馆“一笠园”府第极为豪华，置有家班，每逢宅中大宴，家班即演出助兴，家乐中也有琪官、瑶官等伶人，唱《长生殿》，观者一错乱，以为误入红楼大观园之家班，此琪官、瑶官便是那琪官、瑶官。齐韵叟直让人想到明清之交的风流人物李笠翁，却比李笠翁更有钱有势。他交游的人中，有杭州人马师爷，别号龙池，形容其年轻不过三十余岁，文名盖世，经学传家。每逢海上洋场大宴会，这龙池先生都会想些奇巧招儿来助韵叟之兴，有文人帮闲的意味。又有高亚白，长期客居在一笠园内大观楼，以书画为消遣，表面清高，其实不过是个帮闲文人，在一众酒池肉林的白相人中，还时常不忘卖酸，更显得滑稽可笑。

其他葛仲英、朱蔼人、陶云甫、史天然、华铁眉、高亚白、尹痴鸳诸人，应是世家公子哥儿或上海滩帮闲文人和画家。葛仲英一出场，便介绍是苏州有名贵公子。另一边，早是资本主义初期的海上，官与商来往得紧，官员王莲生、罗子富等人，也需要商人洪善卿、陈小云、庄荔甫等小生意人出面代办一些事，因而官与商在这欢场也走得近，时常一起设台叫局厮混，对彼此的倌人，也相当的熟悉。

其六，作者以《红楼梦》描绘大观园内雅兴类似的笔墨，描摹一笠园的“雅集”，明里附庸风雅，暗地男盗女娼，明雅而暗俗，春秋笔法多见妙处。一帮文人加倌人赏菊游园，吟诗作赋看戏。老头齐韵叟的玩物，外有倌人相好，内有家班戏子，第五十一回《胸中块秽史寄牢骚，眼下钉小蛮争宠眷》，就将齐韵叟比成晚年荒淫的白乐天，而将他的内宠戏子琪官，比作白乐天的家妓小蛮。

其七，比起不谙世故的虚妄人赵二宝，周双珠和赵秀林却是倌人中难得的清醒人。因周双珠的“姆妈”是自己亲娘，双珠在欢场上就更从容些。小说中周双珠或许已过黄金时期，生意相对平淡，与洪善卿不远不近地混着，倒像是一对老友，没有情爱倒有些交情；双珠看淡红尘，不发不现实的爱情梦。另一个倌人，尚仁里的赵秀林，已是过气红倌人，韶华已过，门庭冷落，终得把握住一个花白胡须、方袍朱履的方蓬壶。这方蓬壶是在旅馆独居的鳏夫，被称为“堂子里的规矩人”，又有些酸腐的文人气。两人同病相怜，一个父母姐妹俱没，一个妻妾子女均无。赵秀林年轻时，也像赵二宝那样喜欢标致面孔的小伙子，上过浮头空心浪子的当，结果倒贴得让自己落入窘境，惨淡经营许多年，遇上连鸦片烟都不会吃的老实人方蓬壶，一连三日殷勤侍于病榻，终得从良，与蓬壶做成夫妻。

赵秀林仿佛是赵二宝的隐形姐妹，赵秀林的过去，是赵二宝的当下。赵秀林的现在，或许就是赵二宝的未来。

其八，海上花场，一片莺声燕语中，最后方显险恶狰狞和赤裸裸的丑态。至第五十八回《李少爷全倾积世资，诸三姐善撒瞒天谎》，李实夫和李鹤汀叔侄，彼此看得清对方的浑蛋，却看不清自己的愚蠢。李鹤汀到大流氓周少和的赌场白相，转眼间把万元家当输个精光，却仍沉溺欢场赌场，执迷不悟，又被家奴匡二趁火打劫，监守自盗。又惊见赌场老千，惹怒了另一大流氓赖三，两大流氓火拼，一触即发。又得知赌场主人周少和手下有一百多人，衙门里差役和杨媛媛等堂子里倌人也是暗中做帮凶，二品顶戴的官员也是赌场常客，到此刻，仿佛是读了一部十九世纪的“官场现形记”，又似读了一部十九世纪的“洋场怪现状”。无耻、堕落、黑暗、凌乱、无情，十里洋场浮华的背后，真相已经一览无余了。

其九，土财主李实夫家并不在上海，但离上海近，来往方便，在上海住的不是公馆就是客栈。实夫贪恋花街柳巷又为人吝啬，不去高级妓女的长三书寓，倒流连于暗娼诸十全家，得了花柳病还不知诸十全人尽可夫的放荡，可谓自作自受。全书中最吝啬的他，还被诸十全“借”走了三百大洋，诸三姐买幺二诸金花，便是靠女儿诸十全从李实夫那里骗来的三百大洋。买回来的诸金花笨些，不会做生意，又被诸三姐打得遍体鳞伤。

罗子富被已经赎身的黄翠凤和黄二姐一起下了套，算计得五千大洋赎得当年定情的重要拜匣，王莲生带着一腔愁绪去了江西，或许他最能体味“悲莫悲兮伤别离，乐莫乐兮新相知”的诗句。赵二宝豪门梦碎，又被赖三公子殴打砸家，懦弱昏聩的赵洪氏一病不起，这海上花的人生，尽如张爱玲所言，“生命是一袭华美的袍，爬满了蚤子”。

其十，上海滩一个长三先生的行头。第四十九回，黄翠凤一千两银子赎身，所有行头全部交还给黄二姐，共计一箱金、一箱珠、一箱翡翠白玉、三箱头面，又有两箱大毛、两箱中毛、两箱小毛、两箱棉、一箱夹、一箱单与纱罗，十箱衣裳，以及花梨、紫檀等一切家生，自鸣钟、银水烟筒之类。另翠凤赎身后，作孝女打扮，浑身缟素，手腕上却有一副贵重乌金钏臂，价值千金，显出其当红身份。当然这是一等长三的身家，像张蕙贞这样新发迹被提携上长三的倌人，连金的首饰都还未置齐。而黄翠芬、沈小红、屠明珠、蒋月琴等几位当红或曾经当红的上海滩数一数二红倌人，衣裳头面的价值，大约堪比杜十娘的百宝箱了。

到底一件像样的头面是什么价值呢？书里写诸三姐谎编良家妇女沦落为娼的故事给李实夫听，说诸十全本来好好地嫁了个银楼小开，就是因为去吃人家的喜酒，她丈夫要面子，借了个好头面给她戴上，结果头面丢了，一副头面就能逼良为娼。

红倌人人老珠黄后，能干的可像屠明珠等自己当老板，性情中人像沈小红那样的，迟暮了靠典当家私头面，也还可以撑一阵子。

名妓与戏子

十九世纪末，良家女子是不能进戏园子的，妓女除外。上海租界的戏园里，名妓往往是最忠实的观众，有才艺的，自己也玩票，也有人捧场。到民国初，有些名媛学了戏，也登场表演，比如合肥四姐妹中的大姐张元和，深爱昆曲，就与苏州人氏著名昆曲小生顾传玠因戏结缘，结为夫妇。四姐妹都是昆曲爱好者，看来当时名门与梨园子弟联姻，已不以为耻。又如徐志摩妻陆小曼，名媛又兼名票，在上海曾与另一名媛唐瑛共同登台，演昆曲《拾画》《叫画》，用英语唱京剧《王宝钏》，上了《申报》，轰动一时。

从黄翠凤的议论中，可窥知像沈小红这样的倌人姘戏子，在上海滩并非少见，倌人和戏子，或许是互相吸引，而倌人用钱养戏子，在感情上比之恩客也更对等些。沈小红与王莲生之间，相处四五年下去，激情淡去，王莲生又去找张蕙贞图个新鲜，沈小红姘了红武小生小柳儿，岂不也是图个新鲜。只是沈小红花王莲生的钱满足自己的私欲，就坏了长三的行规，王莲生窥破后的愤怒，既有情感上遭背叛的愤怒，也有“你拿我的供养去养别的男人”的愤怒。倌人与恩客，貌似多年下来像夫妻一般，骨子里毕竟是不平等的包养关系。

第三十四回《沥真诚淫凶甘伏罪，惊实信仇怨激成亲》，写戏台上又演《翠屏山》，那做石秀的是长三姚文君，倒也慷慨激昂，声情并茂。已遭王莲生弃的沈小红看见这戏，“心中感触，面色一红”，这“面色一红”，真是道尽了沈小红的独特之处，她隐秘的情感与纠结，也刻画出全书一个最不像妓类的沈小红。那小柳儿唱《翠屏山》中石秀，声情激越，意气飞扬，唱功做功绝不犹人，沈小红迷恋于他，暗中结下私情，也是对背叛她的王莲生的报复。其中的真情假意，倒是一言难尽了。

沈小红倒是个情欲真实的女子。不免感喟，身在青楼的倌人犹如职业女性，其实比有名分的笼中鸟妇自由更多。沈小红与王莲生最两情火热的时候，都不真的想嫁他为妾，看来是“爱情诚可贵，自由价更高”了。从前的风月小说中，妓女都盼从良，嫁个好人家。秦淮名妓，如遇上冒辟疆这样的多情才子，陈圆圆、董小宛都先后对他有情，想归入冒门，董小宛更是倒追上去，亦步亦趋，甘愿到冒家做恪守妇道的小妾。还有名妓吴蕊仙竟因嫁不成冒辟疆而当了尼姑的。而光绪年间，长三中的一等人物已并不那么渴嫁从良了，宁愿与戏子小柳儿“坐马车寻开心”，在这样的近代女子身上，依稀看到了现代女性在几十年后走出家门的觉醒。

有索隐派认为，小柳儿这个戏子确有其人，指的是晚清京剧名武生杨月楼。杨月楼，京剧武生演员，是“同光十三绝”之一，曾几度到上海演出。谱名久先，从艺后改名久昌，字月楼，人称“杨猴子”。曾为慈禧太后演出，在京、沪享有盛名，也演过《海上花列传》中提到的《翠屏山》中的石秀。杨月楼本人被一名十七岁的好人家女子爱上，后有了婚约，触犯了当时“良贱不通婚”的禁忌而惹上风化官司下狱。后来竟有位暗恋他的上海名妓沈月春，暗中花了一千两银子救他，使他免受苦刑。而沈月春单恋不成，万念俱灰之下，在杭州出家当了尼姑。在民国之年，戏子与妓女一样都属于“贱业”，社会地位低，但名戏子常常英俊，玉树临风，或风流倜傥，却也易勾动怀春佳人的春心。

同治十二年（1873年），有几个县绅认为女子看戏有伤风化，容易勾引良家妇女心神不定，于是呈请县令叶廷春颁布了《严禁妇女入馆看戏告示》，告示在《申报》上刊出不过一星期就引起人们不满，认为红粉裙钗也有进戏园子娱乐的权利。当然不管民间如何，上海滩的妓界并不受此限。所以同治、光绪年间，沈小红们就比良家女子更多了看戏的自由，也有了为英俊小生痴狂的可能性。

说起苍茫艳事，终归是“旧色旧香，闲雨闲云情终浅”。董桥说，明末女妓写得进卷帙的都是绝色。据说李香君血溅桃花扇的那把花扇，最终是流入日本去也。

日本艺伎也爱戏子，艺伎与戏子发生感情是常有的事，可与《海上花列传》做横向比较。以江户幕府时期为背景的风月小说，如永井荷风著《濹东绮谭》中，有一小说叫《各显神通》，讲尾花艺伎馆名伎驹代爱上戏子——名旦濑川一丝的故事，驹代也有名叫吉冈的恩客，想赎身娶她的，却偶尔在一处寂静的别墅邂逅英俊的濑川一丝，两人一番勾连，马上发生了激情。自此驹代对恩客吉冈隐瞒着，对戏子濑川却迷恋甚深，最终濑川一丝在承袭前代菊代艺名之时，另娶更有钱的艺伎，抛弃了痴爱他的驹代。艺伎驹代的失恋轰动一时，上了当地报纸《都新闻》，说驹代心上人被他人夺走后辗转难眠，直至翌日日出。和中国写风月的作家韩邦庆一样，一辈子流连在风月场的日本作家永井荷风很会写心理戏，把这一名伎与戏子之间始乱终弃的故事写得哀艳空茫。

最后的名士

《海上花列传》中的名士，真正是没落的名士了。白先勇的小说《谪仙记》（后被第五代导演谢晋改编成电影《最后的贵族》）其中展现的中国贵族阶层的崩塌，亦是何其苍凉的凋零。《海上花列传》出，则道尽中国“最后的名士”的尴尬众生相。韩邦庆写海上名士，似温情脉脉，又不无讽刺。

作者韩邦庆其人，自己也是这“最后的名士”中的一分子。读《海上花列传》，就想这书的作者必是位在脂粉堆中打过滚的纨绔子弟。他的父亲做到刑部主事，自己却屡试不第，后来海上新兴起办报纸，他做了报馆主笔，又创办了中国第一本小说期刊，《海上花列传》正好在他自己的刊物上连载，一开始叫《花国春秋》，署名“花也怜侬”。无奈何《海上花列传》并不以情节取胜，而是以悬念取胜，还处处留伏笔、打哑谜考验读者智商，所以不可能像金庸的武侠连载那样受到追捧，后来连载停了。韩邦庆没活到四十就死了，短命堪比纳兰性德。

出身锦衣玉食的官宦家庭，自己却像龚自珍等清代大才子一样屡试不第，便索性丢开了功名，学起贾宝玉，在脂粉队伍里混。混的成果，便是这一部堪称奇书的《海上花列传》，他四十岁就死了，所以也没有续本了。几十年后，新旧文化交替之间，《海上花列传》幸得鲁迅、胡适、刘半农乃至后来的张爱玲欣赏，才不至于彻底埋在时间的沙砾堆中暗淡无光。

韩邦庆写《海上花列传》，很像曹雪芹写《红楼梦》，书中人的日常生活场景，他们是实实在在地经历过的。正如用的大量工笔画一般，不拔高一分，不丑化一分，也不粉饰一分，几乎就是写实。如果说《青楼梦》等明清青楼小说表达的是一个中国文人在青楼中寄托爱情的幻梦，那么《海上花列传》就是扼杀了任何青楼梦想的现实主义。

韩邦庆在世时，固执地要以吴语苏白来写此书，结果读者并不多，在上海报章上的连载也难以为继，不像金庸写武侠，读者都是等着看。韩邦庆的最后几年过得也挺潦倒，据说还要借钱度日，那么有才华的一个人，在时代已经厌倦旧文学，新文学即将破土而出的时候，他的书和他的人，都有些生不逢时。有好事者在书中的几个文人名士中寻找作者的影子，其实无论高亚白、尹痴鸳，还是华铁眉、方蓬壶等人身上，都可以找见作者的影子。

民国时胡适的朋友，作家刘半农先生也发了话，说高亚白、尹痴鸳两个狗头名士上了场，书便大大的减色，刘半农却夸方蓬壶写得好，又贬名士高亚白的身上，有夏敬渠所著“第一奇书”《野叟曝言》中“美德懿行”的文素臣的臭味。

曾经狷狂清傲的名士，如今沦为齐韵叟这样的官僚兼“风流广大教主”的门客，起草什么《海上群芳谱》，或为抑郁成疾而死的长三李漱芳写缠绵悱恻的哀艳祭文，难免让人感叹世风日下了。

第四十七回，作者借上海世家公子陶云甫之口，道出了一笠园的雅集真相。说什么赏花赏月，原不过是叫局吃酒，俗不可耐。

一笠园主人齐韵叟这个人物，又是恶心，又是伪善，不过在十九世纪末，这些达官贵人还是会招几个名士以充门客，文学的确可以附庸风雅，点缀歌舞升平，于是高亚白等人才会成为表面荣光的齐府座上宾。清同治、光绪年间，在新旧时代的交替潮流中，高亚白等一班“最后的名士”的身份转换，并非一朝一夕的事。旧体诗聊胜于无，再过几十年，就要被胡适和刘半农们的白话新诗革掉大半条命了，高亚白们的没落，也是必然的了。

高亚白、尹痴鸳同时在第三十三回华丽登场，先是借洋务官员王莲生的视角，“莲生初次见面，早闻得高、尹齐名，并为两江才子，拱手致敬，说声幸会”，然后另一个才子华铁眉也到了，《海上花列传》中的三大才子，可谓是汇合了。

“江南大名士”高亚白之不合时宜，明明人在花场，又自诩清高，高亚白之无聊，在诗词上好为人师，见一笠园书童小赞作的庸俗艳诗，还连声赞好。他对上海滩的倌人一个也看不上，心知对倌人不能要求“幽娴贞静”，却也要“像王夫人（指王凝之妻谢道韫）之林下风，卓文君之风流放诞，庶几近之”，怪不得钱子刚要笑他那么大讲究在上海是行不通的。结果方蓬壶投其所好，替他叫了住在兆富里的“诗妓”文君玉。这文君玉，书中虽着墨不多，却颇有意思，是个漫画般的人物。先是高亚白的视角写她，“仅二十许年纪，满面烟容，十分消瘦，没甚可取之处，不解蓬壶何以剧赏”，又有黄翠凤的恩客罗子富的视角，见文君玉独坐窗前，捧着本《千家诗》，低头伏桌，孜孜地看，又有吟哦之声，让子富只觉得好笑，心想上海竟有这种倌人，不知有何等样客人愿意去做她。而这文君玉，私下也嫌罗子富俗气，不懂作诗。文君玉想在报纸风月版上出名，文墨却并不怎么通，要和首诗自己也不会，还要方蓬壶代笔。这酸腐文人方蓬壶，倒是将她当成了女弟子，真是一对可笑人。

遥想当年，同样狎妓成风的秦淮河，名士如侯方域，虽找了名妓李香君，面对南明小朝廷的官僚马士英等人也还是不卑不亢。三百年后，晚明到了晚清，高亚白和尹痴鸳在一笠园应齐大人之邀，为《海上群芳谱》作酸文，已经自动将自己降格到西门庆边上的应伯爵这样的小角色了。同为名士，明末东林党人陈子龙等名士，心里首先装的是大好河山，要慷慨激昂地捐躯救国，其次才是爱情。过了三百年，到了高亚白辈，名士们也只剩下一副名士的派头了，甚至以淫词艳句的肉麻当风流有趣了。

高亚白还在做着秦淮河时代酒朋诗侣的美梦，而晚清的海上，柳如是、董小宛、李香君诸艳早已绝尘绝迹，于是高亚白遇到了姚文君。或许也只有全副武装了演石秀的长三姚文君，才能满足高亚白一丝风尘奇女子的绮想。姚文君眉宇之中，另有一种英锐之气，咄咄逼人，令人想到头插羽翎的钱谦益爱妾柳如是的巾帼英雄模样。姚文君也果有些气节，并不肯巴结上海滩大流氓，为此还专门避祸一笠园自保。但姚文君毕竟不是才高八斗的柳如是。高亚白的念想，也只有在柳如是的“遗风”面前聊以自慰了。

高亚白看不起给报纸风月版写文章的方蓬壶。方蓬壶却也自命名士，以为自己与高亚白是可以平起平坐的“大名士”，高亚白倨傲地“他顾不答”。后来一个局中，尹痴鸳说方蓬壶只配给他们磨墨，高亚白更是说方蓬壶只配去倒夜壶，可谓名士狂态毕现。其实，高亚白与方蓬壶，何尝不是五十步与百步之差。

《海上花列传》中，出没的人物有商人十六人，文人三人，官员二人，公子哥儿四人，流氓二人，文人在海上十里洋场的地位正在边缘化，而商人却正走向主流。从大商人黎大人到小商人洪善卿、买办庄荔甫等，都在努力向上攀登，此时正是名士日薄西山，一个新贵的时代到来的黎明前夕。

交际花盛衰记

法国大文豪巴尔扎克喜好风月圈，著有《风月奇谭》，还有《交际花盛衰记》，中西的交际花，才貌双全的都有之，但既要在风月圈中混，仅有才肯定是不够的，还要足够美貌。爱着红裳的薛涛，若不貌美如花，大诗人元稹也未必会喜欢上她。但薛涛空自枯等元稹，空叹“谁言千里自今夕，离梦杳如关塞长”，风流元微之也未必真肯娶她回家。

翻译家林琴南也活在韩邦庆的那个时代。不懂英文的他翻译了小仲马的《茶花女》，竟也是风月小说。良家贵妇淑女的深闺难以抵达，能交流一二的基本上也就是豆腐西施的级别，难以寄托文人的浪漫情怀，所以自古名妓就成了作家的幻想和书写对象。到清末民初，小凤仙、赛金花都被作家们大书特书。赛金花萧条的晚年，还有文人刘半农去采访她。

红颜易老，等着等着就老了。色的盛与衰，与男人官场事业的盛与衰，其实也有许多的相通之处。

《海上花列传》中，资历最深的老妓乃屠明珠。她在年轻的李家家仆眼中，就是一个老丑妇，大概有四十岁左右了吧。但在老白相人眼中，又另有妙处。屠明珠难得出个局，也是姗姗来迟，一则摆谱，二则化妆时间格外要长些。第十五回《屠明珠出局公和里》，杭州巨商黎大人现身说法，“勿会白相白相小，会白相倒要白相老，越是老越是有白相”。黎大人一见屠明珠，可以交谈的是“前十年长篇大套的老话”，可见屠在海上风月场的资历和丰富经历，不是年轻后辈可比的。

第十九回讲鼎丰里屠明珠家的宴席。屠明珠寓所原来如此奢华：五幢楼房，粉壁素帏，铁床玻镜，像水晶宫一般。书房点缀着琴棋书画，亭子间有戏台。这宴席既奢侈，又有精致，“八块洋纱手巾，都折叠出各种花朵，插在玻璃杯内”。这屠明珠，“买的四五个讨人俱来应酬，还有那毛儿戏一班孩子亦来陪坐”。上的菜，第一道元蛤汤，第二道板鱼，到第八道是芥辣鸡带饭，席终各人一杯牛奶咖啡，同治、光绪年间十里洋场的豪华餐桌上，喝着咖啡听昆曲《絮阁》，样样中西合璧。

如此派头，怪不得场面上的事，比如上海世家的朱蔼人要请杭州大贾黎篆鸿，并不在自己的相好林素芬处办这宴席，而是去屠明珠家设宴。有一种说法，黎篆鸿影射的就是红顶商人胡雪岩，当时胡雪岩的家就在杭州，这影射也似有模有样。

屠明珠韶华已过，老“妓”伏枥，仍有老江湖黎大人的捧场，所以要拍黎大人马屁的朱蔼人才将黎大人的生日宴摆到屠家去。上海滩名妓已老，声势犹在。新一辈的长三林素芬浅薄，不懂这也是交际场所的需要，要的是她的名气，而不是她的“色”，才会去吃屠明珠的醋。

当红倌人黄翠凤与由盛到衰的沈小红之间，有一种奇妙的呼应。两个女人并没有什么交集，无非是彼此的恩客王莲生和罗子富都是一起混的官场中人。黄翠凤仿佛是沈小红的知己一般，好像也只有她能理解沈小红的种种“自杀性”行为：拳翻小三张蕙贞，自己又姘上戏子小柳儿。沈小红几年前是上海滩数一数二的红倌人，当然应该也曾有过兴致勃勃的时候，像现在的黄翠凤那样，赶各种场子。但沈小红后来就基本上只做王莲生一个人了，上了顶峰的人，渐渐在海上长三圈也有了“高处不胜寒”的孤独，到了连恩客都懒得奉承的地步了，甚至红不红这些事，已经不在她的眼里。她开始听从一些内心的感觉，为自己而活，或许黄翠凤也已经有些懂得了。小红的今天，焉知不是翠凤的明天呢？

当新晋明星英格丽·褒曼兴冲冲地怀着热望去拜访大明星嘉宝时，却见嘉宝厌倦地拉上了自己屋子的窗帘。不一样的人生阶段，便有不一样的心境。《海上花列传》的好，是韩邦庆不动声色地，只用黄翠凤的几处旁白，就道尽的两种不同的人生兴味了。

上海名妓在美国波士顿大学教授眼中，是“拓荒者”、时尚人士、公共明星。海上小报也有专写洋场风月艳闻的版面，方蓬壶这种小文人就干这类事，比如替想以才出名的长三文君玉代写和诗，再登在报纸上。光绪年间的长三先生，直到二十世纪改天换地，东风衰西风渐，才翻了篇，上海滩的时髦交际处移向了百乐门等舞厅。戏曲虽也还算兴盛，但同时周璇、白光等摩登的歌声在留声机里响起，迷住了又一拨新人。至此，身穿旗袍的陈白露们的悲欢离合登了台，宽袍大袖小脚的赛金花和长三黄翠凤们，也必然地没落了。真是“流光容易把人抛，红了樱桃，绿了芭蕉”啊。

赵姑娘海上幻灭记

新一辈的浮出，最离奇的是小家碧玉出身的赵二宝。侯孝贤拍的电影《海上花》，完全舍弃了赵朴斋兄妹在上海滩沉沦的故事。只在最后一次局中，闲闲地说上几句。因周双玉与朱淑人的纠纷，说起那些想当恩客大老婆的倌人，没有一个有好下场，李漱芳郁郁早死，赵二宝被史三公子抛弃。淡淡几笔，波澜不惊。

再看中国乡村礼法的贞节观，在这一家三人心中，已经退到失去基本分量了。连和赵二宝一起出来的闺蜜张秀英，本是乡下良人，也贪恋上海滩浮华，挂牌当了妓女。不多日，“秀英自恃其貌，日常乘坐马车为招揽嫖客之计”。

赵二宝天真善良，拿得了主意，心气高又浅薄轻浮。本是到上海滩寻沉沦了的哥哥赵朴斋，结果自己一来也成了个“白相人”，和张秀英同搭上个浮浪子弟施瑞生，还争风吃醋，得了一点物质上的小好处，就出卖自己，失身于白相人施瑞生。

赵家在乡下，也不是地道的农民，应该上代也是个小地主之类吧。二宝父亲早亡，家道中落了，一家三口也有一个帮佣雇着做事。

但二宝毕竟只是乡村的小家碧玉，一没有见识，二因家道中落也不曾被富养，结果一到上海滩，就被花花世界勾了魂去。等到山穷水尽、无计可施时，赵朴斋自取红笺，亲笔写了“赵二宝寓”。二宝一落堂子，生意兴隆，接二连三的碰和吃酒，做得十分兴头。此处我们看着赵二宝的兴头，也只能是喟然一声叹息了。

赵二宝虽由良入娼，却又天真地幻想着爱情，甚至为自己认定的爱情守贞，自己置办十分奢侈的嫁妆，结果还是被说要娶她进门的金陵贵公子史天然抛弃了，连一句交代也没有，甚至局账也没还。当然，这局账倒也非史三公子有意赖之。史公子临去金陵前，原本要拿一千洋钱给二宝妈的，偏偏二宝以他的未婚妻自居，便不收这钱，到最后反不如同样遭背叛的周双玉，挟了一万大洋作为分手补偿费，二宝是彻底的人财两空了。全书最后，二宝又被流氓恶棍赖三公子砸馆殴打，厄运中的赵二宝昏昏睡去，睡梦中，她来到与他的太虚幻境，原来史三公子是死了，才不来接她。二宝终究还是一个老实的乡下人。二宝一家海上繁华梦的终结，相比豪门故事的《红楼梦》，的确是另一个完全不同的梦了。

赵二宝的恩客史三公子，应该是全书所有男性中最尊贵的贵公子了，洪善卿之流，不过是开参行的商人，而史三公子甫一出场，介绍他身份，是“天下闻名极富极贵的史三公子，祖籍金陵，出身翰苑，行年弱冠，别号天然。今为养疴起见，暂作沪上之游”。又借赵朴斋的眼睛，说史天然在上海租居的史公馆那派头，让赵朴斋不敢正视。

这史三公子又是承嗣三房，有了一妻，还要再给那二房讨个媳妇，以便给那二房“母亲”传宗接代，也就是光所谓妻子就可以有三个，所以赵二宝就做梦能当他的妻。而在史公馆盘桓被包下的数日，也是二宝一生中最风光的日子，公馆内获翩翩佳公子专宠，出门盛装艳服，分外风流。二宝好像将一生中的好日子都在那几天过完了，此后只剩下回味。

二宝也开始嫌哥哥朴斋塌台，不叫他再到史公馆来令她尴尬。初涉欢场的赵二宝获得史三公子和他的白相人同道的欢喜，皆是因为她“好人家风范”，意思看着还似良家少女。连常把欢场当社交场的资深玩家齐韵叟也不禁感叹：“上海欢场是陷阱，跌下去的人不少。”终究也没人再追究赵二宝以自由身主动为妓，是被逼无奈，还是爱慕虚荣。但一个“初”字，又能抵得过多少的时间。

书中一个细节，赵二宝与史三公子厮混没多久，在也已下海的乡下闺蜜张秀英的公寓房间里，翻出了几本春宫册页，就主动招史天然一起观看。姑娘家的羞耻心，说没有也就没有了，也不免令人一叹。

韩邦庆笔墨无情，又道出另一重潜规则，着墨于赵二宝和她的“大姐”，也即侍候倌人的阿巧之间的比对。二宝心里看不起阿巧，所以见哥哥与阿巧鬼混，就十分恼怒，本也不欲将阿巧配与赵朴斋，觉得自己的佣人当她“阿嫂”简直是羞辱。但二宝的尊卑之识本也是虚妄，终于被边上人一语道破：开堂子的大班讨个大姐做家主婆，也未尝不可。面孔标致点的，做个小姐；面孔勿标致，做个大姐。小姐和大姐，其实又有什么大的分别呢？

赵二宝从良到娼，心系史三公子又情爱幻灭的过程，足可以另拍一部《海上花 2》，且更有阶级意味。或许因为二宝身上承载的太强烈的城乡阶级背景，反而被侯孝贤与朱天文、阿城的剧本班子舍弃了这一条主线。这个电影若拍起来，猜它会有些《一江春水向东流》的味道。好也好坏也好，上海滩温柔乡的诱惑就摆在那儿，赵家兄妹失了方寸，他们糊涂无能的母亲赵洪氏也失了方寸，一日日糊涂下去，在上海滩的欲望黄流中流连下去，一条道走到黑，断了归乡之路。

晚清的两个新兴城市

韩邦庆在开篇就开门见山写道："只因海上自通商以来，南部烟花日新月盛，凡冶游子弟倾覆流离于狎邪者，不知凡几。"作者自认写作此书本意是为警示，却让后来的看官们了解了一个离我们并不算遥远的时代的真实风情。

《海上花列传》的故事发生地在上海的租界。上海与广州，都是开埠的新兴城市。看情形，那时候的上海人就有点傲娇，看不上南方的广东人。长三先生中的黄翠凤就说"广东客人野头野脑"，她不愿意做，也不肯巴结他们。什么是"野头野脑"，书中并不明说，或者这些高级妓女眼中，广东客人还带着些粗鲁的"南蛮"气味吧。黄翠凤说有个广东客人要跟她同坐马车，她坚持要一人一辆车子，广东客人不爽，她干脆不理他。

第四回中，官员罗子富说长三周双珠有个广东客人，不知道底细，周双珠当即就否认，说明周双珠心里也是瞧不上广东客人的。而小说不止一次说起的掮客庄荔甫想转卖给大富商黎篆鸿的那批古董字画，上家的主人便也是"底细勿清爽"的广东商人。

书寓女子，称先生，讲的是苏州话，因为当时以苏州美女为上品，于是长三先生们的通行语言是苏州话。新晋长三赵二宝由良入娼，被史三公子接进在上海的史公馆“金屋藏娇”，对外宣称则是她要回苏州几天。

以上海为中心，辐射到杭州、苏州、金陵。从杭州、苏州、金陵来的各种达官贵人，将上海滩当成了自己的人生大舞台。这一格局，也颇类似于今天以上海为中心的长三角地区了。

在上海滩的这个贵人圈子中，对南方确有几分轻视之意。最见多识广的长三倌人，已经见识过以商发家的广东新贵，内心却也仍有轻视之意。

第五十回中，讲到一班广东妓女在齐韵叟的一笠园“出出进进，替换相陪，足有二三十个”。她们发型新潮，奇服异装，活泼俏脱，嬉笑怒骂，不像娉娉袅袅的上海长三，穿着宽袍大袖，举止稳重地装淑女，装少奶。同是烟花界，倒像是青衣与花旦的区别。

晚清上海的娼妓业发达。有日本导演寺山修司的《上海异人娼馆》为证，这是开放尺度意义上的《海上花》，也是讲上海窑子里的事。寺山修司是著名情色导演，春凳、SM等场面，以及O娘为了爱而奉献的缘由，都让人反胃，跳着看了五分钟便不想看了。于是更爱侯孝贤拍的《海上花》，美得中国，意蕴无限。现实中的一例，乃著名犹太富翁哈同，妻子名叫罗迦陵，罗迦陵出身低微，低微到什么程度？据说她曾在上海当过咸水妹。咸水妹，就是等级较低的专门侍候外国人的妓女。但哈同自己也是白手起家，并且是与罗迦陵一起后发家的，因此对这相貌普通的太太，一直是又敬又爱。这是《海上花列传》中各种长三八仙过海都不曾得到的好境遇。

同在十九世纪末，清朝末年，广州也是商业兴盛的城市，经商成风，容易致富。《胡汉民回忆录》中写道，清末广州“商人渐有势力，而绅士渐退。商与官近，致以官商并称。通常言保护商民，殆渐打破从来之习惯，而以商居四民之首”。与上海类似的风气是，广东民间也多有吸食鸦片者，因此《海上花》中王莲生们在烟榻上半坐半卧、懒散迷醉的抽鸦片场景，也同样是广州熟悉不过的日常场景。因第二次鸦片战争后，鸦片在清朝正式成为合法的进口商品，容易得到。吞云吐雾之下，广州与上海，一起跟着晚清颓废下去，一路沦陷为“东亚病夫”了。

娼妓业在广州成为女子集中的大行业，屡禁不止，久盛不衰，且花样百出。韩邦庆让二三十名广东婊子在一笠园的聚会中涌进涌出，又写“粤上花”与“海上花”装扮性情都各异，想来也是流连花丛的“花亦怜侬”亲身经历过的。

世纪之末，两个城市同时以病夫之躯，往现代性的路上一路前奔。广东是《黄飞鸿》里的广东，上海是《海上花列传》里的上海，文化上也渐成割据一方之势，海派文化与粤文化，在新与旧之间，都迅速地崛起，彼此互有来往，却还是陌生、隔膜。

在电影《海上花》中，上海还是那个上海，广东的地位则得到了提升。梁朝伟饰的男主角王莲生，私下对沈小红说的是广东话，后来也是回广东升官去了。原著中王莲生去的是江西，这是身为台湾人的侯孝贤，对比他早在世一百多年的韩邦庆一种地域认知上的拨乱反正吧。

“八旗子弟”纳兰性德

一日雪后，窗外黄叶满地，也读了几首纳兰性德，“非关癖爱轻模样，冷处偏佳，别有根芽，不是人间富贵花”，一时不知感叹什么，也写下几句：“人间万感幽单。三更寒灯午后雨，落红成泥，雪葬秋池，不是离愁。”算是隔空向纳兰公子喊个话。

才貌双全的贵公子，“清代第一词人”纳兰性德快被说滥了，却依然牵动琴心。喜欢他的辞藻绝唱，喜欢他的华丽身份，喜欢他的绮年玉貌，喜欢他悼亡妻的多情情深，惆怅他的英年早逝，喜欢他像是一个真实存在过的贾宝玉。然，还因为他是地道的满族人，叶赫那拉氏后人，八旗子弟么？

类似纳兰性德那样辞章深情的才子形象的，唐时有杜牧、李商隐，宋时有秦观、吴梦窗，独纳兰性德似乎获今世文艺女青年的专宠，是不是还有一个因素，那就是因为“纳兰性德”这四个字组成的名字，成就了一朵古典的、绝世而独立的、阴柔秀美的、脆弱不堪一击的高贵兰草？

从清顺治元年算起，清人入关这才多久，从纳兰词里面，一边是

"风一更，雪一更，夜深千帐灯"，胡尘黄沙，大漠孤烟的边塞；另一边，却是"文质彬彬，然后君子"。当羊皮袄子换成了锦衣绣袍，八旗子弟的汉化速度之惊人，对汉文化的推崇和学习的热衷程度，从纳兰家长公子身上便可一窥全豹。

纳兰之所以能成为纳兰性德，还不是像贾宝玉那样，是簪缨世家的荣国府忽然出了个爱吃胭脂的"逆子"，而是康熙朝清朝贵族的上流社会，已是那样一种吟诗崇才的风气。性德的父亲纳兰明珠，为清康熙年间武英殿大学士，推崇汉文化，自己也是藏书家，参与编修皇家典籍。也正是这位康熙朝廷上的权臣、大宰相，大大促进了满汉文化的交融，也开始让汉族知识分子进入了八旗上流的视线。

纳兰性德，原名纳兰成德，字容若，清正黄旗人，康熙进士，官一等侍卫。他自己喜欢署名"成容若"。容若是康熙帝爱新觉罗·玄烨的同龄人，只比玄烨小一岁。三十一岁即死于寒疾，也即民间通常说的痨病。这个病，仿佛难以跟刚刚入关不久、吃苦耐寒、精于骑射、四肢发达的满族子弟联系到一起，而容若偏又是武艺高强之人，多次跟着康熙，或代表朝廷出巡边塞，慰劳边关将士，时人皆因纳兰公子文武双全而爱重他。

容若又是个集各种矛盾于一身的人物。他的职业身份是武艺高强的御前侍卫，一边是一个可以由着金庸梁羽生纵笔狂欢、进入武侠世界的人物，一边是纳兰诗词中无尽的感伤与心事。容若其人，和林黛玉、茶花女、林徽因、大诗人济慈以及徐志摩写文怀念的新西兰女作家曼殊菲尔德等人，堪堪同病相怜，情深者不寿。

“谁念西风独自凉？萧萧黄叶闭疏窗”，公子悲秋；“回廊一寸相思地，落月成孤倚”，公子咏月；“苏小门前长短条，即渐迷行处”，公子咏春；“相逢不语，一朵芙蓉著秋雨”，公子爱荷；“朝泪如潮，昨夜香衾觉梦遥”，公子温存；“拨灯书尽红笺也，依旧无聊”，公子思人；“一别如斯，落尽梨花月又西”，公子咏别；“泣尽风檐夜雨铃”，公子悼亡；“德也狂生耳！偶然间，缁尘京国，乌衣门第”，公子门第高华，却说“身世悠悠何足问，冷笑置之而已”，仿佛是一个要任性摔玉的贾宝玉附了体。

他从铁马金戈的来处，终于还是停留在了温柔的河山里，从此沉溺于婉约柔肠的爱恨情仇。“一往情深深几许？深山夕照深秋雨”，他的吟唱，影响了后世的情人们，相爱的人们，为了这恋爱的唯美，宁愿情深不寿，也要豁出去体验那一往情深深几许的滋味。否则，你便没有真正品尝过爱情这杯酒，你终究还是可怜的浅人。

有一掌故，说权臣和珅给乾隆帝看民间已在流传的曹雪芹《红楼梦》，乾隆帝马上说，这书说的是“明珠家事”。纳兰家是叶赫那拉氏一支，曹家在明亡后归附新朝，属于皇帝家臣，康熙的乳母就是曹寅的母亲。曹雪芹祖父曹寅和纳兰性德本是知交，曾同在康熙朝担任御前侍卫，后来纳兰性德随康熙南巡到金陵，也曾造访曹寅，互有唱和。康熙朝权倾朝野的纳兰明珠是个能臣，但到当官后期，也曾因为贪腐问题等被抄家，只是纳兰性德死得早，其父还在鼎盛之时，自己也被皇帝看重，不像贾宝玉那样亲眼经历了贾府的没落。

明明是身在“盛世”的贵胄，纳兰的辞章味道为何却偏偏像再世的李后主呢？李后主李煜虽有大才，倾吐的却每每是亡国之音，这又是纳兰性德身上的又一重矛盾了。那么，贾宝玉这个虚构人物身上，或许真有几分纳兰性德的影子了？

“泠泠彻夜，谁是知音者？”满族的八旗子弟在汉文化的清词丽句中寻觅着知音。不仅纳兰性德，纳兰明珠之子揆叙、康熙第二十一子慎郡王允禧这些旗人子弟，清初之时就有诗文别集刻印。古说，放下屠刀，立地成佛。这些金戈铁马入了关的八旗子弟，却是放下屠刀，学写汉诗。这当然是中原汉文明的诱惑，挡都挡不住啊。昔日古希腊的亚历山大大帝征服了波斯，却也对大流士的波斯帝国悠久的东方文明心向往之，更何况来自蛮荒苦寒地的努尔哈赤的子弟。

有一逸事，可为纳兰性德那个时代的文化水土的旁证。明末清初，《桃花扇》中害得李香君血溅桃花扇以明志的南明弘光小朝廷权贵阮大铖，本也是明末文坛响当当的腕儿，却是文人无行的阉党才子，后来投降了南下清兵，权宜之计，只好当起了“随军诗歌匠”，也就是给清军中喜欢汉诗文的满族权贵讲授怎么写汉诗，“有酋求学诗，唱和到五更”，这真是一幅有些滑稽的画面，也不知这陪着那位黑姓军官唱和到五更的阮大铖的心中，是啥滋味？依大铖的人品，遇上了喜文墨的满人，正好卖弄一番，也正好为其傍上清朝新主子牵个红线。但见夜深人静的军帐里，大文人阮大铖陶陶然作欢颜状，有记载说他教授进兵浙闽的将军徒儿，“才得押韵协律，即抚掌击节，赞赏其佳”。活脱脱的贰臣样子啊！

不管最早领袖们如何忧患未来，警惕着满人向汉文化彻底投降，接着慢慢丧失八旗子弟“胡服骑射”的彪悍本色，自顺治到乾隆朝以来，入关的旗人，特别是贵族子弟，还是迅速崇尚起汉文化来。这一百年间，八旗子弟放下屠刀后干了什么？他们焚香啜茗，排曲唱戏，吟诗作赋，像纳兰公子那样，与顾贞观、朱彝尊等汉族文人称兄道弟，成为一时之尚。

纳兰性德的时代，离清人入关不过二十年间，曾经叱咤马鞍上、武功赫奕的努尔哈赤的子孙们，正在从精神上驰离那大漠草原的故乡。容若也写边塞诗。偶有一句，“西风不解征人语，一夕萧萧满大旗”“寒月悲笳，万里西风瀚海沙”，依稀可见词人来处。寒月悲笳，想起蔡文姬流落匈奴的《胡笳十八拍》，想起八旗子弟入关前的出处。原来，那里仿佛是他的前世。

但其身上赳赳满人的烟尘终究依稀消散。容若曾以北朝鲜卑族人独孤信自喻，将自己的词集命名为《侧帽集》。此独孤郎和容若一样是个风宇高旷、姿容俊美又善骑射的美男人，文武全才，有一回他出城打猎，骑马太快吹歪了帽子，来不及扶正，别人看见了也大为惊艳，纷纷模仿起独孤信侧帽的样子，这或许可以一窥容若二十四岁时隐秘的内心世界。

无论是纳兰公子还是怡红快绿的贾公子宝玉，其实并不文弱，甚至还是英武的骑士。清代对于旗人骑马一事，规定凡贝勒、贝子、公、都统及二品文臣，非年老者不得乘舆，而汉官一般可以坐轿。荣宁两府封有荣国公、宁国公，贾府子弟从小也要学骑射。近日闲翻《红楼梦》中，宝玉也是会骑生马的，而且上马奔驰得快，可见宝玉的骑术不赖。还有打围，就是打猎。贾母曾亲自问贾珍，宝玉的箭练得如何了，贾珍回答是大有长进，贾母才放了心。纳兰性德贴身侍奉的玄烨皇帝，年年自己去打围，而且弓箭功夫和射猎功夫了得，这些英武之事，纳兰性德作为御前侍卫定是必然要参与的，而且可能表现不俗，很受康熙赏识。因为作为世家子弟，骑射更是他从小的功课。但眼见着，不过一百年间，八旗子弟对骑射等满人传统的热衷程度，却是江河日下。打围是辛苦的，风餐露宿，野外帐篷篝火，刚入关时满族八旗子弟尚爱好之事，慢慢地，就变成了不得不去做的辛苦之事。《红楼梦》中，宝玉问起朋友冯紫英打春围的事，这贵公子冯紫英随他父亲神武将军冯唐去铁网山打围，脸上还弄出了青伤，就吐槽开了："可不是家父去，我没法儿，去罢了，难道我闲疯了？咱们几个人吃酒，听唱的不乐，寻那个苦恼去？"

到了冯紫英这儿，曾经八旗子弟的本色，成了现在公子哥儿躲不开的苦恼了。以弧矢盛天下的大清朝，马上英姿曾是八旗子弟的常态，但到后来，王公贵族旗人子弟一个个出落得文质彬彬，过起了闲情雅意的精致生活。康乾盛世，皇帝们想保留的那点大漠黄沙中的血性，终究是不敌纳兰性德们对浅唱低吟的沉迷。

真实的纳兰性德与虚构的贾宝玉相比，看起来并无宝玉的叛逆。内心视功名富贵如浮云是一回事，自叹“我是人间惆怅客”是一回事，但纳兰的成长史并没有成为脱缰野马，离开父辈设计的道路。读书，考进士，求功名，纳兰都干得漂亮。但身在庙堂之高，他依然是一个“另类”。作为纳兰府少主，与在纳兰家当家庭教师的文人顾贞观成为莫逆之交，完全不在意身份的悬殊，后来还以五年为期，以朋友的身份帮忙营救顾贞观的朋友——被流放至宁古塔的汉族文人吴兆骞，仅仅因为被顾贞观的一首《金缕曲》感动。公子可谓义薄云天，为了顾贞观慨叹友人的“季子平安否，便归来，平生万事，哪堪回首”，也为了顾贞观自叹的“我亦飘零久，十年来，深恩负尽，死生师友”，公子一诺千金，终于救回了吴兆骞。但高门华第的纳兰家长子，短短一生中将几个汉族落魄文人视为知己，这本来也是一种对当时的主流价值观的叛逆，要让其父大相国纳兰明珠头大的吧。

纳兰性德一生为人津津乐道的几桩情事，除对亡妻卢氏用情极深，他深爱的还有一位汉族女子，发妻卢氏难产故后，纳兰这多情公子的情感生活似乎并不如意。直至三十岁时，容若与汉族歌妓沈宛同居，几乎成了正黄旗的纳兰家的一桩“事故”。江南才女沈宛，字御蝉，浙江吴兴人，歌妓出身，以诗才名动一时，著有《选梦词》，容若可能慕其名，据说两人相见前，曾多有书信往来，容若纳沈宛，也是朋友顾贞观牵的线。且不论沈宛的歌妓出身是否坐实，康熙一朝，八旗子弟与汉人通婚是有禁忌的，“满汉不得通婚”是天条，作为汉女的沈宛虽然被接到了京城，终究还是进不了纳兰家的门，连纳兰家正式的妾都算不上，只能当个外室。更悲剧的是两人相好仅一年，容若就因病去世，沈宛后来不知所终，正如她的词中所咏，“雁书蝶梦都成杳”。这桩情事是作为八旗子弟的容若在世时，最大的一次离经叛道之举了，要说根子还是在于爱屋及乌——先是爱上了汉文化，又因这缘起，爱上了吴兴才女。

何处才是纳兰性德的精神故乡？是在那八旗子弟的来处，还是且将他乡作故乡？真叫人要恍惚好一些时候了。

旗人从英姿勃勃到清朝晚期的提笼架鸟，一副纨绔子弟样儿。道光之后，八旗子弟武功全废，只懂安逸享乐，基本不会上马打仗，只能徒叹祖上荣光了。当年康熙和乾隆皇帝对于八旗子弟汉化的担忧，真的成了现实，而恰恰清朝皇帝自己也是最大的矛盾体：一边警惕着，一边心向往之。康熙与乾隆，自己都是汉文化的爱好者，相比只以掠夺与践踏为快事的征服者成吉思汗，谁又比谁更高明？

而八旗子弟脱胎换骨的蜕变，中间到底发生了些什么事？读读《红楼梦》，再看看纳兰性德双重人格的一生，似乎答案已不言自明。人性本就是由蛮荒向往着更文明的生活的，性灵如纳兰性德们，他们首先看到那片人类之光，全身心地想要抓住它，难道却是错了吗？

二百年后，大清的丧钟敲响，再回看纳兰性德在康熙盛世时那与生俱来的忧愁，纳兰性德的幽丽词音，仿佛也早已预示着一个王朝的没落，容若其人，或许就是上帝派来的一个预言者？

红楼梦里声声慢

其一，红楼做梦。读远在纽约的散文家张宗子文，有所思。提到袁大头袁世凯食量惊人，精力也过人，记得从前看过《戊戌风云录》《辛亥风云录》，废帝爱新觉罗·溥仪《我的前半生》等书，又读过一本不太厚的书，是袁二公子寒云的传记，印象很深，对其人一直念念不忘。记得他的"绝怜高处多风雨，莫到琼楼最上层"之诗句。袁克文，号寒云，人称"袁门子建"，其才堪比建安年间曹操家四公子曹子建的，而袁项城与曹操又是有几分相似处，一代枭雄，只是生不逢时。曹操至死不敢称帝，而老袁胆大包天逆势而行，终究被帝王梦搞得身败名裂。

读宗子文罢，搜得袁寒云号的来历，缘于他极爱的《倾怀玉芙蓉》，道："收拾起大地山河一担装，四大皆空相，历尽了渺渺程途，漠漠平林，垒垒高山，滚滚长江，但见那寒云惨雾和愁织，受不尽苦雨凄风带怨长。雄城壮，看江山无恙，谁识我一瓢一笠到襄阳。"贵为皇子，依然看透了身在高处的世情与人生是"寒云惨雾和愁织"，足见其人的清透和预见性了。

又想起宝钗喜欢点的戏文《寄生草》，里有“赤条条来去无牵挂”，与这一《倾怀玉芙蓉》也是异曲同工啊——

漫揾英雄泪，相离处士家。谢慈悲剃度在莲台下。没缘法转眼分离乍。赤条条来去无牵挂。那里讨烟蓑雨笠卷单行？一任俺芒鞋破钵随缘化。

看江山无恙，谁识我一瓢一笠到襄阳；那里讨烟蓑雨笠卷单行，一任俺芒鞋破钵随缘化。

都是贵族的末路上，惊人相似的心境与语境呀。袁寒云与薛宝钗，都是琼楼上的明白人，居然是跨世之知音呀。只是宝钗看透了世情就寡了欲，所以宝玉最后出不出家，其实对宝钗内心的影响并不见得大。但袁寒云一边看透，一边仍在绮罗庭院里，在笙歌巷陌里，在红尘鸳浪里，青花粉彩，红粉佳人，名士戏子，仿佛是他命中注定的生活，然后他在这样的生活中忧郁着，独自感伤，独自喟叹。慢慢地，袁寒云从一代遗少变成了一代遗老。他的一名小妾温雪离开后曾说他，“寒云酸气太重，知有笔墨而不知金玉，知有清歌而不知华筵”，这份酸气，薛宝钗身上也有，林黛玉身上就没有，所以黛玉比宝钗更灵气，黛玉是想着华筵终归是要散的，所以感伤，所以流泪。

闲来片刻，会琢磨琢磨那些事关品味的书。最近看到顾城评《红楼梦》的旧文，顾城谈宝钗，真是冰雪聪明的人才是冰雪聪明的人的知音。说宝钗的雪白屋子，说宝钗的空无之性，真是与我心有戚戚焉。所谓钗黛，钗的心里是住着一个老和尚的，黛却是真正的情种，是纳兰性德“风一更，雪一更”地要来这浊世还债的黛，钗是郊寒岛瘦的钗。宝玉尚且有顿悟了出家的行为，宝钗的悟是早已静静地悟了的，所以就通透地待在世俗重复里，做一个贤良本分人，连出家这一步的行动也可以免了。

从前读过几章《刘心武续红楼梦》，看不下去，最大的问题不是说续作故事情节的合理性，而是语言感觉基本不对。

就好比一个天天要遵守社会法则，为五斗米折腰的现实中的中产阶级，硬是要显得自己对两百年前的贵族豪门生活细节游刃有余，看得见他们怎么说话，怎么作态，怎么交际，怎么思考，怎么表达情感。以为那不过是韩熙载五代屏风上的画，以为是跟姐姐妹妹们一起长袖共舞，其实，那劳动人民的袖子，短得根本舞动不起来。

刘心武就是刘心武样式的，即使在这个并不性灵的时代里，他也算不上是一个性灵才情挥逸的作家，以前读过他的小说，文字感觉基本上是水泥预制板那种，闷闷实实的，现实主义的，他的文字里，有厚重实诚担当，却缺一份风流潇洒。对《红楼梦》的痴迷是一回事，你觉得已经很懂大观园里的那点事，其实你也未必懂。因为你不是曹雪芹，也不是洪升，你骨子里也不曾是风流潇洒又愤世嫉俗的公子哥儿。不像陶庵老人张岱，到潦倒无所归止之时，想生平所历繁华靡丽，过眼皆空，五十年来总成一梦，那梦过后，总归还能凭着记性画出来。

就好像《旧地重游》这样的英伦挽歌，董桥说得好，伊夫林·沃是最忍得住情的作家，也只有这样世家出身的英国人才写得出贵族子弟塞巴斯蒂安家庄园里的那点事。

《刘心武续红楼梦》，可叹满纸匠气，最不搭的是语言的质地。欠气度，欠典雅，欠性情，欠风月，欠古典，欠莺燕，也欠“闲话说玄宗”的一种悠长淡然，像是木刀子割肉的屠夫，虽势大力沉，用力用得了得，那肉却依然被割得不成形状了。“拗相公”硬欲将现代汉语拗出古典味来，可语言这东西，真是勉强不得的。相比写市井的《金瓶梅》，还有高鹗版的续，后来鸳鸯蝴蝶派的一些小说，语言都比刘心武的“红楼”美多了。但《红楼梦》研究者邓云乡就不爱读高鹗的续，因为高鹗把贾家的饮食写得乱七八糟，不伦不类，比如让金枝玉叶的林妹妹吃起了普通人家下早饭的大头菜，少了豪门贵胄饮食的精细，或许还不如《随园食单》上的菜肴上品。

优美语言的流失，逼真细节的流失，或许是急躁冒进的时代造成的，想在当代找个能使语言和生活细节都符合《红楼梦》之美的作家，大陆真的不太好找，或许，还能在台湾找出两三个来吧。

记得木心是动过心续写《红楼梦》的，当年木心的知己，音乐家李梦熊曾怂恿他续写《红楼梦》，木心犹豫之下，就去找算命先生断，最后想想还是算了——聪明的木心，还是不想被人骂。

一百年前，中国还是儒学大师一抓一把的辉煌时期，哗哗地就繁花凋零落尽。从文化的食物看，若没有古典书，没有国外书，我们现在的人，也就只配吃吃肯德基。陆文夫当年写《美食家》，那种关起门来在幽闭中享受极致精致的情调，还有清人的鼻烟壶等小玩意儿，世界之美成了一把小壶上的微缩景观，这种不要命的颓废，如今都不可见了。

这真不是一个可以续写《红楼梦》的时代啊。想起李少红导演新版《红楼梦》中的贾宝玉，简直如一街头听着 MP3 滑轮而过的嘻哈少年，穿越着误入了大观园，被强摘下 MP3 和棒球帽，换上了古装，扮成痴情公子，不禁怀念起老版脱俗出尘的欧阳奋强版宝玉。看欧阳奋强，再看小李迪卡普里奥，便知这世上比樱花更快凋零的是美少年，所以也更理解维斯康蒂的《威尼斯之死》中，艺术家们对美少年那种无可救药的迷恋了。为了少年之美，可以去死。少年只美那么一会儿，此后成年，美少年不再，也许就成了今日不忍再睹的中年欧阳奋强或肥瘦难料的莱昂纳多大叔。十七岁的诗人兰波，是多么的美啊，难怪已经浊了的魏尔伦会那么膜拜地、绝望地、自惭形秽地、贱到底地爱他。

索性再看一遍老版红楼，回味一下八十年代的《红楼梦》。如今是连《红楼梦》都要快进的时代了，一切都求快，男男女女初次见面，就迫不及待上床了，这世界还有个什么趣呢？

其二，王国维与罗振玉。清夜重翻王国维《人间词话新注》。想到王国维与罗振玉两个大师级遗老、汉子，曾经肝胆相照，趣味相投，王在经济上多赖罗，三十年亦师亦友亦知音亦恩主，但不知最后为何决裂。两个男人之间最终决裂的核心原因到底是什么？谜一样的绝响，这是否也是促使忧郁老实的王国维最终自沉在知天命之年的原因呢？

感觉罗与王，一阳一阴，一刚一柔，一强一弱，罗振玉是二人中气场更强的那一个。罗振玉能狡能诈，王观堂未必能如此，也许到后来，罗越来越克着王了。男人与男人间微妙的关系啊，不知到哪处刚刚好，到哪处是界限，再过头就越界，让另一个人有被侵犯的感觉了。曾经我也想问，两位存在主义大师，曾经交好的萨特与加缪，真正的决裂原因又是什么呢？

只茫然吟唱那一首《西北有高楼》：

西北有高楼，上与浮云齐。
交疏结绮窗，阿阁三重阶。
上有弦歌声，音响一何悲！
谁能为此曲？无乃杞梁妻。
清商随风发，中曲正徘徊。
一弹再三欢，慷慨有余哀。
不惜歌者苦，但伤知音稀。
愿为双鸿鹄，奋翅起高飞。

知音或仇敌，也在悬悬一念间啊。

佳人揭调唱伊州

陈寅恪先生曾将一首诗赠吴宓，自谦“著书唯剩颂红妆”，颂的红妆，一是柳如是，一是陈端生。陈端生是杭州人，为世间留下厚厚一部《再生缘》，是我中学时代极爱之书。记得厚厚三大本，当时看得如痴如醉，不知昼夜，当时我这高中女生很为这部给奇女子作传的书动容。陈端生本人婚姻不幸，所嫁非人，要论与夫君般配度，尚不及谢道韫。而谢道韫嫁王羲之的儿子王凝之，王凝之信五斗米教的，也习书法，终日打坐冥想，家庭生活很是乏味，也令谢道韫一生郁闷，最后还因丈夫死于非命而孤独终老。陈端生更是，丈夫因科考案获罪发配边疆，归来时，端生的生命已到了尽头，一生虽有满腹才情，终是无法走出闺阁。《再生缘》流传到民间，给在闺楼刺绣描红、闲愁几许的女子们生出意外的希望和流动的生命，尽管这希望和生命只是空中楼阁，是传奇，是惊鸿一瞥。陈端生开启的是闺楼女子们对世界的想象力，却不能让她们走出更远。过后便是暗淡，别样的，冷寂的，红楼。

越剧和评弹里都有《再生缘》改编的连本大书《孟丽君》，可以连续说上十天十夜。当时盛况，在现今只有某年昆剧《牡丹亭》在兰生剧院连演时才恍如重现。在女子缠足的时代，孟丽君男扮女装出征的故事有多么不同凡响，但最后还是归于皇甫少华，妥妥回归了妻性。陈端生也终究悲哀，伊在当时属于思想解放的主，不仅让女人出征，还让她改着男装前，画一幅自画像，留存红妆少女的绝代风华。在现代看来，倒真有几分女性主义的意味了。去年毛尖还曾提到《镜花缘》是可以看看的，后来跟毛尖的老师李欧梵先生也提到《镜花缘》，他说不太喜欢，因为太过女性主义。看来《镜花缘》是女性专宠的一个上天入地的幻梦了，就跟现在女孩子爱看《还珠格格》差不多。但孟丽君的画像也注定了在传奇之后，人与画像重归红楼的命运。

当柳如是投奔比自己大一辈的黑、老、丑的钱谦益时，圆融的世故之内，又是怎样的凄凉呢？这是理性选择的结果吧。从前我喜欢明朝东林党，喜欢复社和陈子龙，而这陈子龙正是柳如是最爱的人，明复社巨子也，因大家族的关系，不能把名妓出身的柳娶到家里，两人只得分手。柳一生的许多诗词都是给陈子龙的。陈柳这对旧情人后来又都抗清，柳如是逼着钱谦益去抗清，自己打扮得像戏文里的穆桂英或樊梨花，又艳又夸张，真的是人生如戏，戏如人生，此是后话。

哀莫大于心死，钱柳姻缘白发对红颜，对柳来说，钱能给他一个妾的名分、一个家、社会声望等。想明白了，他还是大才子，早已不是男女之欲了，是长期饭票了。

春日，杭州柳絮飘飞，白白的一堆堆在马路边，有似梦非梦之幻感。当然被它吹到脸上，是很容易过敏的。那个“未若柳絮因风起”的才女呢，出身东晋时陈郡谢氏望族，“旧时王谢堂前燕”的那两家之一。东晋时士族与士族联姻，她嫁给王羲之的次子王凝之。凝之在众兄弟中不算出众，只是个写写书法、沉溺神秘宗教的无趣人物，才不及其父，也不及幼弟王献之。而谢家平辈中，谢朗、谢玄等兄弟个个是青年才俊，自然要怨自己嫁得不好了。忧从中来，不可断绝，自是难免。

读陈寅恪、张中行等人，很是感激他们对于女子的体恤，他们不是男同，却是从骨子里爱惜女人、尊重女人的男人。张中行到老时有记者问他，你一生中印象最深的事情是什么？他说，男女。还有呢？依然回答是男女，如此三，都是男女。真是够可爱的大实话了。

暮春之时，傍晚在西湖边漫行，忽有香草美人之思，便想起了冯小青。小青住在西湖边别墅，是大户人家小妾，但丈夫冯通虽爱她却怕大奶，她这合法二奶都做得诚惶诚恐，后被大奶赶出家门，另幽闭于孤山边一别墅中，以诗画聊以自慰，连可怜的一点人生快乐也被剥夺了。小青每每在湖边顾影自怜，也请画师画了三幅画像，如是成疾，渐至憔悴而死。死前将画像以梨酒供之于榻前，连呼：“小青！小青！”这西湖边的阴幽柔怨，无声冷月，却照到几百年后的孤山夜。

最喜欢一首柳如是词《金明池 · 咏寒柳》，以前会背半首，今日算作重温：

有怅寒潮，无情残照，正是萧萧南浦。更吹起，霜条孤影，还记得，旧时飞絮。况晚来，烟浪斜阳，见行客，特地瘦腰如舞。总一种凄凉，十分憔悴，尚有燕台佳句。

春日酿成秋日雨。念畴昔风流，暗伤如许。纵饶有，绕堤画舸，冷落尽，水云犹故。忆从前，一点东风，风隔着重帘，眉儿愁苦。待约个梅魂，黄昏月淡，与伊深怜低语。

午间翻旧字，发现自己从前竟写了些与古典有关的文字。从前的我，听古琴、琵琶与箫声，自闭到读古籍几日不出门，喝茶不喝咖啡，哼京剧听昆曲，穿那种有点民族风格的服装，谈古典爱，像从木心的诗《从前慢》里走出的人。这一段只问东不问西的时光，大约在大学毕业之后，有五六年。

上午有些闲情，找到了这则我曾经很喜欢的香艳典故“蓬山不远”。宋仁宗时有大才子叫宋祁，是状元郎宋痒的弟弟，有天宋祁过繁台街，遇数辆彩画艳丽的宫里车子，不及回避。忽有褰帘者说：“小宋也。”小宋见车内是一美丽女子，惊讶不已。恍惚间，车已行远。归来怅然若失，写《鹧鸪天》一首：

画毂雕鞍狭路逢，一声肠断绣帘中。
身无彩凤双飞翼，心有灵犀一点通。
金作屋，玉为笼，车如流水马如龙。

刘郎已恨蓬山远，更隔蓬山几万重。

词传于禁中，宋仁宗知之，因问第几车子何人呼小宋，有宫女站出来从容应答，于是仁宗把宋祁叫来，对他说："蓬山不远。"就把宫女赐给了他。

现在看依然觉得好，因为先有声，后有色，再有思，所以回味得美，所以既香且艳耳。

从"恨蓬山远"，到对他说"蓬山不远"，多少人间意蕴，尽在不言之中。"小宋也"，清脆的一声，从宋朝回响到现在，依然是清脆的。

从前慢，广陵烟云迷离。说到了扬州，泛起种种怀古思绪，扬州古时也叫广陵。记得从前，一日灯下，读柏泉先生之《广陵风云录》，著者称要为历史小说作另一种注解。柏泉将三位艺人与唐朝这个古远朝代的夜雨秋风化成故事，娓娓道来。一张古筝，一把小忽雷，一副天宝歌女的绝妙好嗓，在灯下我们恍惚被领回唐朝。弹筝的二女子，名薛琼琼和裴玉娥。"娥"字多好，不过现在即便乡下人给女儿取名，都知道这个字土，所以不用了。琼琼和玉娥身怀绝技，怎奈命运乱离于晚唐的大荒凉中，飘若浮萍。我们或许还与一个叫高骈的历史人物相熟，他是唐僖宗时代的枭雄，不仅是一介武夫，并有些诗词流传下来。

柏泉故事里的主角是高骈节度使之姬妾，能弹出"高山仰止"筝音的薛琼琼。高骈是谁？晚唐不简单的历史人物，出生于禁军世家，公元866年，率唐军收复交趾，破蛮兵二十余万，同时还是晚唐诗人。高骈自幼好诗，雅有奇藻，有《听歌》诗云："公子邀欢月满楼，佳人揭调唱伊州。便从席上秋风起，直到萧关水尽头。"诗中的佳人，可是指薛琼琼？若在两人都风华正茂的年纪，可以想象那琴剑合一、笑傲江湖的姿仪。高骈曾有自赋《言怀诗》曰："恨乏平戎策，惭登拜将坛。手持金钺重，身挂铁衣寒。主圣匡扶易，恩深报效难。三边犹未静，何敢便休官。"可见晚唐的动荡，高骈也曾是壮怀激烈，想在乱世有一番作为的。才子佳人相逢于这乱世，但这个弹筝的小女子，最终看清了广陵刀光剑影中的衰败之相，绝尘而去了。她的眼力，倒有几分像夜奔李靖的红拂女。而戎马一生的高骈到了晚年也意志消沉，昏庸起来，只管自己想得道成仙、长生不老了。

"小忽雷"是一把琵琶的名字，在中唐著名的"甘露之变"中流落民间。琵琶上沾着唐文宗时代宫廷艺人的血泪，则又联想到汉武帝身边的李延年。记得从前读过中晚唐史，多关注于牛李党争，朝代衰落。可以想象开元年间在明皇的勤政楼前清歌的永新娘，到了安史时，一般也就只能沦落至长安的烟花巷陌了。

为千年前野史中的几缕芳魂一祭之余，忽想到写历史，并非要表现惊涛骇浪之大事件和政治风云与战争场面。历史是《三国演义》之"滚滚长江东逝水"，有时候则是一筝，一琵琶，几个乐人，谁言大风浪之外的边缘人和几件乐器沉浮之事道的不是铁铮铮的历史呢？

最近看了侯孝贤的《聂隐娘》，侯大师也对中唐故事感兴趣，并在镜头中刻意去体会唐风。节度使嚣张的时代，有聂隐娘这样怀有隐忍心和自我情感的女侠，也有高骈节度使的美姬薛琼琼，在那个争端之世，这些女子也是有自己的态度的。聂隐娘绝尘而去，放下屠刀，以自己的理由选择“不杀”，跟她看中共度一生的磨镜少年一起隐走高丽了。侠，也是明明可以动手，却选择不动手。侠客并非只是为了在江湖逞能的。日本演员妻夫木聪扮那磨镜少年，在我心中成为最与老子的道家思想相关的一个神秘的存在。

读《太平广记》，记下一个典故。黄帝听说崆峒山上住仙人广成子，就去问治身之道。广成子回答了他：“至道之精，杳杳冥冥……无视无听，抱神以静。形将自正，必净必清。无劳汝形，无摇汝精。”凡要得道者，都要去嗜欲，撤声色，无思无为。如此活法，不是像一段枯木，即使活一百岁又有什么意思呢？觉得侯孝贤悟得了道家思想，拍出了这样出尘的《聂隐娘》。

一张古筝，一把小忽雷，一副天宝歌女的绝妙好嗓，还要添上嘉诚公主的那把琴。当她抚琴重述“青鸾舞镜”的典故时，便也觉得蓬山不远了。

徐宅上的秋月

昨夜对人人都已熟得像老腻友般的徐诗人志摩佩服得不行，因为这么迟才与他写的《西伯利亚》旧文遇见。志摩坦白：“一个人到一个不曾去过的地方，不免有种种的揣测，有时甚至害怕，我们不很敢到死的境界去旅行，就是如此。”我在想，要是那年去他的故居海宁时，就知道他是一百年前就穿越过西伯利亚的人，或许对他的感受又有些不同呢。

回忆那一天，接近志摩诗人的小城，也曾有过一个渐近的过程。先是老金在《繁花》里引用了穆旦的小诗，其中有如下句子：

静静地，我们拥抱在
用言语所能照明的世界里，
而那未成形的黑暗是可怕的，
那可能和不可能的使我们沉迷。

穆旦对我来说，是个依稀有些印象的名字，记得从前是和象征主义诗人李金发一起，知道有个叫穆旦的诗人。原来他的诗属于九叶诗派，而他的穆字，其实是他本名查良铮，将查字分拆成一个木和旦，谐音穆。果真，他不仅是海宁人，而且与查良镛是本家堂兄弟，都是良字辈。这海宁，不知是否钱塘的潮水拍得人有灵性又有起伏，使人开窍起悟，海宁走出去的穆旦和金庸，都还是二流人物，第一流的，当然要属两个大名鼎鼎的海宁人：一个徐志摩，一个王国维。一个从天而坠，一个自沉于湖。一个是新派诗人，一个是老古董的国学大师。

秋天的那一天，我去海宁，到饭店的时候，就远远地看到了西山。喝完喜酒，顺道去看了一眼徐志摩故居。已是下午，太阳底下，天气还是热烘烘的。

在海宁问起徐志摩，倒是妇孺皆知的人物，听说他就葬在西山。其实在 1966 年，徐志摩在东山万石窝的原墓就被炸掉，连尸骨都找不到了，而西山的墓只是他的衣冠冢。

黄裳有本书，名《如梦记》，我到海宁徐宅，也有午后做梦感。以为徐宅会更老旧些，其实这是后来的徐宅，徐父特地为徐志摩和陆小曼婚后造的新宅。半中半西式，中规中矩一座小洋楼，放在当年的小镇硖石，真算是豪宅了。志摩度过童年和少年时代的老宅，却在残破后被拆毁了，要拜望，也无觅处了。

由海宁同乡金庸题“诗人徐志摩故居”几个字，也算恰如其分。金庸与穆旦是堂兄弟，与徐志摩则是表兄弟。1932 年，诗人的灵柩被迎回硖石镇安葬，当时八岁的查良镛也被家人带着去参加了葬礼。

金庸对海宁的感情，是饱满中又带点自豪的。《书剑恩仇录》里，金大侠狠狠写了自己的家乡海宁盐官镇，书就了一世代簪缨又神秘莫测的海宁陈家，又说乾隆皇帝是陈家私生子。印象中，《书剑恩仇录》是所有金庸武侠小说里最具江南儒雅气的。事实上，海宁人陈元龙以科举考试榜眼及第，一直做到了清朝相国，被称为陈阁老。海宁陈家是乾隆御封的“江南第一世家”，乾隆六次南巡，四到海宁，每次都住在陈氏私园中，又有很多关于陈家的民间传说，才给了金庸无限的想象空间。

徐志摩父亲徐申如是名动江南的民国富商，硖石首富。当年硖石望族的老宅，想来却比不上江南小镇上的私家园林，如西塘的西园、南浔的几个私家园林等，不然不会残破得让无趣又没轻重的人一拆了之了。徐申如有钱，却不会像胡雪岩之类的浙商那样享受生活，但儿子的足迹却远远踏去了英美，飞机、大船、穿越西伯利亚的火车，都亲历过。在那个时代，留学英美的国人毕竟极少，同比海宁的另一文化大人物王国维，当年还是在罗振玉的资助下，才去得了邻邦日本留学。

下午，志摩和小曼回乡省亲的小洋楼里，光线是充足的，这里没有许多中式老宅里那种仿佛要在历史里叹息的阴郁。我在徐宅来回地踱着，上楼，下楼，穿过回廊，坐井观天，晴日的秋空很蓝。这时候，又觉得志摩不妨是，也可能是希腊神话里奥林匹斯山上的人物。

“一样是月色，今晚上的，因为我们都在抬头看”——嗯，真好，归家后的晚上，我也想要在清亮中呼吸。想秋月悬于徐宅的四方天井之上，是什么样子。想陆小曼初到海宁徐家，要按老规矩磕很多的头是什么样子。

那宅子里，徐志摩的书房叫眉轩。眉是小曼的小名，有《爱眉小札》的，可见徐对陆的爱也是满盈的。这小洋楼是徐家赐给才子佳人的爱巢，表面如此，但“南唐北陆”之称的陆小曼在这里也并不受欢迎。这宅子处处有新夫妇的生活痕迹，小曼的佣人房就在二楼的小厢房里。新婚燕尔，略一撒娇，比如把吃剩的饭推给老公，再发个嗲要老公背上楼，在今天情人爱侣间司空见惯的小情调，都惹来公婆大怒，受不了这新派儿媳，所以宁可喜欢改收作继女的原配张幼仪。二为人妇的京城才女陆小曼，在徐家的日子是不好过的。

看徐志摩写的那些亲笔旧书信，给友胡适之的，给妻陆小曼的，给心头爱林徽因的等等，又惊艳了一下，那翩若惊鸿的小楷书啊，一字字都是才情勃发，潇洒出尘的样子。这风流，确实让人难舍啊。

故居的陈列展品中，也有女作家曼殊菲尔德的肖像，诗人罗曼蒂克地译作“曼殊斐儿”，更有绝代芳华气。曼殊斐儿和他最爱的林徽因一样，死于肺结核。两人气质容貌上，也有惊人的相似，都是十分健谈的人，只不过曼殊斐儿的身世悲苦，命运并没有林徽因幸运。曼殊斐儿虽出生于新西兰大银行家家庭，但青年时就与家庭决裂，私奔，以至于父母的财产遗嘱中没有她的份。还好后来在英国，她的文艺评论家老公默里虽然比她小几岁，却是个有担当的男人。

民国的爱情，总是三人行，林陆都如此，徐志摩另一红颜知己凌叔华也是如此。至于陆小曼，后来还牵出个翁瑞午。在上海，陆、徐、翁三人，遥对着京城太太客厅里的林、梁、金的三人行。翁也是世家贵公子，民国四大公子袁寒云一般的人物，书画、戏曲、推拿各方面的造诣都深，与陆小曼一样是京昆票友。要往深究，小曼虽精通英语、法语，但她文化的底子是中国古典的，也画得好丹青，曾得刘海粟赏识，后来努力学山水画。我有个偏见，女子要画好山水画，会比男画家难得多吧，可是陆小曼真敢画山水，而且画得不俗。又传说小曼每讨厌画人物，每要添上人物，还要翁瑞午动笔帮忙（这跟林徽因画建筑图纸，不爱干细活，得梁思成帮她画完细节有点类似）。翁瑞午的底子和成色，也是属于中国古典派的，因其出身世家，乃翁绶祺之子。其父翁绶祺又是光绪皇帝的老师翁同龢的门生，曾官至广西梧州知府。相比之下，出身大商人家庭的徐志摩是典型的中西杂糅，但他的新诗革命基本上是属于向西方而去的。他与林徽因，从精神气质上应该比与陆小曼更接近、更相配。徐林都是文化上的新派，留洋欧美，写的也是新诗。林徽因当年演的是泰戈尔的剧《齐特拉》，而陆小曼玩票，演京剧昆曲旦角，也是名噪一时。翁瑞午同样玩票，爱戏，曾得梅兰芳赏识。翁瑞午扮相也好，唱做俱佳。陆小曼、翁瑞午、徐志摩三人曾合演过一次《三堂会审》，陆小曼演玉堂春，翁瑞午反串小生王金龙，剧中红袍和蓝袍两角则由徐志摩和江小鹣分饰。按徐志摩的格调，大概并不太喜遗老们热捧的旧戏，或许只是妻子所好，不好推脱？以新月社之姿态，志摩更想演的或许是文明戏《茶花女》之类。

上大学时买过一本《爱眉小札》，徐陆之间的情书写得真是美好。但除去轰轰烈烈的感情成分，陆翁之间，比陆徐之间在情趣上是更为志同道合的。陆翁除了共同爱戏，也都爱画国画，素养都不俗。

有种说法，做徐志摩易，做翁瑞午难。志摩死后，小曼与瑞午在上海同居，两人是腻友，鸦片榻上的烟友，也是文艺知己。但小曼说，跟志摩是爱情，跟瑞午是感情，这个说法，我是信的。瑞午的形象，让我想起张国荣在《胭脂扣》里演的十二少，末日里的厮磨与哀愁，但瑞午比十二少要勇敢得多。新中国成立后，可想名媛才子们的日子如何得过，后来活着的两个人，是真正遭遇到苦生活了。可翁瑞午还是咬咬牙过下去，对小曼还是细心呵护伺候着，心甘情愿地将她捧为公主，这便是贵族们最后的尊严了。

1949 年后，渐至“贫贱夫妻百事哀”，要志摩这样去过日子，估计他是宁肯去死的。惊人相似的是，陆小曼六十一岁离世，最后的照片，和她一生的情敌林徽因一样，骨瘦如柴，清丽风骨却仍在。唏嘘呀，这两位佳人，还好都死得早。

跟这小洋楼有关的牵扯，真是一下午都说不完呀。而王国维的故居，要留待下一趟专程去了，不然黄昏时分，那人真是在灯火阑珊处了。

这趟志摩故居归来，我再次像董桥那样发出感叹，总觉得从前的好。从前的文化名流，叶圣陶、郑振铎、沈雁冰等，多出生于小城小镇，像朱自清那样出生于江苏省东海县，在扬州闹市长大，已不多见。二十世纪六十年代以前，小城小镇的文化氛围，并不逊色于大城大市的。像海宁、余杭这样的小城小镇，走出一个个风流才调的妙人儿，近一点的，连木心也是乌镇的。到如今，小城镇更像氓民之地，荒蛮小沙漠，章太炎之辈是绝无仅有了。

最近觉得徐志摩其实并不那么的“轻”了。“沙扬娜拉”虽然适合轻轻念，但一个向上直抵古老的俄罗斯，向下牵手古老的印度的诗人，他真不是风那么轻的，可以被旧时的风吹走的。

只能属于木心

毫无作为地容光焕发，是幸福的呀。雨后，总像有谁离去了。黛玉呀，那么的敏感……

这样的语言，这样的风流，只能是属于木心的。

木心说："余志茶，时就咖啡。独钟清清，散情于郁郁。"我呢，正好相反。

某年春节不出门，一气读完了一系列木心作品：《琼美卡随想录》《素履之往》《即兴判断》《西班牙三棵树》《鱼丽之宴》《哥伦比亚的倒影》《温莎墓园日记》……一根筋地只读木心，用胡兰成的话来说，也是好的。新年第一读，等木心的作品中只剩下诗集《我纷纷的情欲》时，早春的小阳台边，倒是适合读诗的。此后，又读《文学回忆录》《木心谈木心》，仿佛已是对着一个老友，要交谈，自己先主动切入了他的语境。

以为木心的诗第一，短章第二，散文第三，小说第四。改变了从前第一次读木心《哥伦比亚的倒影》时觉得不好读的印象，这次倒是读得很顺。或许，是春节幽居时的自己，心比从前静了？一边读着，一边记下只言片语，发些感慨，想靠近些木心的方式。

又说爱情。他说："司汤达说过真的爱是不笑的"——想想也是的。有一种情况，"盈盈一水间，脉脉不得语"，自然不能乱笑了。唐伯虎和秋香是典型的轻浮调笑浅浅爱。中国这里，不笑的爱比较少，调情调笑比较多。米兰·昆德拉有个短篇小说集子，叫《好笑的爱》，那些故事里的男女情，基本上还是费尽心机的调情，所以才是好笑的。杨贵妃和唐明皇，一开始也是笑的，"春寒赐浴华清池"，一定是有鸳鸯戏水的笑声的。后来杨妃一进一出娘家，爱得真了，爱得深了，"夜半无人私语时"，就不笑了，严肃庄重起来，天子与贵妃之爱，就变成了"长恨歌"了。所以，真的爱是不笑的。令人想起写《牡丹亭》的汤显祖有言："智极成圣，情极成佛。"成了佛，要笑，也只是微微笑吧。

他写了首很好笑的情诗："所幸的是你毕竟算不得美，美，我就病重，就难痊愈，你这点才貌只够我病十九天，第二十天你就粗糙难看起来……"

他说："别后，想起你的顽皮，我就爱。"这句真好。

他说："友谊的深度，是两个人自身的深度的表现，浅薄者的友谊，是无深度可言的。然。男女关系应该也是如此。"他说起自己和音乐家李梦熊的交游：大雪纷飞，一起吃小馆子，说《红楼梦》，但不久二人绝交了。他也不让你吹嘘，先自作了解释：友谊有时像婚姻，由误解而亲近，以了解而分手。别人说旁观者清，木心是身在其中也清啊。

他说，陶一般的情人，瓷一般的友人，我问怎解，有友回答，烧瓷的温度高于烧陶的温度。那么是说，情人比友人的沸点低些？

“日久愈明物之怡情，尤胜于人之恣欲。”我身边有朋友是这样的。于是说，也是一种审慎的自我保护吧。于是说，主要还是一种关乎人生的态度。于是说，爱物的更清静些吧。于是，我又想起了日本文化中的物哀之美。

他说：“宗教比哲学颓废”，易解的。宗教有情痴在内，有了情痴，便有颓废。“男人比女人颓废”，易解的。再是豪杰，唐太宗到晚年也颓废了，舍不得《兰亭集序》珍宝。曹操到老也颓废了，叮嘱他的女人们分香卖履。唐明皇安史之乱后更颓废了，长吁短叹。更不用说宋徽宗赵佶颓废出那么颓废的瘦金体，南唐后主颓废出“挥泪别宫娥”。古龙笔下，没有一个男人不颓废。只有秦始皇不颓废，不过他死了后大秦朝就颓废了。女人自古不敢比男人更颓废，因为有孩子要养育。女人若没有孩子，就和男人一样容易颓废了。“爱情比性欲颓废”，这个怎么说？可是，想想也对的呀。克利奥佩特拉和安东尼如果产生的只是性欲，安东尼是不是不会爱江山更爱美人，这么想，爱情真是太颓废了。屋大维不爱埃及艳后，所以屋大维赢了。那一对千古情人，只好在爱情的颓废里凄美地死了，或许，那又另有一种颓废的满足？真的爱情，只怕不会让人想上进，只会让人想沉溺，其他的富贵功名，都是浮云。看渡边淳一的《失乐园》和大岛渚电影《感官世界》，爱情一着魔，可以颓废到死。木心会不会说，那才叫颓废得过瘾？

所谓青楼红笺，旗亭粉壁，漠漠的什么，茫茫的什么呢。还是让人想到了爱情。

“孤岛时期的上海，纵有千般不是，于她亲，便样样入眼。”只说她，不说出来名字，一看便知是说张爱玲。连木心都要说一说张爱玲，真是绕不开她呀。木心与张爱玲，也是一种惺惺相惜吧，又像远房表兄妹，总有一种血缘里头的牵连。她的孤独，他懂。若她认识他，他的孤独，她也会懂。这一种相惜，比爱情更让人心动了。

他说：“日本如浮萍，没根没底的。非常狡猾，头头是道。日本人不可以谈恋爱，也不可做朋友。很怪，但终究是乏味的。”

《文学回忆录》中，又说到日本。他说：“日本旗很倔强，有魔性，有恶意。很刻苦，也很享乐。”这话虽有些傲慢与偏见在里头，却是绝顶聪明的表达。我见过说日本文化的，没有比木心说得更妙的了。

他说日本，也说得有趣。他说：“日本本国没有一个伟大思想家出现，是因为在日本人的居所里待着，思想会停顿的，太恬淡、娴雅。太有情趣，思想就少了。”那么中国虽有思想家，却没有真正意义上的哲学家，也有居所的原因吗？这么一想，东方的木结构房子，不如西方要造好几代的石头大殿更容易产生哲学家吧？

他说：“日本的书法，婢作夫人，总不如真。中国当代的书法，婢婢交誉，不知有夫人”——木心是有点傲慢的，说中国当代书法，却又让人哑口无言。

他说："日本俳师芭蕉小有可人处。日本有浪人，中国没有真正的浪子。"我也爱松尾芭蕉。

从松尾芭蕉，想起杭州植物园林风眠故居边的芭蕉的绿，真是绿得很故意。看木心写三十年代的西湖韵事：当时艺专傍山临湖，山是孤山，湖是平湖秋月，当时的音乐系就设在哈同花园的罗苑，真是湖面上仙乐飘飘呀。当时艺专的校长，正是林风眠。木心的山水画中，可以联想起西湖的笔墨依稀可见，他会告诉你，他落笔作画时，心中有西湖么？

他说："倘若与西方精神格格不入，那么于东方精神也不及格，不入格。"这话说得极是！东西精神的打通，这件事是值得毕生追求的。

他说："宇宙的构成是记忆性的"——这话是好的，读刘慈欣的感觉也是这样子的。好一个天马行空的木心，但宇宙被他一说，又变得形象了，感性了。

读完《素履之往》，妖刀之作。有些妖娆处可品味再三。如"夜夜而不夜于夜"，如"楼下黑管呜呜然，楼上往事如烟"，这是个五官五体极为敏感的人，文字里有顽艳，却没有胡兰成般的轻浮才子气。

读完《鱼丽之宴》，浴缸里泡着时也在读，只当画外音来读，相对朴素的一本。

又读《即兴判断》，感觉冲虚、微涩，只是嘘寒嘘热少了些。

早听人说木心是“同志”，开始并不敢妄断，近日马家辉又公开说了。不过读他的字，的确情人的面目都是朦胧的，少有的描写的女性，不像情人，更像红颜知己。一般异性爱对女性的爱的表达都是显著的，但木心文中，少有一个清晰的女主人公跃出来的。《我纷纷的情欲》有惠特曼似的性爱的炽热，却难判断那性爱对象是雌是雄呢。这诗集也是写得极好的。

木心的那顶礼帽，有装饰感，很配他的才高八斗。他毕竟不是很朴素的人，他应该是一个对好的衣料子有好感的人。有时候，我觉得木心也有点像王尔德。他应该像王尔德一样爱漂亮，爱一样漂亮的、美好的东西。如果他早一点去英国，他应该可以和王尔德做朋友。王尔德拿中国扇子，木心戴英国礼帽，那样东西文化也便交流了。王尔德会读木心写的东西，木心也会读王尔德写的东西。一起讨论讨论，那样甚好。

中国人所谓的智者与仁者，我想仁者是不会像木心那样说话的，木心是一个智者，他不为了仁义道德委屈自己，让自己显得德高望重的样子。他忍不住是爱卖弄一下的，这样就有了孩子气。这样，就让我们看到了他的文字。他穿风衣戴礼帽走过伦敦街头的样子，那是腔调，有些颠倒众生的腔调。那腔调摇曳起来，仿佛有爵士乐的背景。村上春树喜欢的爵士乐，或许木心也喜欢？

他说：“中国是受了极毒极毒的诅咒的国家。”他的心是何等悲凉，彻骨的凉啊。说这话的时候，不知是哪一年。但是终究，他是回来了，在自己的故乡乌镇，安妥地死去了。

但依然要对他说一句：你好啊，木心。

第二辑　窃玉记

醉了，亚历山大

几年前我在网上看完了玛丽奶奶的《天堂之火》，直到2015年年底，《天堂之火》的中文版才由上海人民出版社正式出版。因为《天堂之火》，也一次次地打开了跟亚历山大大帝有关的书与影像，连《世界通史》都被我从故纸堆中翻出来，以便在其中寻找跟亚历山大有关的蛛丝马迹。

《亚历山大三部曲》的前两部是《天堂之火》和《波斯男孩》，最后一部《葬礼竞技台》迟至2016年3月才有中译版本，作者是生于1905年的英国女作家玛丽·瑞瑙特。或许是因为“三部曲”的最后一部没有之前两部那么多的光荣与美好——亚历山大去世后，他的大臣们争夺权势，互不买账，庞大的帝国被分割。格调一转，阴谋与死亡才是第三部《葬礼竞技台》的主旋律。

亚历山大大帝最后的死因众说纷纭，但几乎各派研究者都不讳言他生命最后一年的心态。在同性爱人赫菲斯提昂死后的八个月里，亚历山大几乎处于一个自毁的状态中。狂醉滥饮，朝连着夕，一生知己既已不存，亚历山大几乎丧失了独存于世的勇气。这真有“昔我往矣，杨柳依依，今我来思，雨雪霏霏”之叹，虽然有今非昔比之感的亚历山大先生并不了解在比希腊文明更早的中国春秋时期，《诗经·小雅》中已经有这样一首《采薇》表达相似的心情。

奥利弗·斯通版的电影《亚历山大大帝》暗示亚历山大是死于毒酒，其中有一个镜头意味深长：亚历山大套着狮子面具，拿着酒杯，边上的人一声声催促，最后的时刻，他看到了酒杯中的复仇女神，预感到了自己的末日。他只轻轻一笑，仿佛理解了在座的所有人——他的支持者、跟从者与反对者，也宽恕了作为凡人的他们，追随已在另一个世界等他的爱人赫菲斯提昂去了。

除了豪饮这一传统，古代希腊人的生活，相对同时期东方的波斯来说，其实是相当简朴的。即使达官贵人，家中陈设也非常简单，与“富丽堂皇”相去甚远，更不用说那种布满丝绸、香料味弥漫的销蚀意志的“销金窝”了。希腊人更没有对精致美食的追求，国王的盛宴也无非是酒和肉的欢愉，所以当一干年轻狂放的马其顿征服者目睹了空中花园的不可思议，又来到波斯后宫，看到色香味俱全的穷奢极欲时，只能是目瞪口呆了。

如果要在家居生活与公共生活之间选择，大多数希腊男人更喜欢城邦的公共生活。当时希腊妇女地位很低，仅被当成传宗接代的工具，被限制出门。女人们是安分守己的家居者，城邦的公共场所是希腊男性公民的天下。男人们聚集，交谈，运动，饮酒，观剧……酒成了群体生活中的激情良媒。与对健美人体的崇拜相呼应，豪饮也被看作是男子气概的象征。希腊人内在的矛盾性也昭然若揭：他们同时崇拜日神和酒神，一个象征节制，一个象征自由奔放与激情。酒神狄奥尼索斯，也是古希腊戏剧膜拜的神。

古希腊英雄们个个豪饮，男子在聚会时赛酒是家常便饭，所以现代人以现实的眼睛审视马其顿国王和同道者的"酗酒"行为，其实并不妥当。

亚历山大本人在青年时代，也偏向日神精神，崇尚理性与节制。心高气傲的少年王子，曾嘲讽其父腓力二世喝醉后"跳不过一张桌子"，但自己也难逃酒鬼宿命。《天堂之火》有一个细节，小亚历山大夜里将游到他房间的母亲的宠物蛇送回母亲的寝宫，借此也想在母亲怀里撒个娇。这时酒气冲天的国王闯进了王后的房间，乘着酒劲，赤裸着下体向王后求欢，被王后冷冷拒绝。小亚历山大见父亲像兵器一样耸着生殖器，惊吓之中又厌恶。酒醉的父亲终于发现了儿子在场，暴怒和羞耻中将儿子一把扔了出去，幸亏亚历山大命大，被一个仆从接住了。因为讨厌父亲从少年时开始的滥性，亚历山大一生在性事上非常节制。

紧张对立的父子关系未必使儿子不会踏上父亲的老路。想当年，年轻的腓力王子还没有在战场上搞得伤痕累累又瞎掉一只眼睛之前，也曾是英迈的王子。慢慢地，完全不懂得保养、只知道战斗和寻欢的国王正当盛年就老了，样子有些不中看了。也是上了三十岁后，在极其艰苦的征途中借酒作乐或借酒浇愁，无节制的狂饮烂醉时而为之。

亚历山大与最爱赫菲斯提昂都是酒后高烧而亡，至于酒里是否被下毒，却是千古之谜了。

在长期的东征途中，酒被当成“善物”，一再发挥作用。希腊远征军中普遍认为，酒比水好。确实远征路上，水是不确定的，可能被当地的抵抗者下了毒，可能被尸体等因素污染而造成瘟疫。亚历山大本人有一次喝了不洁的水，在印度得了疟疾，差点死掉，真是可怕的经历。而酒是自备的，征服途中，不敢喝水就以酒代水，而且马其顿的将士们在漫长的离乡背井中还用酒御寒，鼓舞士气，增强凝聚力。

酒曾在亚历山大身上发挥正面作用，但到了他的晚年，反面作用也日渐明显。亚历山大豪情万丈，目空一切，面向未知人类世界的雄才和大略，注定在他的时代是一个最寂寞的人。随着征服之路的不断向东，这个时代思想的“独行侠”一日日被推到“寡人”的境地，除了他自己，再也没有人能找到继续向东、探求未知世界的动力了。于是亚历山大作为那个时代最激进的个体，身上越来越多地散发出悲剧英雄的气息。他的思想格局和世界观不被同时代的人理解，即使是他的恩师亚里士多德，也开始反对他。他唯一的知己赫菲斯提昂也对他说，你周围已无人能够理解你。即使是亚历山大的这位“二位一体”者，也未必完全了解这位天才的世界观，他对亚历山大一如既往的支持，或许更多是出于爱。赫菲斯提昂心里明白，当越来越多当年跟随亚历山大并与他一起出生入死的战友开始反对他们英武的王，那么阴谋、背叛、谋杀就会像太阳的阴影一般缠绕他的亚历山大，亚历山大的内心就变得落寞、痛苦和无奈。

在一场征服印度途中的饮宴上，酒醉兼被冒犯的盛怒使亚历山大失去理智，他用标枪刺死了儿时的朋友，也是他保姆的弟弟，帝国的将军克雷塔斯。他清醒了，精神几乎崩溃，这个最伟大的征服者把自己关在他的帐篷中，三天不吃不喝，哭泣自责，认为自己成了众人不齿的暴君，他曾经不屑的父亲的影子。

后来他儿时的同伴们——喀山德杀了亚历山大留下的幼子遗孀，托勒密拥有亚历山大的遗体，将他运到他建立的埃及亚历山大港。也只有托勒密——精明沉稳的亚历山大父亲的私生子、亚历山大的同父异母兄弟，在亚历山大之后的乱世得以善终，并建立了埃及托勒密王朝，记下了跟那段几乎人类历史上最炫丽的历史有关的文字。

亚历山大活着时，以希腊神话中的英雄阿喀琉斯自比，他应该配得上历史上最接近太阳神的人物。夜间贪读跟亚历山大有关的文字，看过奥利弗·斯通三个多小时的导演剪辑版后，再看很早以前好莱坞拍的《亚历山大大帝》，老版的《亚历山大大帝》是大明星理查德·波顿演的亚历山大。理查德·波顿演的完全不是亚历山大，更像是另一个君临一切铁石心肠的帝王，或许更像是罗马皇帝，他过于严肃，过于成人化——亚历山大并不是这样，二十岁当上马其顿国王，三十三岁生日不到就已去世，他的内心住着一个男孩，留有某些天真。短暂发光的一生，既是征服者，也是爱的给予者，他身上有孩子气，需要很多很多的爱。他身上有西方的，乃至东方的游侠的味道，他是后来的堂·吉诃德和东渡者徐福。亚历山大身材不算高大，据说是因为少年时代的老师过于“劳其筋骨，饿其体肤”，他具有钢铁般的意志，却内心柔软，这一点像巨蟹座的性格。他生于六月，很可能就是巨蟹座男人。

奥利弗·斯通的电影刚问世时，遭遇一片恶评，但真正的好作品是需要经历时间检验的。还原两千多年前亚历山大的历史，一直是斯通大师心里顽固的梦想，一定是对这个在历史的尘埃中闪闪发光的人痴迷甚久，才甘冒风险要拍成一部烧钱的电影。玛丽·瑞瑙特也一样，对亚历山大这个没有经历过中年的男子痴爱成谜，几乎研究了大英帝国图书馆能找到的所有资料，终于写成了三部曲。

直到影片公映后，不甘心的奥利弗·斯通再一次剪出高水准的导演加长版，才发现我们冤枉了斯通——这是一部恰如其分的、伟大的、属于奥利弗·斯通自带光环的电影。

亚历山大大帝离我们太遥远了，他出生九十七年后，中国第一位也是雄才大略的帝王——秦始皇嬴政才出生。那真是个男人气吞山河的霸王时代啊。两千三百多年前的地球上，出了几个超凡的有血有肉的人，改变了世界格局。亚历山大，从一片叫马其顿的属于希腊北部的城邦小领土出发，站在了以下这些人物的肩膀上：他的父亲腓力二世，他的老师亚里士多德，他最爱的人及战友赫菲斯提昂，后来的埃及托勒密王朝开创者托勒密等人，他的对手波斯大流士三世等，托起了公元前300年的半个人类世界。他膜拜众神，他想成为那些希腊神话里的神中的一个：赫拉克勒斯、阿喀琉斯、奥林匹亚山上的酒神。他被这些吸引——酒神的狂欢，悲剧的诞生，还有埃斯库罗斯、阿里斯托芬、柏拉图及亚里士多德。他或许参加过古希腊男子热衷的裸体运动会。在亚历山大身上，文明与野蛮始终发生着作用，交融、厮杀、对峙，一直到他死去。

亚历山大本人从马其顿出发后，一路向东征服，从波斯向印度，直到世界尽头的决心如钢铁一般，从不回头，再没有回去过。征服途中，除了铁血铁蹄，也有破有立，随队的科学家、探险家、测量家、医学家、建筑师等沿路向未知世界进行探索，在被他征服之处，建立了几十个亚历山大城。最后，他魂归自己认为的当时的世界中心——波斯帝国的中心巴比伦。

最让人惊叹的是，他只有勇往直前的意识，没有将发迹地马其顿当作故乡的强烈的“根的意识”。亚历山大不懂得东方哲学的向内自省，以及见好就收，他无福成为中国的壮心衰退后的唐玄宗。他的行乐，也只不过是在艰辛的四海为家的征程中，间歇性的纵酒而已。

亚历山大与巴别塔的寓言

该说说巴别塔的寓言了。《旧约·创世记》记载，古巴比伦人想把此塔建得高达天庭，上帝认为太狂妄而施以责罚，使人们忽然说不同的语言，彼此无法沟通，塔便建不成了。

亚历山大师从的哲学家亚里士多德，对想征服东方的学生也有类似语，即太狂妄的梦想会遭天谴。最终，这一对师生，两个无与伦比的伟大人物道不同不相与谋。甚至有一种说法，亚里士多德有毒杀这不到世界尽头不罢休的狂生的嫌疑。

假设，亚历山大身边的将领们，最高级核心成员们，完全理解君主的称霸及探索世界的旺盛雄心，并具有相同的不到世界尽头绝不回头的信念，那么，他们的征途将不会止于印度。世界的文明格局，随着希腊文化的一路传播，或许会被更深度地改写。然而人心的分离——有人想向前，有人厌倦了征途思归——便是这个先知一般的暴君无法逾越的"巴别塔"了。

另一个天马行空的假设是"假如亚历山大不死"，这个疯狂的征服者会不会跟同时代处于战国时期的中国打上一仗？或许，来一场

“文战”，让亚里士多德这样的西方大哲，舌战战国诸子，东西方的诸子百家，在两大文明阵营体系的碰撞中，将擦出怎样的火花？

奥利弗·斯通，一个对表现光荣与梦想很有追求的大导演。电影版《亚历山大大帝》的战争场面令观者荡气回肠，但好莱坞英雄主义的俗套依然明显，但也的确想不出谁能比斯通更能驾驭这样的史诗性题材了。而英国人迈克·伍德的书，终于被我一口气读完，依然还意犹未尽。

西方人把那些将自己封闭起来的民族都无礼地称为蛮族。写了《历史》的希罗多德说：“他们固守古律，坚拒外方习俗。”海洋文明从一开始便是那样有着十足的优越感。但是，当西方人的船队一路开出去，登上新大陆，被他们或屠杀或奴役致死的印第安人竟达到五千万。五千万生灵，那个时代的“落伍者”，转眼灰飞烟灭，献祭了更高维的文明。

“野蛮”其实是个相对的概念。在波斯文化与希腊文化互相的关照中，对方才是野蛮的化身，而自己则是文明的代表。这或许是每一个拥有悠久历史的民族的傲慢与偏见吧。

一个重要的参照物，就是跪拜与平视。在大流士的臣民看来，马其顿人跟他们的国王平视，互相争吵，甚至打架，亚历山大作为国王全无威严可言，谁都对他直呼其名，习惯于“喂，亚历山大”这样的开场白。而波斯的帝君，才像个真正至高无上的帝君，要杀人只需向部下递下眼色就行。波斯帝国拥有一套完整严密的礼仪和音乐（如中国先秦时代的编钟礼乐之类），这才是文明的象征。所以，希腊人是野蛮人。

亚历山大一生的对手大流士三世，一开始也是位英主，但慢慢地，“万王之王”被神化，成了不可能输、也不可能胆怯的神。最后，波斯帝国的中年之“神”被年少气盛的青年亚历山大打败。数年后，亚历山大想将先他而去的爱人赫菲斯提昂封为“神”，后又希望将自己封为“神”时，他的麻烦越来越大，他自己的末日也到了。

当人变成英雄，英雄成长为更强大的英雄。当英雄从人成为“神”，他变成了拥有神的外表的至高无上的人，内里则是最脆弱的人，也是最孤独无助的寡人。

年轻的亚历山大的东征路上，“进步者”对世界“落伍者”的征服，也是如此野蛮。屠城是必然的，先是屠城，摧毁旧的，然后建起新的。亚历山大如此，1453 年，伊斯兰文明对基督教文明的著名征服也是如此。当土耳其攻下了东罗马帝国最后的堡垒君士坦丁堡，才二十一岁的奥斯曼帝国苏丹穆罕默德二世年轻气盛，勇不可当，人到中年的东罗马末代皇帝苦苦守城，直至战死，其下场跟曾经英伟的波斯大帝大流士三世差不多。之后屠城三日，圣索菲亚教堂改成了清真寺。中世纪结束，而西方世界终于走出了愚昧的中世纪，迈向文艺复兴，迈向探索未知新大陆的征途。在亚历山大一路东征的屠城史上，被他定为“罪恶之都”的波斯波利斯成为最大的牺牲品，据说他听从了哥哥托勒密相好的一个妓女的建议，下令大火焚城，等他几日后忽然后悔这是在干蠢事时，曾经繁华的波斯波利斯已成一片废墟。

同样，当亚历山大意识到自己的伟大前无古人、后无来者时，专制之心是必然的，而他的大臣们，曾以古希腊城邦的民主共和精神为旨的大臣们对此难免要质疑，反感也是必然的。希腊人认为波斯文明是低于自己的文明，也基于此。希腊人认为，国王与平民在精神上是平等的，所以每个人都可以直视着国王的眼睛说话，连鞠躬都是不平等的。亚历山大的父王腓力二世有一次在法庭忙了一天，准备撤了，对一个前来申诉的丑老妇态度就有点不耐烦，结果那老妇马上回击："那你也没空当国王。"腓力二世觉得有理，只好坐下来耐心听她唠叨。这就是希腊式的平等，在公元前几百年就已经如此。在希腊人看来，跪拜礼是野蛮人的表现，城邦的自由人不屑于此，落后民族才这样。

当亚历山大征服波斯，并将巴比伦当成帝国的中心时，他同时也采取了一些措施，将古老波斯的文明融合进来。不管是出于什么原因——个人内心膨胀还是出于两个古老的优秀民族大融合的远见，他做了一些事：比如在巴比伦带头穿华丽的波斯丝绸服装，接受跪礼，都遭到了大臣们的激烈反对，也使一部分人开始反对他。其实被征服的波斯人向他行跪式礼时，亚历山大同样显示出局促不安。但是波斯人将他当帝王侍奉，而随他远征而来的希腊人，特别是最亲密无间的马其顿人更愿意跟他在精神上平起平坐，有时还讥讽他，轻慢他，亚历山大的内心也出现了微妙的倾斜。

想起库切的《等待野蛮人》，殖民者以自己的枪炮优势奴役着土著部落，他们称之为野蛮人，但殖民者在征服之后的行为，却比野蛮人更野蛮，在化外之地的弱者面前，所谓文明人隐藏于内心的野性和残暴都被勾起，并且无所顾忌地放大在日光下。野蛮的被定性，一方面可以说在于对个体的人是否足够尊重，另一方面，它其实是没有标准的。就像印加帝国也曾创造了辉煌的田园牧歌式文明，却一朝梦碎，被西班牙的远征军彻底摧毁。先进的武器战胜了落后的武器，落后武器的拥有者被屠杀，直到整个印加文明被灭绝。“蛮夷”二字，往往被套用在弱势一方的头上，强者为自己书写的历史流传于世，弱者的历史却随着野蛮的焚城被摧毁，只留给后人对灰烬的叹息。1453年的乌尔班巨炮，被正在上升期的土耳其人所用，结局也是如此。

亚历山大最后一个关于征服的梦想是关于阿拉伯的，当然没有实现。而他在把自己关在帐中沉默了几日后，只能服从众意，宣布结束东征之时，相信内心的痛苦也是同样的孤独者的痛苦。

几乎每个人都想衣锦还乡，当醉里梦里都是乡音之时，只有亚历山大，对未知世界的欲望超过了思乡的疲惫。他真是特殊材料做成的，连一直与他亲厚的同父异母的哥哥托勒密都想停下来了，托勒密想“归乡”之乡，乃是埃及的亚历山大城。亚历山大死后，托勒密果然如愿，成为埃及法老，开启了托勒密王朝。

斯通电影中的托勒密，在几十年后的亚历山大港说过跟赫菲斯提昂类似的话。他们都不理解他，不相信他的那些梦想。在他们被他的梦想杀死之前，他们只好先杀死梦想。因为，伟人还想继续，还想战斗，而凡人们都累了，只想停下来。

小亚与小赫的同性之爱

在波斯帝国和古希腊的史诗中，有一样东西竟不谋而合。

《世界通史》中，翻到古代两河流域文明中出色的文学作品——《吉尔伽美什》史诗，史诗讲的是每一个人在他的一生中，命中注定要有爱情、友谊和勇敢的事业，同时，也注定会有死亡。

吉尔伽美什是乌鲁克城的国王，三分之二是神，三分之一是人，俊美，威风，力大无比。但他显然是个道德不完善者，后来诸神认为他任性胡为，是因为没有遇上相当的对手，于是令女神创造了一个半人半神的勇士恩启都与他对抗。结果，恩启都与吉尔伽美什在决斗中互相爱慕，结为莫逆之交，并从此一起出征，为民造福。

英雄之中，究竟谁最英俊；众人之中，究竟谁最英伟？

吉尔伽美什才是英雄中的英雄，恩启都才是众人当中的俊杰。

这是史诗中吟唱的。但是后来，恩启都病故，吉尔伽美什感到自己却无能为力，痛不欲生，于是他怀着探索“死与生命”的信念出发。

他曾来到幸福岛，向长生不老之神提出人是否能永生的问题，神回答他："自古以来就没有永恒的东西，就是太阳的光芒也不能永远照耀。"最终，在神的帮助下，吉尔伽美什与恩启都的亡灵相见，他们都非常伤感。

《吉尔伽美什》史诗与描写特洛伊战争的古希腊《伊利亚特》，都不避讳男人之间的同性之爱。吉尔伽美什之于恩启都，阿喀琉斯之于帕特洛克罗斯，看似处于爱情与友谊的模糊地界，但古希腊人，包括柏拉图在内，都将阿喀琉斯和帕特洛克罗斯看成一对。至于谁是爱者，谁是被爱者，则一直争论不休。

更深入地了解了古希腊同性爱的来龙去脉，那种爱慕、相知和生死与共，在古希腊英雄阿喀琉斯与帕特洛克罗斯之间，在亚历山大与赫菲斯提昂之间，需从"柏拉图之爱"说起。同性之爱是柏拉图倡导的，他的学生亚里士多德也认可古希腊的同性爱法则，宣扬优秀的男人之间那些互相的爱慕对世界具有推动作用。当然除了英雄气概令男人与男人惺惺相惜，也有对俊美肉身的追慕，如那些古希腊、罗马时代的俊美雕塑。

当时底比斯有一支"圣队"，士兵全是由一对对同性爱人组成，据说一直战无不胜。其理论依据是：同一氏族或同一部落的人在危急时刻很少互相帮助，一个军团应该将相爱的战士编在一起，这样才能组成牢不可破、坚不可摧的部队，因为一个人是绝不愿在爱人面前丢脸的，而且他会为了保护所爱的人牺牲自己的性命。最后消灭"圣队"

的，正是亚历山大的骑兵团，在马其顿统一希腊诸城邦的战争中。那时，亚历山大还是一个王子。玛丽的三部曲第一部《天堂之火》中，就有亚历山大的骑兵团在歼灭“圣队”三百勇士后，亚历山大和赫菲斯提昂脱下自己的斗篷盖在一对“圣兵”遗体上的情节。国王腓力二世在视察战场时，指着阵亡的全部“圣兵”说：“无论是谁，只要怀疑这些人的行为或者经历是卑劣的，都应该被毁灭。”这是希腊的历史学家记载的细节。

亚历山大与童年好友赫菲斯提昂的同性爱可以称之为史上最完美的爱情。爱情本质上不是男女、男男或女女的问题，而是两个人相爱，可以达到一个怎样的境界，相爱的深度是多少，纬度又是多少。史上关于赫菲斯提昂的记载不是很多，他给和亚历山大共同的老师亚里士多德的通信，可惜也失落于历史的烟尘（亚里士多德的日记里，曾经有一辑是与赫菲斯提昂的书信往来）。他死后八个月，亚历山大即随他而去。他曾经的同僚们，亚历山大伙友军的其他成员们，在他活着时嫉妒他与亚历山大的特殊情谊。在他们双双归天后，其中的马其顿摄政安提帕特罗斯之子喀山德后来当上马其顿国王，为巩固自己的权力统治，用酗酒和性格残暴来妖魔化亚历山大。同样喀山德也不会放过赫菲斯提昂，关于他的很多记载，很可能有意被毁掉了。

赫菲斯提昂被定性为一名不会打仗的将军，但小赫生前高居帝国丞相之位，并非只因他与君王的特殊关系。他是公认的出色的帝国外交官，曾多次出使波斯，促进民族之间的融合。在亚历山大向东的征服之路上，他是亚历山大城的建设者，进军前的铺路者，情报搜集者和军需官，他极具智慧。虽然赫菲斯提昂本人也是一名出色的战士，一直陪着亚历山大出生入死，但他的才华似乎更偏向于与他的爱人互补的方面。在与亚历山大一起成长的王子伙友军中，他是最理解亚历山大的世界性战略的一个。在征服一个地区之后，如果不推行民族融合政策，亚历山大的伟大也将大打折扣，降低到后来的征服者成吉思汗的水平。

关于赫菲斯提昂，史学家克提斯也曾说过，他是国王的高参。所有这一切都表明，虽然小赫高大秀美，他却是以头脑而不是以武力见长的人。“到目前为止，赫菲斯提昂是国王所有朋友中最亲密的一个，少年时和他同窗，并且为他所有的机密事件出谋划策。没人能够建议亚历山大该做什么不该做什么，但他却可以，而且他能够巧妙地运用自己的影响力，让这一特权看起来像是国王授予的，而不是他自己滥用的。还有，尽管他和国王是同一年生人，但个子却比国王高，也更强壮。”

玛丽奶奶温柔地将小亚写成是小赫的男孩，他们出道之时是多么年轻啊，都是弱冠少年。在他们少年的格斗训练时，小亚唯一赢不了的人就是小赫。而我更倾向于，他们之间并没有明显的爱者与被爱者的角色分配，他们只是作为两个同性互相爱慕、互相理解和支持对方，失去了一个，另一个将堕入彻底的黑暗和孤独之中，生命也将失去所有的意义。而像亚历山大那样雄心万丈的人，内心比常人更加孤独，所以当失去青梅竹马的爱人之后，他像完全变了一个人，沉溺于无尽的悲痛与自毁之中。在他逝世之前的最后十天中，他都没有想要安排帝国的继承人，致使帝国陷入长期的分裂与战争之中。

他的赤诚之心似乎对曾建立伟大功勋的凡尘世间已经了无牵挂，在最后的日子里，征服阿拉伯的梦想都不能再激励他，而对赫菲斯提昂完成他生死与共的誓言似乎更为重要。

古希腊的男同性恋关系，往往是年长的爱者和少年被爱者，形成一种施与受的关系，年长者充当年幼者肉体和精神的两重引领者（当时女人只被用来传宗接代，而不是用来恋爱的，到中世纪，才有骑士与贵妇人的恋爱被传颂）。但小亚与小赫同年同月出生，这样的同龄相恋模式，即使在古希腊也是不被接受的。因为那个少年被爱者成人后，进入家庭生活，就要离开年长的情人了，日后他可以再找自己的男孩。长与幼的同性爱在那时的社会风俗中才是合法的，但小亚与小赫突破了两层禁忌：先是同龄人之爱，又一直爱到死。小亚的母亲奥林匹娅试图分开他们，但是被小亚和小赫断然拒绝。小亚与小赫至死不渝，出于政治目的的几桩联姻，以及出于感官慰藉的男宠，都没有损害他们的爱情。

玛丽三部曲的第二部《波斯男孩》中，写赫菲斯提昂在茫茫大漠行军途中，救了掉了队的巴高斯，他是亚历山大的波斯男宠。巴高斯很吃惊，他的情敌为什么要救自己，小赫却淡淡说一句：“你要好好照顾他，因为我有很多事情要做，不能总是陪伴在他身边。”这话真是说得清风明月啊。

《波斯男孩》的另一个细节也同样感人。在征服古印度的征程中，心急的亚历山大身先士卒爬上攻城的云梯，这时后面的战士紧跟着他，致使梯子断了，杀红了眼的小亚干脆跳入敌城，结果受了重伤。这时军中传言亚历山大已死，赫菲斯提昂带着他的部队离亚历山大有几个行军日，不知真伪，焦虑万分。当亚历山大知道谣言使他的爱人惊惶时，硬是挺着重伤的身体，跋涉几日后，奇迹般地出现在小赫的大营中。

他们公然祭拜特洛伊的阿喀琉斯和帕特罗克洛斯，公开他们的同志关系。当战败国波斯的太后错认赫菲斯提昂为亚历山大时，亚历山大却宽容地说："没关系，妈妈，他也是亚历山大。"如此的坦荡，公开，直接。

在众多的伙友军，即从少年时期就跟随王子的成员中，只有一个人才能进入王的灵魂，并无条件忠诚相伴，这一定使赫菲斯提昂生活在暗藏的危险之中。但从各方面看，小赫都是个十分坚定的人，心里只有亚历山大，别人怎么看，他根本不在乎。人无完人，小赫的身上也有两面性：在小亚面前，他是更冷静、清醒、平和的那一个；而在其他人面前，他又是一个好斗的男人，天性骄傲，并视自己的尊严为生命。在亚历山大王那里的特殊地位，使他树敌众多，不仅被亚历山大的母亲和妻子嫉妒，也被同样跟小亚一起出生入死的其他将军和重臣嫉妒，他在三十三岁那年死于非命，几乎是受到复仇女神诅咒的宿命。

两人之间可能唯一的一次情感危机，发生于他们生命行将结束之前的一段时光。当时已经位高权重的小赫与亚历山大的另一重臣（一说是他的另一将军，一说是他的首席秘书）发生冲突，翻脸到要决斗的地步。事情越闹越大，逼得亚历山大亲自出马，把两个爱将都臭骂一顿，尤其对小赫更是出语伤人，说出了“没有我，你什么都不是”之类的重话，这对内心骄傲的小赫是致命的打击和侮辱。换了别人，他一定会杀了他，但是最终他与另一位争吵者还是服从了愤怒的亚历山大，没有再起冲突。这件事通过亚历山大的男庞巴高斯的眼睛被描述了出来。王骂了他的亲密爱人后非常痛苦，坐立不安，他说他是迫不得已才这么做，估计痛骂并故意贬低小赫的一大半原因，是他想借此帮小赫平息众妒，好让其他人不再那么恨他的心上人。最后王还是在夜晚降临时去了赫菲斯提昂的帐篷，按原计划，他应该在小赫那里过夜的，但是不一会儿就回来了，估计是被气愤的小赫拒绝了。直到后来，巴高斯看到这两个人像从前那样出去骑马，然后亚历山大心情愉快地回来，便知道这一对已经重归于好。玛丽奶奶在细节里藏了一些线头：也许，当时已经在一起近二十年的小亚与小赫在这个阶段已经看淡性欲，转为心心相印的灵魂之交。柏拉图以为最高境界是那种灵魂之爱，但是坏坏的玛丽奶奶又暗示，当亚历山大遇到他与最爱者的危机时，他唯一的办法就是再一次献出自己，去慰藉爱人受伤的心。

他们重修旧好后，亚历山大又像一个陷于爱情中的人。男宠巴高斯总是听到他提到赫菲斯提昂——赫菲斯提昂想，赫菲斯提昂说，等等。

伟大的，令人叹息的，令其他人绝望的爱情呀。

说到底，仍然是强大的社会和世俗力量分开了他们，即便在那个对同性恋十分宽容的古希腊时代。小赫很可能死于谋杀，而小亚的死因也成了千古之谜：或死于疾病、谋杀，更可能是死于心碎。

在女性很少受教育的古代——除了比亚历山大更早时代的女诗人萨福（这是很特别的个例），当世界被掌握在两个智慧而又有勇气并且相爱的男人手里时，他们爆发的能量会有多大？这种强大的爱会使他人害怕。两个并肩战斗的男人相爱，毕竟不同于一个君王爱一个王后或妃子，后者的影响力基本止于后宫，而小赫与小亚几乎是二位一体，小赫可以在任何层面影响他。中国古代那些著名的离间计，要是用到小亚与小赫那儿，是会完全失灵的。但阴谋却无处不在，当事人自己并非不知情，只是无心旁顾。太炫目的爱情，从来不会被庸人们祝福，因为它照出的是庸人们可怜苍白的精神世界。

亚历山大和赫菲斯提昂的时代再过许久，年轻英俊的汉武帝刘彻才横空出世，他喜欢陈阿娇，后来宠爱卫子夫，还有李夫人，这是一代雄主与几个美娇娘的后宫故事。刘彻与年轻的大将霍去病的故事，却比后宫嫔妃那点事引人遐想得多，《史记·卫将军骠骑列传》这样记载：“是岁也，大将军姊子霍去病年十八，幸，为天子侍中。”一个“幸”字，再联想到汉代也是个男风很盛的时代，那也该有一种惺惺相惜在里面吧。霍去病死于元狩六年，那时代的汉家王朝，连年号都这么霸气。匈奴人的克星、骠骑将军霍去病二十三岁就病死了，他的死因一直也是一个谜，估计和太过艰辛的戎马危途有关。霍去病死了，刘彻极度悲伤，《史记·卫将军骠骑列传》记载："骠骑将军自四年军后三年，元狩六年而卒。天子悼之，发属国玄甲军，陈自长安至茂陵，为冢象祁连山。谥之，并武与广地曰景桓侯。"刘彻死后也要霍去病在茂陵陪他，这是生不能同日死要同穴的意思啊！刘彻失去霍去病的悲伤，看起来与亚历山大失去赫菲斯提昂多么相似，都到了失魂落魄的地步，不过比起马其顿的那两个从总角之初就开始生死与共的男人，这一君一臣之间的境界，还是差了一些。

希腊：永恒或一天

最近会比较多地想到希腊人。他们到底是一些什么样的人呢？想到希腊人的时候，就想起了希腊电影诗人安哲罗普洛斯镜头里的浓雾、荒凉雪原、神情肃穆又疲惫的黑衣中年人，还有婚礼和葬礼。

拍《希腊首部曲》时，安哲罗普洛斯七十岁。安哲 1935 年出生于希腊的一个商人家庭，一出生就在乱世。很快，二战开始了。青年时期他在法国学电影，回到雅典时，希腊还在专制统治时期，安哲成了希腊共产党人。为希腊民主而战，几乎成了贯穿史诗一般的安哲希腊电影的主线。此后安哲一生所拍的电影，小则离不开希腊的命运，大则离不开整个巴尔干火药桶的纷争。

不知为何我会想起《红楼梦》，觉得某些地方与安哲的首部曲有些神似。那些忧伤的旋律让人沉静，让人不想说话。安哲的电影里，总有不能停歇的漂泊。希腊的这近一百年，和中国的近一百年，其实都是磨难有加。中国有军阀时期，希腊也有军政府统治。热爱自由的希腊人安哲罗普洛斯，大概最不能忘怀那一个连曾经象征着西方自由精神的雅典街上都站满宪兵的时期。那时候，光荣的希腊已“非希腊”。安哲的镜头竭力重拾希腊文化的尊严，倒是同样古老的中国的电影里，没有一部有安哲这样的诗意、历史感和高度。

哪怕调到静音状态，也不会影响安哲接连的长镜头氛围，我想喜欢安哲讲述希腊命运的人们，也会像我一样心甘情愿地被一种低哀的沉默罩住吧。

安哲的希腊叙事，《尤利西斯的凝视》《永恒的一天》，还有这部希腊首部曲《哭泣的草原》，静默悲伤的气息是相同的。不同的是人物各自悲怆的命运；相同的是素静的海，白色的房子或床单，火车与大巴车，流浪的艺人，小提琴和手风琴。穿灰色风衣戴帽子的男人，黑衣披身如希腊女神又如悲悯大地的女人。安哲要打开希腊女人怎样的一生呢？在他人的历史与个人的双重悲伤里，我以为一个像我这样生活在现代都市的女人可以为此无限期地沉默下去，渐渐忘却了外面的世界今夕何夕，这就是老安哲的魔力。一般来说，看完话多的伍迪·艾伦的招牌电影，你很想推门走到街上去游荡，走到咖啡馆去，而安哲只让你想静下来，面对他的希腊，好像那也是你的希腊。想起了一本书的名字：《伤心咖啡馆之歌》。沉默，可以成全一次高质量的精神之旅。

对希腊的近代史依然比较模糊，只知道这个国家从二十世纪二十年代到七十年代一直没有太平过。两次世界大战和内战，把平静的海边古老国家希腊式的生活一再打破。那早已不是希腊神话里那些孔武有力又有些任性的天真传奇，而是实实在在贴在大地上的悲伤。如果说俄罗斯式的悲剧是悲怆，那么希腊式的悲剧就是悲伤，因为这个小国曾经给人多少浪漫的、仙乐飘飘的想象，等浪漫破碎，现实崩塌，悲伤总是难免的。

《哭泣的草原》时间跨度三十年。在二十年代的战乱中，希腊女子艾丽妮跟着一部分希腊移民留在了河流流经的希腊草原，她和收留她的恩人的儿子相爱，并且有了私生子——一对双胞胎，但是儿子的父亲，那个恩人想娶她，结果她穿着婚纱从教堂逃了出来，和他的儿子私奔去了城里。他是位拉手风琴的年轻音乐家，从此他们跟着一个乐队开始了漂泊生涯。年轻的音乐家一直有个音乐梦，不想只为餐厅和婚礼卖艺，他想去美国继续深造。几年前本有个机会去美国，但是因为不愿与艾丽妮离别，最终放弃了，但美国梦一直盘桓在他心中。几年来，新娘跟自己儿子私奔的那个父亲，一直在跟踪他们。最后这位父亲出现在他们面前，在一次舞会上请艾丽妮跳舞，原谅了私奔的小夫妻，悲伤地倒在了舞厅边死了。他、她和他们的双胞胎儿子结束私奔生涯，回到故乡，却发现家乡小镇被洪水淹没。后来艾丽妮的丈夫终于去了美国，艾丽妮和两个儿子留在希腊，从此天各一方。

接着，这个天各一方的家庭命运急转直下。艾丽妮因为同情进步人士被抓入狱，在监狱和儿子骨肉分离。二战期间，丈夫为了早日接妻儿去美国团聚，在美国参了军，结果死于太平洋战争。他身上有写给妻子的一封信，四年后才到达刚刚出狱的艾丽妮手里。

艾丽妮的梦结束于知道丈夫的死讯之时，接着她又亲眼见证了希腊内战中分属不同阵营的两个儿子的死亡。艾丽妮是在儿子们熟睡的一个夜晚被警察带走的，艾丽妮最后见到的，是两个儿子躺在河边的遗体。

她在儿子尤果的身边躺下，喃喃自语："我连一个可以想念的人都没有了，一个也没有了。"一个希腊女子，所有的梦想，所有的爱都已破碎。

所有的细节都美。海边飘飞的白床单下演奏的乐手；码头小酒吧边，一个一个与伤心的艾丽妮跳舞的男人；寓示着漂泊命运的手提箱；在战火中满目疮痍的老屋颓墙边飘摇着的艾丽妮的白色婚纱……艾丽妮没织完的红色毛衣，变成了慢慢乘小船离岸的丈夫手中细细的红线，直到那红线扯完了，绝望地漂在海面，然后是男主人公对妻子离别的忧伤呼喊。说出来感觉就不够饱满了，三个小时的长度，一个白色的故事。这是一部希腊人的《活着》，却比根据余华小说改编的电影版《活着》更有一种深厚的东西，以及一种被称为贵族精神的东西。

如果你走近安哲，或许能懂得一点希腊人的心。安哲一生都在寻找他心目中的真正的希腊，但他的寻找还是失落。往昔的荣光不再，如今的希腊，就像总是沉浸在灰扑扑、雾蒙蒙的冬天。安哲电影里的那些白衣飘飘，是否代表着像奥林匹克火炬一样不灭的希腊人的古典精神？我甚至觉得，正是安哲的那些思索祖国命运的悲剧电影，使眼下的这个众声喧哗的希腊，依然配得上久远年代前恢宏的荷马史诗。

如今走在雅典大街上的希腊人，已经与住在奥林匹亚山上的众神们非常遥远了，甚至与亚历山大的时代也已渺远。记得法国导演侯麦晚年拍过一部《牧神的午后》，里面有美貌的女神男神们，慵懒又世俗的样子，倒是符合我对现代希腊人的想象：男神和女神们再也没有了凌云壮志，我已历经沧桑一万年，我现在要的是现世安稳。

老希腊人老得真跑不动了，掉在了老欧洲的最后。这个世界上最早崇尚自由民主的民族，曾经孕育欧洲文明的希腊城邦，从奥斯曼帝国手里独立出来也不过两百年的事。希腊人，曾经以全民公投的方式来选出一个国王，独立以来近两百年内乱不断，债台高筑，如今虽然已回归了民主政治，却依然是债台高筑。如今的希腊民众们，依然会为了一点个人小利益七嘴八舌，进而影响到整个国家。希腊全民公投的结果，让那些国家利益至上的思维方式者，不由得小小地叹了口气：唉，自私的希腊人！

在我看来，现在的希腊人在经历长达近两百年的乱世后，倒有点接近于咱们老子的信徒。小国寡民，只求小我的安逸。只要阳光好，空气好，爱琴海的水好，一切就未曾变了大模样。希腊人，当年是可以为一个美女海伦打十年仗血流成河的率性爱美的古希腊人，是可以跟随亚历山大远征到印度的彪悍勇敢的古希腊人，现在他们只是想要过几天好日子的希腊人，但毕竟，他们尊贵的祖上是见过世面的啊。

此刻，我在看《尤利西斯的生命之旅》，我生命中视为最美、最深沉的电影。隔了多年后，第二次打开，也是因了某种因缘。再一次听到《友谊地久天长》的旋律，在这电影的家庭舞会场景中，在男主人公的幻梦里，听着优美的钢琴曲，仿佛重又回到大学的时光。每一次舞会，总是在这抒情的华尔兹中旋转，转到大门边，然后依依不舍地离开。有时候当这舞曲一响起时便离开，走到户外的小路上时，这曲子依然跟随着飘了过去，于是在夜晚的小路上，还要再转上几个圈。

这样的中秋夜，是晴是雨，有月无月，都无从辜负了。夜里，一遍遍地跟着电影中那低沉的男声，低咏这最后的告白——

我回来的时候，
就会穿着不同的衣裳，
拥有不同的名字。
没人知道我何时会来，
如果你看着我质疑地说，“你不在这儿”，
我会让你看看标示，
然后你就会相信我。
我会告诉你，
你花园种的是柠檬树。
冷冷的月光，
从窗户照射进来，
还有身上的特征，
爱的特征。

当我们一步步向梦境迈进，
每个拥抱之间，每个爱的呼唤之间，
我会花整个晚上的时间告诉你我的旅程，
然后在之后的夜晚，
每个拥抱之间、每个爱的呼唤之间，
告诉你人类的冒险，
这故事将永无止境。

七十五岁的安哲，某个冬日穿过雅典港口比雷埃夫斯的一条繁忙街道，被一辆摩托车撞倒在地，当晚离世。本来那天他要赶往“希腊三部曲”的第三部《另一片海》的片场，但现在充满哲思与诗意的安哲的镜头戛然而止，永远停留在未完成时。老安哲，真是为电影生，为电影死。他也永远静止于追溯希腊精神的路上。

打开葡萄牙的方式

第一夜，里斯本。这是一部关于里斯本的电影。电影里，一个男人说，他们制作了一首歌，一首关于河流的歌。他拿起望远镜，看到烟波微茫的河，河上有船驶过。

女人问，你感受到了吗？

男人说，什么，是河流还是歌词？

女人说，两个都有，两个是一体的。

一个心里有一条河流淌着的人，一下子就击中了我——一个同样自小生活在一条河边的女人。

这是通向里斯本的第一天。夜里，我在看文德斯的《里斯本故事》，一个有关寻找的故事。音效师在寻找大自然中真实的、细微的声音，导演寻找他关于电影的灵感和真理。文德斯是一个述说寻找的高手，《德州，巴黎》《寻找小津》，文德斯一路在寻找，这一次，他寻到了葡萄牙。

一开始，是汽车后视镜里退去的公路，后来，踩着文德斯典型的公路片音乐，踏进了里斯本。这是一个电影音效师的旅程，在里斯本，拖着一条行动不便的腿，等待他的朋友，寻找他想要的自然的声音。

夏天，欧洲的老屋里有蚊子，一开始，他拿葡萄牙著名作家佩索阿的书跳起来拍蚊子，后来，他被佩索阿吸引住了。他一日日地走进里斯本，也走进佩索阿，在那些孤独的、有蚊子飞舞的夜里读佩索阿的诗。

就像乔伊斯漫步在都柏林，佩索阿是电影里的一个影子。这是在里斯本，是佩索阿一辈子从未离开过的故乡之城，他所有的书写都在里斯本发动。电影里，葡萄牙民谣乐队 Madredeus 歌声清越，尤其适合在疲惫的雨夜听他们歌唱。

我听到一句话：河流才是人类生活的目击者。我想河流不仅是目击者，还有芳菲的心、气味、音乐及河流的哲学。

这是通向里斯本的第二天。或许这就是打开里斯本的方式——阿兰·泰纳的《白城》。买碟的时候即已被片名吸引，一部很美很静的欧洲文艺片，萨克斯不时地响起，像旅途中的人的倾诉，感伤寂寞温暖，还有水手吹的口琴。

一名水手，对，必须是一名葡萄牙老水手，某一天下了船来到里斯本，厌倦了嘈杂的船舱生活，空虚让他发狂。他租一个房间住下来，写信给他远方的情人，描述他在白城的孤独和沉默。在小酒馆喜欢上漂亮的女招待，一个名叫罗娜的年轻姑娘。水手在白城的白天和夜晚喝酒，和女孩谈情说爱，无聊时打台球，被当地小流氓偷钱。他第二次向流氓讨说法时反被流氓用刀子刺伤，当掉了一只瑞士金表，也失去了不确定的爱情。会说法语的女孩终于离开，不告而别去了法国。钱花完了，他没有理由再在那个挂着红色窗帘的小旅馆房间住下去，卖掉了他心爱的录音机和摄像机，买了回家的火车票。

这个水手是个中年人，到了停下来摸一摸内心的阶段。他总是在写信，一封又一封地投进邮筒，寄给旧情人。他在信中讲述关于梦中白城的场景，什么都是白色的。然后告诉旧情人，他在这里又爱上了一个姑娘，他感到既幸福又绝望。再后来，水手告诉情人他在早晨、中午和晚上都喝酒。最后的信，是在火车站跟别人要来一张纸和笔，告诉情人，“唯一我喜欢的国家是海洋”。

白城是虚构之城，里斯本却是古老而又真实之城，面朝大海。里斯本的街道，在水手的小摄像机里有垂暮之美。街上的有轨电车让人想起同样苍老的伊斯坦布尔，那些凌乱的小街，那些海边的雾色苍茫。水手说，我不是在度假，因为人们度假时总是在干着什么，而我呢，停下来，什么也不干。

水手是个爱笑的人，有时牙齿一露，笑得纯净，有时眉头一皱，滋味苦涩。他从船上上岸，最后登上了火车。

里斯本就是一个人到中年想停下来思考一些什么的城市。也许每个人，在某个年龄，都会突然就停下来，不想再前进，一个人与自己对话。水手说，我梦到城市是白色的，房间也是白色，孤单也是白色的，沉默也是白色的。白色，让人安静。

在里斯本，有很多的小酒馆，老旧的，疲惫的，并不十分起劲的样子。“时间就这样流逝。我白天喝酒。一切都已经不是真实存在了。沉寂是既沉重而又轻盈的，三根手指就是距离。在性和女人的臀部之间。我是一个试着去说真实的说谎者。”

这个水手让我想起另一个著名的水手，青年时代的尤金·奥尼尔，美国著名剧作家，更加孤独，更加绝望，更加放浪。

偶然知道，葡萄牙国宝级导演奥利维拉去世了，活了一百〇六岁。知道他去世的那一刻，我不由自主地跟着他升天后轻盈的脚步，回了他波尔图的童年旧宅。那部曾带来感动的《追忆童年往事》，电影音乐非常好听。在诗意的葡语和音乐中，一缕老欧洲之烟在海市蜃楼中升起。或高或低的众生，喜怒悲欢爱，植物的气息弥漫出走，老祖母背影蹒跚，让我们回到童年初心，历尽千辛万苦，浮士德般的欲望征程，归于尘埃，或归于上帝。

对有些人来说，世界天天在变。变得太快，可是我们跟不上，总是焦虑万分。对另一些人来说，世界从未改变过，像固执的葡萄牙人佩索阿，还有奥利维拉。跨越一个世纪，奥利维拉不紧不慢地拍电影。拍童年，拍上帝，拍修道院，拍精神危机，拍葡萄牙，拍重现的包法利夫人和“白昼美人”。《我要回家》里的戏剧演员吉尔伯特·瓦伦斯，不管世界怎么变，甚至家庭遭遇失去亲人的不幸，依然有他的老习惯：每天在咖啡馆喝一杯咖啡，看报纸，演他热爱的莎剧角色。正是这些老习惯，让他坚持着平静的生活。演瓦伦斯的男演员，正是有点谢顶的老戏骨约翰·马尔科维奇，在安东尼奥尼八十岁之作《云上的日子》

里，那个云游四方，在巴黎尾随有点神秘的苏菲·玛索的导演。

之前，我对安东尼奥尼和伯格曼两位电影大师的离开，似乎没什么特别的感觉。曾经看了他们的很多电影，依着我从前看闷片的耐心一路看下去。安东尼奥尼的最后一部《爱神》也看过，那时感觉老头的心还是年轻的。伯格曼的东西比安东尼奥尼更哲学，所以也更艰涩肃穆，但只要是直抵心灵的，总让人能够看下去，哪怕他总是在跟他们的上帝较劲，质疑上帝到底存不存在。彩色的《芬妮与亚历山大》，是伯格曼的回忆童年往事、家庭剧团生涯的背景，一些惊悚的镜头，舞台与后台的移步换景，夹着伯格曼自传式的私人记忆，反倒平庸一些。因为圆熟，因为回忆，像狄更斯那样细细记录的艰难时世，搭配孩童能感受到的温馨和恐惧，却少了伯格曼从前那种思维的简洁与锋利。

相比之下，葡萄牙大师奥利维拉的《追忆童年往事》更具诗意，胸怀宽阔，是我心目中的老人回想当年的电影。就像你如果活到了一百岁，面对过去，面对生你养你的城市，其实你不必要那么犀利了，现在你过滤了多余的情感负担，剩下的唯有温柔。

第三夜，老城波尔图。奥利维拉的镜头对准了自己的故乡波尔图，也即葡萄牙第二大城市。他以梦幻般的同时也是挽歌的调子，半虚半实地记录了二十世纪二十年代的波尔图，童年时代生活过的老屋、咖啡馆、音乐、艺术、舞会、新年和中产阶级的文艺生活，这同时也是旧世界废墟上的婉转记忆。新的波尔图变得让人不认识了，老宅不复，但有些东西却不曾改变。比如，杜罗河依然在不停不息地流淌。

老迈的奥利维拉让我从老迈的波尔图想起同样老迈的里斯本，还有里斯本的另一个灵魂人物——作家佩索阿。佩索阿和奥利维拉，是葡萄牙的双魂。

最近总是惦记着河流，惦记它流淌时的姿态，那种内在的律动，那是我想要的、在寻找的一条河的流淌，既不过于急促，也不过于缓慢。我将著名导演奥利维拉和著名作家佩索阿“混为一谈”。想到我的河、童年、河边和弄堂里的母亲。佩索阿的《惶然录》，我只是作为调剂性阅读，读它的时候，既不惶然，也不迷失，只是淡淡地读它。不久，我发现《惶然录》中真正属于我的段落——

“踏着我梦想和疲惫的脚步，从你的虚幻中下坠，下坠，而且成为我在这个世界的替身。”这段话是属于我的。

《惶然录》确切地说，是一本供联想和对照之书。作者不是多话之人，和普鲁斯特正好相反，但因话少，每段皆能供人无限遐想。比如他说“看和听是生活中唯一高尚的事情”，我们这些人便带着一丝窃喜，自觉地靠了上去。这本书的最大好处，是让我可以有很多的空白，使用钢笔写点什么，这是多么古典的动作呀。甚至偶尔想到的小说片段，我也写在这里。我也喜欢他另一句话：“聪明人把他的生活变得单调，以便使最小的事故都富有伟大的意义。”

佩索阿和奥利维拉们一定是顽固的。在任何时代的洪流中，他们是抵抗者。像佩索阿，他的葡萄牙先人麦哲伦可以冒险远航，环游地球，他却可以一辈子待在里斯本不出门。假如他活到今天，活到奥利维拉的年龄，他应该也会如此，无论世界千变万变，他依然故我。对他来说，出门与不出门，并无多少区别。

如果你曾喜欢过斯蒂芬·茨威格那感伤调调的《昨日的世界：一个欧洲人的回忆》，你也会爱上这样一个在虚无与真实中光影闪烁的、散发着陈旧气味的葡萄牙。

与普鲁斯特的十一夜

第一夜，菖蒲花的香味。读了很小的一部分《追忆逝水年华》，文字美成玉叶琼枝，男子的文字怎么能美成这样？他孱弱生命里的每一个细胞来到人间，都背负着要感知世上一切细微的使命。每一丝风吹幡动，青苔的滑润，舌尖上的核桃冰淇淋味道，都能在他心里引起涟漪。

漫不经心处，通过读普鲁斯特的文字，菖蒲花的香味似有似无，旧相片，杏仁饼，奶油面包，色彩鲜艳的贝壳，忽明忽暗的记忆深处，生活的金沙石无非这样，过滤掉不愉快的，留下美丽的。

“人在乡下，居然闭门不出，简直是罪过”，老外祖母的话，百多年后依然像一种素静的人生哲学，使我们对真正意义上的乡村心生向往。白日已尽，黄昏将临之际，我的某个朋友也会莫名地愁从中来，跟平日的温柔敦厚判若两人。有时候我们像普鲁斯特睡在圣卢夫人家的乡间住宅里一样，也有些想住在朋友熟人的家里，感受不一样时空中的家庭氛围。度过几乎完美的一个下午，一个夜晚，也会生出像普鲁斯特那样的温情哀叹。唉呀呀，也许，如此夜晚，如此下午，不可再得了。

我们的日子里也不乏玛德莱娜小点心的情致，甜点的小快乐，及无伤大雅的小忧伤。有时遭遇情绪低颓的男人，也许给他一块玛德莱娜小点心，忧伤会不会就和入口即化的小甜点一起平复？像我，每一个上午，一杯咖啡都很重要。因为甜点和咖啡有时就意味着小的安慰，温软甜美和香，像一生中某些时间里的记忆。

晚上，海上的戏散场后，在夜色中散步，走到了曾经上过班的那幢楼后面，那家可以吃焖锅鱼的店依旧还在，要了焖锅鲶鱼，黑米豆浆，不慎又掉入了汩汩的追忆逝水年华的情绪里了。

第二夜的奥黛特。阴冷寒雨，做什么都不对劲。只有看男子斯万爱着交际花奥黛特时的种种心理活动是过瘾的。那些一波三折、曲折回转的心理活动，由男作家写出来有多逼真。这精致入微，又颇类同罗兰·巴特浪漫泛酸的《恋人絮语》。女人其实爱看男人的心理活动，而不是女人自己的。因为女人了解女人终归甚于了解男人。没有一个女人敢说，我对男人的心理活动了如指掌。看斯万那患得患失的心理，乐趣不减于偷窥。不过斯万把与奥黛特的床上温存运动叫作“摆弄卡特兰花”，这样的隐喻也着实优雅到迂腐可笑了。、

在情欲面前，穿燕尾服的贵族和酱油铺的小厮表现出来的非理性，也大同小异啊。

即便在爱情中毒者斯万那里，奥黛特依然是一具客体。无论她善

良、邪恶、浅薄、淑静、妖娆、放荡、忠贞，奥黛特都不是她自己，她是跟她发生关系的男人眼里的那个奥黛特，她是可以被塑造的奥黛特。

斯万的真正悲剧是，当他终于跟奥黛特结婚时，他发现自己已经不爱她了。他对她的兴趣之旅已告完结，往日激情的丧失使他自己的灵魂也受到伤害，他觉得生活既空洞，又无聊。

第三夜，男同性恋者。难怪阿兰·德波顿这英伦才子要再一次读《追忆逝水年华》了。普鲁斯特的柔软、深刻与宽度，在近现代文学史上几乎无人能及。写书人让人感觉他身体里同时有一个男人和一个女人，他们在帮他完成大著。

普鲁斯特眼中的那些钟楼，因为白日已尽而显得格外温柔。音乐的每一个旋律，都像一个女子一样特别，但却不像女子那样，将流露出来的感官享乐的秘密只展现给某个特别青睐的人。饭店的常客们，不仅是一些半堕风尘的女子，也有风雅人士，他们下午五点左右才吃茶点。他引用别人的话：在自己热爱的人身边，与他们谈话也好，什么话也不与他们谈也好，全是一样的。

帷幕落下时，他总是会感到失望，但同时，又需要延长这种乐趣，因为不愿离开剧场，从而结束剧场的经历——在几个小时里，它曾是他的生活，他觉得直接回家好比是被流放。他每天都要经受夜晚降临时的伤感，连他的朋友圣卢都会想到他的孤独病和脆弱症而奔去陪他。

这个内心无比温柔感伤的人说：“一只鸽子最大的痛苦，就是另一只鸽子不在自己身边。”大概他最最害怕的，就是生离吧。

乱曲无章，暂搁下《追忆逝水年华》一书，囫囵吞枣翻完普鲁斯特的《一天上午的回忆——驳圣伯夫》。圣伯夫者，法国普鲁斯特生活的年代的大文学评论家，偏保守的学院派，普鲁斯特的文学对头。又在普鲁斯特浓重的恋母情结中开始回忆了几下波德莱尔，以及他的黑珍珠情妇，还有巴尔扎克和他的《人间喜剧》。他谈钱比谈女人谈得更精妙。

此书中普鲁斯特议论同性恋的一章很美妙，拔出萝卜，牵出有名的同性恋作家王尔德。看电影版的《追忆逝水年华》，法国大嘴美人艾曼妞・贝阿演的姬贝特，凯瑟琳・德纳芙演的交际花奥黛特。定格的是最后的海边镜头，绅士淑女和远处的海岸线。这镜头与托马斯・曼的《魂断威尼斯》的几幕何其相似，无可奈何花落去，似曾相识燕归来。相似的唯美加往昔不再，主角一样是男同性恋者。

普鲁斯特在《追忆逝水年华》的第四部开始就大谈同性恋。他说世间任何生命都可以将自己的声音、激情和芬芳传给他人，这话很好，激情和芬芳当是与性别无关。人与人之间气味是否相投，该是本质上的性情相近吧，而不是什么文化和知识。

但是他可能害怕自己陷入王尔德式的命运，他对自己的同性恋身份始终秘而不宣。

在普鲁斯特的微世界中，阿尔贝蒂娜像一朵容易消逝的玫瑰的幻影，奥黛特像一面镜子中的花瓶，她们在时光里都褪了色，仿佛不曾来过。只有斯万和圣卢，却是那么活生生的，像作者的灵魂知己。他们来过，抵膝谈心过，最后，才衰退了激情，暗淡了光芒，老了，走了。

第四夜，灵魂的微波。读普鲁斯特读得没有了说话的欲望，有点木木的。那个世界里的精彩，远远超出了我们当下的生活——凡人琐事、儿女情长和烟醋味道。凡夫俗子写字，无非自己的一点小感受，没想要给别人留点什么，也没这种能力。但记录，或经过一个文学意义上的制造的记录，从自我的层面说，难道不是为了克服现世的平庸？

有些轻浮得意之时，以为能够码字的人是幸福的，因为他把一生变幻成很多种人生，尽管是假想中的。但大师就不一样了，读《追忆逝水年华》读到曲径通幽处，但见禅房花木深，对身边沸腾的生活都有些漠不关心。一颗过于敏感的心灵，他把世上的点滴外在，人心的点滴回旋摸了个透。太年少的时候读普鲁斯特，是不可能理解这个身体孱弱的同性恋男子，他是如何地心比比干多一窍的。

乔伊斯和普鲁斯特两个都是十足伟大的作家，从个人的气质来看，我会更贴着普鲁斯特一些。乔伊斯是智力加性格型的，你要努力去理解他那一套：他的都柏林，他的羊腰子（我觉得难闻死了），他跟妻子诺拉的那种肉欲、野蛮又不搭调的文学关系；而普鲁斯特是心灵感应型的，他用灵魂写作，连智力游戏的花腔都懒得要了。跟普鲁斯特的完全契合，可能得追溯到大学时代，那时读了太多感伤派的东西，夏多布里昂、华兹华斯、缪塞这类。

只有在优沃的环境中，云淡风轻，鸟雀不惊，人才具有感受一切细微风景与灵魂的凌波微步吧。

普鲁斯特再三提到比他更早时代的塞维尼夫人，她说，“刚刚收到一封信，过一会又想再收到一封，我全靠收信才能呼吸。我的这种感觉，能理解的人微乎其微。”又云，“我寻求属于这少数之列的人，我回避其他人。”我看见以前的女人，也是既心思多多，因内心深幽而难以伺候的。

能引起共鸣的情感是不分时代的。不同的文明程度，不同的生活方式，但人类的思维方式是一样的。“惧怕将来我们再也看不见我们喜欢的人，再也不能与他们交谈，正是在这种前景下，我们今天才会得到最难得的快乐。”这个意思，也正是我反复喟叹的。

妙语连珠的普鲁斯特，他说——

亲切的话：“我的孤独是一种精神沙龙，在这个沙龙中，控制我话语的不是我本人，而是想象的对话者。”

哈哈一笑的话：“有教养的人施恩于人却说得仿佛是他欠了对方的情（当然也不希望他当真相信），这种心思在戈达尔身上就是白费，他把所听到的话全按字面来理解。”

点头称是的话：“真正的优雅与虚伪的优雅距离简朴更近一些。

一个举止轻浮的女人到处看到举止轻浮的女人，一个追求时髦的青年到处看到时髦青年，性欲倒错的人发现性欲倒错的人。”

第五夜，伤怀之际。撞上岁末，没有大块的时间看普鲁斯特，抽一点零碎时间翻阿兰·德波顿的《拥抱逝水年华》，其中提到普鲁斯特的忽发奇想，心生羡慕。他对某位夫人说：“我们租一条游艇，远离尘嚣，沿海岸漂行。躺在舟中我们的船上，即可看到世界上最美的城市从眼前一一过去。不必下床，尽赏美景，如何？”

如何？这个梦想到了马尔克斯这里，不是在《霍乱时期的爱情》的哥伦比亚的河流中实现了么？

普鲁斯特有言，当你伤怀之时，躺到温暖的床上去，在暖和的被中，一切的努力挣扎都已放弃，此时即或蒙头大放悲声，瑟瑟发抖呼号如秋风中的寒枝，也自有一份惬意。

伤怀之际，人是没有力气的。普鲁斯特，真是伤怀者的体己朋友。

第六夜，失语者。朋友说，有时间读《追忆逝水年华》总是很美的事，我说，是太美了，丝丝入扣地纠缠着人心。他好像把人生的风光和没落全都说完了。这么一想，《追忆逝水年华》不就是西方版的《红楼梦》么？

我想我要等读完全部《追忆逝水年华》，才能再一次开始真正的书写。小人物的写不必负重太多，否则，读普鲁斯特未必是好事。弗吉尼亚·伍尔芙读完普鲁斯特，好一阵子都认为自己无话可说了。连日的失语，是因为读普鲁斯特居然也不知轻重地染上此“精神富贵病”了？连忙嘲笑自己，这是否也太矫情了一点呢？明明是布衣百姓，却也容易染上贵族的矜持病，这就好像贾府的小丫头也染上了肺结核了。

第七夜，梦。一个因读普鲁斯特而起的梦，梦境中感觉有一个角色是我，女性，默默地爱一男子，彼此有心照不宣的默契。有一日，“我”感觉到“他”迷恋着另一个女子，是迷恋，而不是爱情（梦中的男性爱的是“我”）。在一处疗养胜地，“我”把那美丽的女子找来了，在一间屋子里，“我”好像说服了她，她穿的是红色的连衣裙，在一片迷离、暧昧的氛围中。“我”似乎也是沉迷者之一，居然为那美丽女子除衫！而“他”似乎也在半推半就中接近了那似乎被催眠的神秘女子，依然是一副忧愁的满腹心事的面目。梦境中，除了我的角色，其他人都面目模糊。

这梦的底色一点没有色情的感觉，弥漫的是一种迷离的氛围，每一个人都在迷离之中，像与世隔绝的室内剧，每一种欲求都变得合情合理。朋友张宗子读到这梦，说我这个梦也是十足的普鲁斯特。迷离也正是形容“追忆”的准确的词之一。宗子兄说，J. E. Rivers 写了一本书，专谈普鲁斯特有点异类的情爱，关键的一章就从第四部开头的三十页说起，认为那是理解普鲁斯特的一把钥匙。迷恋和爱情有交叉而不重复，彼此不存在先后和层次深浅的问题，迷恋可以是也可以不是爱情。

第八夜。重又打开《追忆逝水年华》，读到 1338 页。太多的书等着读，为了《追忆逝水年华》，很多书已搁下，批注了几条让人拍案击节的普氏妙语——

其一：“镇住我们的高度往往是几乎仅仅高出我们一头，而不是那些高不可见、耸入云霄的东西。”哲学。我不知为什么认为这个问题已是需要哲学层面的思考了，基本上，我们每个人都逃脱不了鼠目寸光。

其二：“圈子里每周三的例行聚会，在成员之间产生了一种对立的情绪，即挑拨离间的欲望。”人际。圈子里的人在一起，并不意味着彼此有多么热爱，而是彼此功利的需要在一起。

其三：“我们觉得——只有我们自己觉得，将我们与我们所爱之物的关系公开出来，这将产生一种魅力。”爱情。一旦爱上，我们便有冲动要告诉全世界，因为爱情是多么令人骄傲的拥有，贫者拥有爱情，他在某个层面上就是富有的。

其四：“南极也好，勃朗峰也罢，事实上都不如淫乱的内心，即与众不同的思想，能为我们提供一块长期离群索居的地方。”价值观非常认同。有时候人在外在形式上做不到离群索居，但常常离群索居正是内心最真实的需求，于是我们任自己的思想与大众的不同。文化精英们更傲慢地认为，有些社会规则只对大众适合，规则和思想的系统只不过为了便于管理社会。

其五："这些伟大的单身汉仿佛是在用一种虚幻的父性来给自己悲凉的独身生活添加一分温存，寻找某种安慰。"父性。所谓父性是个可疑的东西，当父性与权力意志服从这些混在一起时，就难有单纯的父性。

其六："有些才能不能混为一谈。"我们见过，有些出言平平的人能写出惊人之作，而那些口若悬河的人一旦提笔，竟不及一名庸才。但其实我更欣赏那些很随性地挥洒才气、在不经意间妙语如珠的人，而不是刻意经营的文字。他们说话让听者觉得是语言的美好享受，他们才是真正无私的语言贡献者。

其七："有时我还把自己的手臂伸向她，我觉得她的手臂勾住我的手臂形成的这个连环把我们两个人连成了一体，并且把我们两个人的命运结合在一起。我在我们俩影子的交融中感到一种魅力，它也许不如我们俩肉体的接近和交融那样实际，但却同样亲昵。"很好。来复习一下爱情功课吧。马塞尔还说到心爱的女人，形容为"她不是一种由肉体和衣料组成的浮灰"，说明男人对女人的爱情到了一定的精神层次。

其八："人们觉得有欲望是无辜的，他人也有欲望则是残忍的。"欲望。不是和中国谚语"只许州官放火，不许百姓点灯"如出一辙吗？

其九：“我们发觉爱情和忧伤休戚相关，爱情也许就是忧伤。”爱情。如果爱情没有令你忧伤，说明你爱得不太深。爱情在得到前，得到中，得到后，都与忧伤共存。

其十：“我觉得自己占有的不是这么一个，而是许许多多个年轻姑娘。”是这样吗？是这样的。置换成女性身份，此语可改为：我觉得自己占有的不是这么一个，而是许许多多个男人。爱情镜像中的TA不仅仅是TA，而且可以是很多的其他人，有可能成为的人，爱情于是才不那么单调。

十一：“这个站摆脱了琐碎的日常生活，作为始发站颇为理想，而作为到达站早就没说的。开到这大站头，里面却不住任何人，上面只标有城市的名字，即某某火车站。看样子车站就意味着终于可以进入城市，因为它很可能是城市灵魂的现形。”旅行。我们热衷于美妙的火车旅行，许多次冥想于火车和车站的意义。马塞尔说得真好。所有的车站之所以充满魅力，是因为它们摆脱了琐碎的日常生活。它们是起点、中点和终点。

十二：“睡梦中享有的种种欢娱，人们是不会把它们记在现实存在里享受到的欢娱账上的。人睡时的生活，在沉睡那部分时间里——不从属于时间的范畴。睡梦并不知道我们到底睡了两小时还是两天，不能向我们提供任何方位标。”梦的哲学。梦境与现实的纠缠与疏离，是我一直纠结的问题。我以为正在发生的现实才真正是现实，过去了的现实，跟梦境也差不多。当梦发生得太逼真时，我宁愿认为它确实发生过，存在过，我甚至以为梦境是通向现实的通道。梦境是一种神旨，一种奇妙的暗示，指引你在现实中去奔向哪条路。虽然梦终将醒来，你要在清醒之地着陆，但有没有梦，仍是不一样的。

第九夜，最美的时光。终于读完了全部的《追忆逝水年华》。与朋友约好去咖啡馆的，结果伊到那儿时，我已投入《追忆逝水年华》的最后关头拔不出来，索性要赖说不去了。为一本书失约，毕竟心里有愧。

对于逝水年华，人在各个时期都会有不同的感受，亦会有“除却巫山不是云”般的怀想，然年华终会老去，留下往日的空影，《重现的时光》与西蒙·波伏娃回忆录的最后一部《老年》有异曲同工之妙。人一生各阶段的自己，无论外貌还是灵魂自有云泥之别。年华逝去，记忆增长，只有梦是复得逝水年华的方式之一。

> 它们从我们无法探测的深渊中显现，
> 比如天上升起的那些太阳恢复青春，
> 是在深深的海洋中洗涤以后。

最美的时光，你想要它停留下来的某些时光，能一直保存在记忆里，时间久了可能会稍稍褪色，但不会褪尽它珍贵的底色。但我们枉然只保存着那记忆，却再也回不去，说，我多爱那一刻，再来一次吧。

马塞尔接待圣卢的最后一次来访——

我对他说，你记得我们在东锡埃尔的那些谈话。

啊！那时可是大好时光。一条鸿沟把我们和那个时候分隔开来。这些美好的日子是否将会重现？

读到这儿，难免伤感。残酷的时间。在最美的时光、最美的生命高潮、知己最美的相会之后，终将等到生命衰败、亲爱凋零、友朋渐疏远，直到死亡。

第十夜，光与影。第三次看《追忆逝水年华》电影版，对导演拉乌尔·鲁兹不太了解。前两次都没看进去，这次终于分两个晚上看完了。如果没有看完全本小说，此片的意识流是完全弄不明白的。前两次看，第一次只看三分之一就看不下去，第二次看一半，又犯困作罢，到了第三回，终于看明白了。

电影几乎是在最后一卷的基础上改编的，穿插了马塞尔从童年到中年的若干片断。电影版里，男主人公挚爱的女友阿尔贝蒂娜只寥寥几个镜头，看似成熟妇女，我最想看到的巴尔贝克海边和少女们的相遇场景，却是不见。还好有马塞尔和圣卢初相见的情形。电影主人公除了马塞尔，还有圣卢（约翰·马尔科维奇演的），奥黛特（女神凯瑟琳·德芙娜演的），音乐家莫雷尔（大帅哥文佩特·佩雷演的，特别是一战期间有莫雷尔剃掉胡子清爽面容的镜头，重又想起佩雷在《印度支那》和《芳芳》里逼人的帅），希尔贝特（法国美女艾曼纽·贝阿演的），全是由法国大牌明星出演，怎一个豪华了得。故事情节几乎谈不上，但场景——大小雕塑、室内装饰、精美瓷器等和音乐——小提琴和钢琴，美得令人无法不对法兰西文化心生恋慕。

书中另一重要人物盖尔芒特公爵夫人，电影里也只出现个别老年镜头，满脸皱纹，语言刻薄，奥黛特的美无可奈何花落去，无情地瓦解在岁月里了。书中很重要的同性恋者夏吕斯男爵应该是胖的，但电影里的男爵却是瘦的。最纳罕的一幕是，男爵有鞭打受虐癖，在絮比安的旅馆里常干这档子事，小说中写得精彩，电影中这一幕也极精彩。鞭打完毕，男爵穿上睡衣，和平民阶层说话，重又恢复那高贵尊严的气派，似乎并未因刚才的受虐狂行为就显得下流，那气质看着竟是高不可攀的。演员能把这等贵族气演出来，堪比不动声色演老教父的马龙·白兰度了。

跟《追忆逝水年华》有关的一桩心愿终于了却，忽想起《红楼梦》中一回名叫《琉璃世界白雪红梅》，也应得这“追忆”里的法兰西风景啊。

第十一夜，与伊深怜低语。最后的一部叫《重现的时光》了，重现的时光，令人怦然心动的短句。读普鲁斯特的感觉是：之前会因为他而放弃了其他诸多品种的阅读而有些怀疑是否值得，怕是一叶障目而少领略了一片森林。这艰涩的阅读，一年之内使人远离了多少诱人篇章，而随之，你越来越幸运遇到了一部好书，犹如遇到一个知己，于是他就成了天空和森林，他值得你为之放弃一大片森林，放弃很多其他的好书，其他的作者，其他的人。忆起从前柳如是词，曾背得烂熟的，是对《追忆逝水年华》的那一种钟情的感觉：

有怅寒潮，无情残照，正是萧萧南浦。更吹起，霜条孤影，还记得，旧时飞絮。况晚来，烟浪斜阳，见行客，特地瘦腰如舞。总一种凄凉，十分憔悴，尚有燕台佳句。

春日酿成秋日雨。念畴昔风流，暗伤如许。纵饶有，绕堤画舸，冷落尽，水云犹故。忆从前，一点东风，几隔着重帘，眉儿愁苦。待约个梅魂，黄昏月淡，与伊深怜低语。

英国式的优雅与冷漠

英国式冷酷

《简·爱》的故事是个古老的故事，英国女作家夏洛蒂·勃朗特的文学名著几乎是普及读物，电影也已经拍了好几个版本，连劳伦斯·奥利弗这种被英国人民奉为表演艺术家的大牌都演过罗彻斯特。关于桑菲尔德庄园里暗黑系哥特风格的故事，还有什么值得让人兴奋的呢？

偶然看到一部叫《异乡情愁》的片子，在这个恶俗片名背后的，是电影的原译名《宽阔的藻海》。是了，就是它，改编自多米尼加加勒比岛上的英籍女作家简·里斯的原著小说《茫茫藻海》，被当作“简·爱前传”来解读而大受追捧，曾被评为二十世纪百部英文小说之一，还被女性主义者列为二十世纪女性必读作品。据说简·里斯是《简·爱》迷，对于罗彻斯特庄园里神秘的疯妻子的个人史想一探究竟。这一较真，就有了讲罗彻斯特和疯妻子柏莎恩怨的“简·爱前传”。

故事本身并不复杂：按英国法律，年轻的英国绅士罗彻斯特不是家中长子，无法继承财产，于是只好到英殖民地的牙买加小岛上，与一庄园主的女儿结婚，她就是柏莎。柏莎在当地虽为奴隶主的女儿，生长在英国式家庭，但家道中落，早年丧父。当地黑人对白人奴隶主的仇恨已经越来越明显，他们叫柏莎为“白蟑螂”，仅有财产已经不能保障他们在岛上的安全感。柏莎的母亲，当年就是因为仇恨的黑人放火烧了他家的房子，小儿子在火中丧命受刺激而发了疯，之后被从英国来的第二任丈夫抛弃。

罗彻斯特与柏莎的婚姻，在女方是为了有个正宗的英国人当丈夫，使自己的精神血统皈依到大不列颠名下。在男方，根据英国法律，与柏莎结了婚的罗彻斯特就把她名下的所有财产转到了他名下，而她从此一无所有，只能依附于他。

来到牙买加，最初是燕尔新婚和迷人的异国情调，妻子的美貌掩盖了一个英国绅士来到黑白人混居的小岛上的种种不适，但是两个人却无法真正触到对方的灵魂。他看不透她的内心，她也是。性只是暂时的通行证，却不能永久保鲜。之后罗彻斯特受人挑拨，对柏莎家庭身世怀疑猜忌，使两个人错过了任何相爱的可能性，越行越远。罗彻斯特的心一点点冷酷，与黑人女佣偷情，夫妻开始互相仇视，柏莎在重蹈母亲被丈夫抛弃的恐惧下，接近于精神崩溃。

这时候罗彻斯特的长兄突然死于意外，他成了英国庄园财产的合法继承人，可以结束这段把自己丢到荒蛮的西印度岛上以婚姻换财产的耻辱交易，体面地离开这块令他厌恶的殖民地了（他感到这块陌生的土地不支持他）。为了控制柏莎，他将精神恍惚的柏莎带离了她最后的土地，把她带回了英国。被丈夫背叛的柏莎，也许从小生长的土地是她精神上最后的救命稻草，如今她连救命稻草也被剥夺了。柏莎到英国后即被当成异类、疯女人关进了庄园阁楼。从此，总有一个幽灵在深夜哭泣。

电影导演可能是不忍心让柏莎输得太惨，缩短了她悲剧的进程。柏莎一到英国就被关在庄园的一间小屋里，当她听到罗彻斯特正在张罗着另娶英国淑女时，悄悄从看守她的仆人那里拿走了钥匙。这也是她所能给予的最后还击。

她冷静地点燃了仇恨之火。在深夜，艳丽的火光中，失去一切的女人面朝大火，跳起了西印度群岛的土著舞。这是一场对自己，也是对过去的祭礼。

《宽阔的藻海》电影版拍得差强人意。按现在时髦的话来说，柏莎的悲剧涉及殖民主义语境。她在性别、种族上都处于“他者”的尴尬地位。除了不再让丈夫惊艳的美貌，柏莎其实一无所有。“我经常搞不清楚我是谁，我的祖国在哪里，我属于何处”，她不是英国人，但对殖民地的人来说，她也不是牙买加人，而是英国人后裔。作为一个人，她无法确定自我的身份。

《宽阔的藻海》里的那种阴冷寒意，很像英国的冬天。想起看南非作家库切的《耻》，也有相似的感觉。在曾同为英国殖民地的南非，白人教授的女儿最后不得不嫁给黑人仆人，而且只是他的第三个老婆，接受他的保护，才能生存下去。这和牙买加殖民地的白人柏莎的不幸，真是如出一辙，同病相怜。

在《宽阔的藻海》之前，夏洛蒂·勃朗特的《简·爱》是那么的有名。读《简·爱》的时候，我们很可能将阁楼上的疯女人当成是简·爱获得幸福的对立面——一个简·爱与罗彻斯特的爱情路上的定时炸弹。她是一具被宣告灵魂已死的活僵尸，一个庄园里的阴影，因此我们很难去同情柏莎。世情凉薄，我们只为追求爱情的瘦小又不够漂亮的女主人公操心，顾不得考虑疯女人的感受了。直到有一天，简·爱终于获得了与罗彻斯特平等的经济支撑，我们才放下心来，心想一段男女关系成功了，从此现世安稳。一个又老又瞎，一个又瘦又不漂亮，除了厮守着过日子，还能折腾到哪儿去。但柏莎并不乐意就此被人嫌弃地遗忘，于是她奋力一搏，抛出了自己在发疯之前的前史。在精神上，柏莎与简·爱其实是一对姐妹。

现在更多人站在女性主义立场上，开始关注柏莎和简·爱这对姐妹了。两位美国女作家桑德拉·吉尔伯特和苏珊·古芭共同写了《阁楼上的疯女人》一书，她俩都是西方女权主义和女性主义文学研究领域的知名学者。不错，从柏莎到简·爱，女人要把握自己的命运，要独立自由，还有很长的路要走。

英国式优雅

塞巴斯蒂安的故事。这几天眼前都是故园风雨，脑袋里晃动着英国贵族青年那脆弱的身影，老是离不开《故园风雨后》里忧郁瘦削的塞巴斯蒂安。

伊夫林・沃的同名小说又名《故地重游》，改编的英国电影《故园风雨后》，具有典型的上世纪初的英伦情调。布莱赫尔德庄园无比美丽，有的人想进来，有的人想离开，有的人本想逃离，知道一回到故园，所有的记忆和枷锁将一并不自觉地拾起，但还是回归了。结果，到了故园后，她重投天主怀抱，成为她母亲的代言人，她远离了爱情，重新爱上上帝。

塞巴斯蒂安是脆弱精美的清代鼻烟壶，是名贵的酒和华丽的丝绸，是忧郁敏锐纯净的眼睛，是牛津校园里的贾宝玉，越是贵，越是脆。但是我独偏爱这一个，他爱上的男子赖德，虽是画家，其实只是一个俗人。他对塞巴斯蒂安家庄园的向往、迷恋、爱情，对这庞大的物体的爱情，已经远远高于他对人的爱情，不管是对男人，还是女人。他只是想属于这里。

塞巴斯蒂安是英国的贾宝玉，必须以一种毁灭的方式，与生硬顽冥的家族对话，于是他酗酒。当他明白已失去短暂的一个假期的“疑似爱情”时，在威尼斯，他深爱的赖德吻了他的妹妹朱丽亚，塞巴斯蒂安的眼睛里射出疼痛忧郁的子弹，但那眼神依然清澈，高贵静美。

对爱的失望，并没有让他歇斯底里，他只是借酒浇愁，从此，他与那个俗人保持了距离。

几年后，他失踪于非洲摩洛哥，穷困潦倒在一家医院，这一点有些像浪迹天涯的法国诗人兰波。昔日所爱赖德奉庄园女主人之托去摩洛哥找塞巴斯蒂安，想劝他回家。对他说："你母亲快要死了。"此时的塞巴斯蒂安，身穿着黄色的袍子，像一名东方苦行僧，形容枯槁，安静柔弱地坐在一张椅子上。赖德对塞巴斯蒂安说："我想你。"但洞察秋毫的小塞知道这话有些言不由衷。总之，他对赖德的爱情，在那年夏天的威尼斯已经清寂地死去。

母亲要死了，但他没有回去，宁可放逐自己，与天主教的家庭决裂。他留给赖德一个苍凉但坚定的转身。临别时，赖德摸了摸塞巴斯蒂安的光头，带着一丝怜惜，一丝歉疚，还有无奈，告别。

他，赖德，在从中产到上流社会的时代大浪中抓住机遇，向上攀升；他，塞巴斯蒂安，痛恨自己的身世，视高门华第为草芥，他要自由。塞巴斯蒂安曾对赖德说："我不该带你到布莱赫尔德庄园。"

后来，他在摩洛哥当了一名医院看门人。也许他觉得，这样也挺好。

记得他对前来找他的赖德说的话，这也许是一个转折。他说："从前都是别人照顾我，现在，我可以照顾别人。"让人疼惜。

这个灵魂，脆弱的、娇贵的、坎坷的灵魂啊，塞巴斯蒂安。在树前，在门廊，在风中，很想为他倒一杯葡萄酒，轻轻碰一碰杯说：

晚安，塞巴斯蒂安。

另一个故事，有关英国人的含蓄。看影片《抱拥》，一对十九世纪的英国秘密诗人情侣，那对视的目光，沉静如湖，无数的书信，你来我往，终于有了一次密谋的几个月私奔。再然后，度假结束，在车站分别，各自回到过去的生活。女诗人之前的同性恋女友、女画家因她移情而自沉，给她带去严重的创伤。她自己躲到乡下生下诗人的女儿，却让情人以为孩子夭折了。他和她请灵媒招魂，她刻毒地说，是你让我成了凶手。他以为是她毁掉了他们的孩子，不能承受她的残忍。而她其实是说，昔日同性女友因她爱上他而自杀。从此二人反目，三十年不再联系。直到他临终前，她才写出最后一封信道出真相，他们有个孩子，成年了，很幸福。而她依然爱他。得不到诗人完整的爱的妻子，并没有把这封信交给临终前的男人看，而是将那封信陪他一起入了土。

但影片的最后一段却告诉我们，其实他知道这一切。在他们分别几年后，他曾去乡下寻找她，不意碰上了他们的女儿。那一刻，自是心灵相通，他很快知道小姑娘是他和她的。结尾是我喜欢的，诗人拿出一封信，让小女孩转交给她的阿姨，也即她的生母，但小女孩转眼奔跑在田野里，遇上了另两个孩子，一起疯玩去了，那两页的信也飘飞而去，在草地和风中不知所终。

古典的英国式情境，起初含蓄得不能再含蓄的爱情。女诗人开始只愿意和男诗人通信，但最终，总会归于俗人的欲望，要相见，要灵肉，柏拉图之恋不再可能继续，肌肤总归要有触碰，要有燃烧，这样才够。再后来，不可能相守，终于有一段互相仇恨的时期，要临到一方生命行将结束，另一方才会体味到所有的烦恼、苦难和纠缠，都不敌爱情的美好。所以，从不后悔。

曼彻斯特的忧郁

在城市的无数公寓，住着多少个孤单单的灵魂？那样的一个世界，低温而且刻薄，生活在底层的男人女人，还会不会有无所谓的快乐？

迈克·李，我喜欢的英国导演，看过他1996年的《秘密与谎言》，是小人物之间在软弱、谎言中依旧带有温度的电影。后来的《赤裸》却冷得不给任何暖意，像北风在伦敦的每一条街巷窜着，冷得无孔不入。人们看到的是冷漠、愤怒和窒息的后工业社会的底层人生，在压抑的氛围里各自寒冷。

他叫强尼，二十世纪九十年代英国曼彻斯特青年，看起来像四十岁大叔，其实只有二十七岁，有点动物般凶猛的相貌，但一个人成不了朋克，只能是个孤魂野鬼般的流浪汉。强尼最拿手的事情是愤世嫉俗、滔滔不绝地批判社会，像黑人乐队唱盘剑子手的说唱，密集而又嘈杂，有一种强迫症患者的讨人厌烦。有一天，这个强尼厌倦了曼彻斯特，来到伦敦，寄住于在伦敦当按摩师的前女友那里。结果没几天，就和前女友的室友苏菲上了床。同样离开家乡到伦敦谋生，又空虚无助的苏菲说她爱他，强尼却用冷酷和粗暴给苏菲泼冷水，用粗暴的性行为告诉她，我不过是个恶魔般的男人，不要轻易说爱。在伦敦，依然找不到工作的强尼，再一次选择流浪。

强尼在伦敦游荡途中经历了一些事，调子依然是冷漠的。大量的细节表明他是那种脑袋跟身体一起流浪的男人。这一个流浪汉有自己的范儿，他在游荡中看文学作品，跟路遇的陌生人谈论人生和哲学，并没有真正的朋友可以对话。无论男人女人，从来没有人真正愿意停下来，听听这个流浪汉脑袋里想点什么。

他从一个大楼保安的嘴里，窥探到楼对面的窗户里有一个单身女子，总是在窗前梦游一般醉舞。第二天就直接去敲那女人的门，那是个酗酒的寂寞女人，像一条渴望爱却正在被晾干的鱼，眼睛里流露出死白的灰光。他发现这个女人比他更可怜，有一瞬间，对她产生了类似怜悯的情感。他觉得自己就像在给予女人恩赐的上帝，但是马上对这种救赎失去了耐心，粗暴重新回到他的身上。

然后继续游荡，跟踪一个下班的酒吧女招待，一路喋喋不休。终于又一个孤独的女孩让他进了屋，让他洗了个澡。又是一男一女待在一起，人与人之间，片刻企图沟通的温存，随即一闪而过，只因一句话触怒了女孩，女孩喊叫着赶走了他。倒霉的是，强尼接着又挨了伦敦小混混们的揍，遍体鳞伤，凭着求生的本能，艰难地爬到了前女友和苏菲合租的房子求救。前女友出于怜悯和母性，与受伤而变得温顺的强尼鸳梦重温，他们说到了要回去，回曼彻斯特。苏菲的性赢不了爱情，哭着离开了公寓。

伦敦不好，曼彻斯特就好了吗？新的一天，一瘸一拐的强尼又重新在大街上开始了游荡。

《赤裸》作为一种对现代社会的直视是锋利的。名字让人想到郑钧二十世纪九十年代的一首歌，名字就叫《赤裸裸》。那首歌刚出来的时候，听的人感觉很反叛，很过瘾，像没遮没拦的吼叫。英国人迈克·李不需要中产阶级的彬彬有礼，不需要戴上假面具维持英国式的体面与优雅，那种一无所有的愤青心态，如光天化日之下被放大了的青筋暴突的脸。若真如一种“我的爱呀赤裸裸”的生活态度，是否就会把日子变成一场不负责任的快感？去看看英国导演迈克·李的影片《赤裸》吧。

有些人并不适合在英国待着，有些人可以。有些热血青年在英国阴湿多愁的雨天待着很闷，有些热血青年从摇滚乐中找到了发泄口。有些人是从幽暗森林里走出来的，最后注定要回到幽暗森林里去。

再看一个几乎与强尼同时代的现实中的曼城青年。在英国，曼联与曼城的德比大战很刺激，但有个曼城青年二十四岁就自杀了，在众多死于二十七岁的摇滚明星自杀俱乐部排名登记册上都显得太年轻了些。

有些人是从黑暗帝国里走出来的，最后注定要回到黑暗帝国里去，像吉姆·莫里森、迪伦·托马斯、保罗·策兰、柯特·科本。天才死于二十多岁的事情已经让人心惊，昨晚终于把那张《控制》找出来，看了伊恩·柯蒂斯短暂的一生。封套上说他自杀于二十四岁，待看过整个片子，最后的字幕是他自杀于二十三岁，1980年的5月。

伊恩·柯蒂斯肯定是从幽暗森林里走出来的人。他笨拙的机器人舞步相比迈克尔·杰克逊的太空舞步，更是诡异冰冷麻木，直至失去控制，步向疯魔。这个时候，伊恩的癫痫病也有可能跟着失去控制，发作、倒地、抽搐。

因为伊恩·柯蒂斯，我领教了这支二十世纪七十年代末期后朋克/新浪潮的摇滚乐队——Joy Division，他们的音乐使现在的流行音乐显得平庸无奇，一双听过好东西的耳朵，总是无法再忍受聒噪之音。听Joy Division的歌，我一再地惊呼：这么好！这么好！

真的想象不出二十三周岁都不到的伊恩，他写的歌词已经达到令常人难以企及的高度。整个乐队的音乐感觉，让我一再地想到伯格曼电影的那种低温氛围。其实那里面感伤并不多，那种黑暗笼罩心灵的重量硬邦邦、沉甸甸。伊恩，二十三岁的曼彻斯特小伙子，感受到的生命不是过于轻，而是过于重。你会完全被伊恩的忧郁拖住。演伊恩的演员，从十八岁单纯的面孔到二十三岁阴郁的面部线条，跟伊恩本人神似——高大的、黑色的、呆萌的、绝世而独立的气质，还有那阴郁的眼神隐约渗透着黑暗的内核，那种吸引力很是强大，又让人想回避。

伊恩说："我们嘴上说我们不会害怕，其实，我们会害怕。"害怕什么呢？疾病的阴影是最重要的原因吧，因为癫痫就是一种使人体失控的病。伊恩高中毕业在就业中心工作时，看到一个安静清秀的女孩忽然倒地，癫痫发作。他吓呆了，后来他写了一首叫人一震的名曲《她失去了控制》，但不久之后，他自己也被诊断出有同样的病，需要吃大把药去努力控制。他最害怕的事情是：在他的音乐之路走向峰顶之际，疾病却越来越严重，这种害怕失去控制的不祥阴影，一直紧紧跟随着他，却没有人可以拯救。

感情是另一个严重的问题。伊恩·柯蒂斯在十八岁左右就和后来成为妻子的黛比恋爱了，黛比是他从好朋友手里抢来的。高大的伊恩站在窗前吟诵着与其花季年龄不符的忧伤诗句，轻易俘获了少女黛比的心。黛比问这是你写的吗？伊恩说，是华兹华斯的。这个出生于老工业城曼彻斯特的青年，在曼彻斯特看不到希望，很快就听从青春的简单冲动，完成了恋爱、结婚、生子的一系列过程。也曾憧憬过美好家庭生活的伊恩对黛比说，我们生个孩子吧，于是他们很快就有了个女儿。之后黛比操持家，脸上不再有那种少女才有的光彩。也许伊恩很奇怪，自己爱上的只是千百个平常的邻家女孩中的一个。当黛比挺着大肚子去找正在演出现场的伊恩时，他有点冷漠地对妻子说：“大腹便便就不要在外面晃。”显然那一刻，伊恩眼中曾经美丽的黛比不再存在了。

爱情那么快就幻灭了。伊恩·柯蒂斯说他喜欢的是蓝色，曼城队的蓝色。我们知道老曼彻斯特有两支著名的球队，它们的队服一红一蓝。但明亮之蓝一点点加重，就变成了忧郁之蓝。他早期的生活期望是一切简简单单，甚至当乐队成立之初，他还没想过要辞职不干那份普通的事务性工作。他前期的行为看似正常，但一个并不普通的，并且兼带着疾病隐喻的灵魂常要违背他的意愿，挣脱常规而去。紧接着乐队成名，有了光环，巡回演出，生活不一样了，他发现当初想与黛比白头偕老的想法有多苍白可笑。在一个更懂得自己的女孩安妮可面前，二十三岁的伊恩忧郁地说出："我的婚姻是一个错误。"

二十三岁，就在情人和妻子之间挣扎。他说不爱妻子了，但善良的本性又让他知道对妻子亏欠太多，所以他不同意离婚。伊恩身在摇滚圈，跟当时许多摇滚音乐人的乱性行为相比，私生活还算节制了。他发现自己爱另一个女人时会受到良心责备，因为黛比那么简单地把自己交给他。伊恩的感情问题也是其他男人们的问题，这一点上，天才跟普通男人也没什么不同。

关于天才的自杀问题，总有各种因果可以解释，但大抵总是离不开天才自身的孤独心灵，伊恩的灵魂就是向黑暗而去的。他走在曼彻斯特老城街上，背影是高大的，T恤衫上写着大写的"HATE"，随着越来越深刻的忧郁和孤独，他的出路已然明了。

如没有癫痫，没有感情问题，你一样会担心写出那种音乐的曼城青年伊恩·柯蒂斯，有一天会非正常死亡。

伊恩听着伊基·波普的专辑《白痴》自杀的那天，他还看了部赫尔佐格的黑白电影。我也非常喜欢德国著名导演赫尔佐格，他的片子是一个又一个冷冷的世纪预言。伊恩·柯蒂斯被称为是西方“失落的一代”的代言人。相比之下，性手枪乐队的席德也死于二十多岁，但席德只是个二愣的混混，碰巧被摇滚音乐人，也是朋克教母维维安·韦斯特伍德的前夫马尔科姆相中，被推上了疯狂的朋克舞台，成了明星。如今功成名就的U2乐队的灵魂波诺，都是Joy Division的追随者。

看过一个Joy Division的MTV，黑白调子，气氛十分肃穆，像伯格曼的《第七封印》中海边死神漫游的场景。一群穿黑衣和白衣的“死神”手里举着巨大的伊恩的肖像列队缓缓走过。这时他们的音乐感觉仿佛已经具有了某种宗教的、超度亡灵的味道，可伊恩们还那么年轻——那一刻，我被这曼城天才青年震惊了。

唱反调的约克郡人

接下来我们谈谈约克郡人，因为约克郡人爱唱反调。

最近读了一本有意思的书，叫《假装的艺术2》，作者理查德·威尔逊是一个充满反骨的英国电视节目制作人，他写的这本书和时下最时髦的生活方式唱反调——就像《哈利·波特》里面怪女孩卢娜的爸爸办的一本刊物，名字就叫《唱唱反调》。他那很有游戏态度的幽默话语是我喜欢的。一上来他就说，作为一个谨小慎微的约克郡人，审慎的作风是自然而然的态度，所以当别人煽情地推销“一生中必须要去的 50 个地方”时，他不会热血沸腾。

他甚至叫嚣说：“旅行者是最可恶的。”这里的旅行者，不是说那些度假者，而是“真正”的旅行者。如果威尔逊说这话的时候我正好在场，我肯定似懂非懂地假装听懂了，又不好意思地问：“你指的真正的旅行者到底精确到哪些人呢？”

约克郡不是一个城市，而是一种思考的态度。威尔逊这个约克郡人，通过约克郡式的思考态度，对很多当下的时髦文化说不。比如：对在布拉格读卡夫卡、看帕提农神庙、在海滩上做爱、游览金字塔、去布宜诺斯艾利斯看博卡青年队和河床队的比赛等文艺腔调说不。

对音乐的那点事，威尔逊不客气地指出了那些被他认为是过誉了的作品和艺术家。他首先就拿披头士的名专辑《佩珀军士的孤独之心俱乐部乐队》开涮了，说这专辑只有三首好听的歌。他把鲍勃·迪伦的摇滚专辑《无数金发女郎》也损了一通，他大概觉得迪伦吹起口琴来不过像个无聊的高中生吧。他还说，迪伦犯了一个致命的错误：他用一种悲剧的、消极的老调子来唱“小姐”这个词。基本上，我喜欢的乐队都被这个威尔逊骂了一遍啦：涅槃、冲撞等，还有我一度十分迷恋的凡·莫里森、大卫·鲍伊，他说《让我们跳舞》是垃圾，可这张大卫·鲍伊的专辑在我心中是华丽明亮的，有一种法国作家让·科克托喜欢的虚无装饰趣味。等到他开始炮轰《地下丝绒与妮可》这张我的心头爱时，真让人受不了：这是我非常喜欢的听了无数遍的《地下丝绒与妮可》，那只香蕉虽然是安迪·沃霍尔意志的体现，但歌是首首好听的。这个约克郡家伙，将气质非常独特的德国女孩妮可说成是《老友记》中抱着吉他唱《臭臭猫》的菲比，妮可在我心中可是二十世纪六十年代的文艺女神呢！但要说他都是胡说吧，应该说菲比唱《臭臭猫》的样子，真有几分像妮可和劳·里德们在一起唱《星期天早晨》的感觉。

还好，这约克郡人损的那些电影里，没有我欢喜得骂都骂不得级别的。像《阿拉伯的劳伦斯》，其实我也不是太喜欢，不仅仅因为电影太长，更因为大卫·里恩让人嗅到一种防腐剂的味道。

现在理查德·威尔逊要骂书啦。骂奥斯丁和勃朗特，骂《尤利西斯》和《追忆逝水年华》，也许理查德·威尔逊没有认真看完就不耐烦地开骂了？这是电视制作人的软肋，犀利夸张却失之浮浅。他很可爱地说《战争与和平》太长了，的确是太长了，我大概也没读完四部，到第三四部就跳着读了。他认为海明威是史上最被过誉的作家，这个是仁者见仁、智者见智吧，像《乞力马扎罗的雪》《流动的盛宴》我是喜欢的，相对爱贴胸毛的海明威，我更喜欢读他的老友菲兹杰拉德流金碎玉的文字。他说《麦田里的守望者》也就算还行吧，我也觉得塞林格是个被过誉的作家。他对奥威尔的《动物庄园》也颇有微词，我看他或许已经是在表扬他了——

这真是一个最直白的寓言，我都不明白为什么乔治·奥威尔要费这么大事儿。那头叫拿破仑的大猪是指谁？哦，这样看来我只是读了一本个人的历史以及腐化堕落的破书。

非常喜欢《假装的艺术 2》中的一篇文章，讲到了奥斯维辛集中营。他说，在许多的愿望清单里，看到人们说想“在奥斯维辛集中营待一天并且发誓不会忘记它”，但是，遗忘残酷的真相乃是我们的天性。杜拉斯在《广岛之恋》里，已很入木地诠释过面对遗忘，我们该怎么办的问题。威尔逊中肯地指出，如果你去奥斯维辛集中营只是为了发一个誓言，其实，你只是陶醉于一次悲伤之旅罢了。

理查德·威尔逊，这个约克郡毒舌，让人又爱又恼。我们人人都想反对点什么，以示自己与众不同，特立独行。当你说“我反对”时，甚至会有一种语言上的快感，但你决定唱唱反调时，也得反对得有点腔调才是。

英国式冷漠

库切的故事，一个关于英国式冷漠的故事。

整理了一下书架，居然有七八本库切的书，除了看过《耻》和《凶年纪事》，记得《等待野蛮人》看了一半，后来不知又看别的什么书去了，于是赶紧读库切的《青春》。

库切式的喃喃自语：“事实上，回顾起来，他也记不得自己曾经成为过激情，一种任何程度的真正的激情的目标。”在《青春》这部自传式作品中，他把自己描写成一个对南非深恶痛绝的本土白人，来到英国，曾在IBM公司工作，当一名计算机编程员。“思考”是IBM的座右铭，但是英国式的冷漠让他在异国感到窒息，他因为找不到“友谊”而辞了职。

私生活也一团糟。他认为性与创造力共存，情人是艺术家生活的一个部分，但是他莫名其妙，没有欲望也跟别人上床，没有一点内心的激情。他想找到一种和女人一起的生活方式。他羡慕毕加索。他想要的是：卷进艺术家生活的女人的命运，她们最好的东西和最坏的东西被提取出来，穿插到小说中去。艺术不可能从匮乏、渴望和孤独中得到滋养，还必须要有亲昵、激情和爱。但是没有，他感到自己很冷漠。

另外，他认为世界上该有两三个地方，伦敦、巴黎或者维也纳，在那里生活可以达到极致。他先选择了伦敦，但是他很失望。

此外在伦敦，每周六他还到电影院里，去经历几小时的感官的忧郁。在二十四岁前，他想成为一名诗人，或者作家，但实际上他做着毫不相干的事。

他把自己归为卡夫卡、艾略特这一类人，他选择穿上黑西装到公司当上班族。“我认为自己的疯狂是安静的，不显眼的”，他说。

末了，最坦白的自白有：我害怕了，害怕写作，害怕女人。一个二十四岁的灵魂的独白。当然，是在过了二十四岁的很多很多年之后，一个大作家站在时间坐标的过去点上，回忆自己的青春时代。除了那些迷惘，冷漠或怯懦，冲动或激情，青春没有留下什么痕迹。

库切的故事之后，在对 70 后英国男演员伊桑·霍克的迷恋中又过了几日，伊桑演《远大前程》中的皮普，这是一个更现代的故事。这一个皮普成了画家，艾斯黛拉是比演美国女诗人希尔维亚·普拉斯时更年轻的格温妮丝·帕特洛，年轻，冷酷，“满头金发，仙女模样”，皮普画的那些艾斯黛拉的画，从小女孩时期到妙龄女郎，她既诱惑他，又拒绝他。他的画像里，藏着一幕幕爱和被爱者的不可捉摸。

很早以前看过大卫·里恩版阴郁可怖的《孤星血泪》，人性的残忍放得比较大，新版的调子不再那么阴冷，还稍许偏离原著，让皮普在纽约办画展成功后又去了巴黎，而艾斯黛拉照样结婚、离婚，后来两人在老处女的废园里重逢，都已过了最好的年华，心气却平和了许多。

艾斯黛拉，这从前的冷酷女子说，最近我经常想到你，我为曾经对你爱情的背弃说对不起。在海边，他微微一笑，对她说，难道你还不了解我吗？然后他牵了她的手。他的画外音说，我们两个是最了解对方的人。格温妮丝的艾斯黛拉，其冷艳与不可捉摸的感觉有点像《白昼美人》里的凯瑟琳·德纳芙。

下一个目标是看伊桑·霍克版的《哈姆雷特》。一部既优雅又冷漠的英国戏剧。伊桑·霍克不是劳伦斯·奥利弗，他是另一个新时代里的英国代言人。

明天就去利物浦

我也迷上利物浦，与利物浦是另一种纠缠。彼时彼城，或曰，时间与城市。利物浦，在平面里，在它的周遭，黑白或彩色，散发着不可违抗的气息。

在码头嘈杂声中凝视这个老资本主义港口，利物浦是个人的，是怀旧的。浓郁的乡愁，失落的情绪，担忧它沦陷的害怕，夹杂着批判，还有一些东西，在大西洋的浓雾中乱飞。但你终究还是爱这个码头的嘈杂。有一种情怀，是奥利维拉那般诗意地追忆童年往事，在里斯本，在罗马，在雅典，在东京，在中国的城市，每一个童年，然后是少年、青年、中年、老年，和城市一起老去。没完没了的长镜头，人群散了，喧闹与噪声潮水般退去。在利物浦的里面打量利物浦，尽量地吹散尘土与戾气，还它深沉之颜。

利物浦也是一座冷灰调的老城。在午夜，拉开一半窗帘，你对它欲拒还迎，就会沉溺在这样的调调里。

我们一同走入，在那黄昏。睡了么？还是已经逝去？

再见，我的爱人，再见吾爱。晚安。晚安。晚安。

一个苍老低沉的声音娓娓道来，那声音，可能属于一位白发老者。

每一座老城，都有一曲挽歌——“那远处山间的乡风，刺伤我的心房。那是迷失快乐的故土，我看见它闪耀着朴素的光。我曾去过的快乐大道，一去不返。”

“如果没有存在过利物浦，那它也会被创造出来。”他说。

那是一部叫《时间与城市》的纪录片，属于英国新锐导演特伦斯· 戴维斯。L，老英格兰的海滨老城，粗壮苍老的缆绳已经解开，人们撑帆起航。我想把那句台词换成——“如果没有存在任何一座城市，那它也会被创造出来。”

这样生活着，一代又一代。在漫长的星期天，你在读文章，她在织毛衣。或者我在喝一杯茶，她在看电视。或者一起去看电影，散步。牵狗的老妇，推婴儿车的男人，打耳洞的青年，走在晨光里。在利物浦，还有一些摇滚乐队在星期六晚上演出。在利物浦最美的一座桥上，会发生点什么。在雨季，谁和谁在散步，谁告别了少女时代，谁睡了米克·贾格尔，谁又因为失恋哭了？

在那个关于老城利物浦的纪录片里，偶尔有格里高利·派克在镜头里，在爵士乐的背景下，微笑着，鞠躬。噢，真是优雅，绅士风度，但那是旧时代的样式了。歌剧正在上演。不仅仅是后来兴起的摇滚乐，披头士和滚石乐队，还有歌剧。庄严，悠远，哀而不伤。

电影里，那苍老的声音说："这就是我的世界。我的家乡，学校，电影院。在昼夜交替中，慢慢地改变着生活的贫乏音符。"每当早晨和黄昏，自行车流照常掠过街道。那些街道，当年的名字还要好听些，每一个名字都有来历。老人们慢慢地走着，拎着几斤水果。好些时光，都浪费在讲从前的故事上。一些快乐飞扬，一些情调万千，他却说，在快乐与宽慰中，没有捷径。或漆黑或苍白，在我们的老城，在爱与恨之间，真正的旅程才能开始。

利物浦。工厂。运河。潮涨，潮落。一样的早晨，已不年轻的妇女在河边洒扫，擦窗户，衣杆上晾着家人的衣裤。一样的黄昏夜钟，煮饭，睡觉，在温暖的被窝中相见。

还有，你还记得那些路灯吗？你会忘掉那些快乐的日子和苦难的日子吗？你会忘掉圣诞节吗？你会忘掉某年的一场大雪吗？你印象中又脏又老的利物浦，忽然就洁净了，静若处子。

在利物浦，刚出道的披头士在唱那些永远的四四拍子——

我找到了我的爱情，在煤气工厂边。
找到了我的梦，在古老运河上。
亲吻我的女孩，靠着工厂的墙。
又脏又老的城，又脏又老的城。

一样的运河。一样的故事。火车带来喧嚣夜晚。在冲动的青春期，他们嬉皮地摇摆，摇摆。只是列侬和麦卡特尼与我们穿喇叭裤的时间，相差了二十年。

在城里最时髦的地方，总是有他们。即便物质贫乏，也能有小小快乐。舞池，电影院，溜冰场，游泳池，青春无敌，有了他们，城市就是彩色的。阳光下，他们的影子拉得很长。姑娘们坐在他们的自行车后座上，长发飞扬起来。

然后是分离，重逢，分离，重逢。在码头，车站，欢笑或用袖子擦着眼泪。去赶考，去求学，去参军，去上山下乡。那个老火车站，都承载不了那么多记忆了。

夕阳下，一排排的新房子熠熠生辉，故人是否依旧？而我依旧喜欢欣赏老风景里的人。期待我们的阳台上布满了绿，而事实上，它们总是堆满杂物。有时，仍会仰望山上的庙宇。爬上几百级石阶，去庙宇，倾诉心事。

谁又在低吟："我本将心向明月，奈何明月照沟渠。"那些黄金时代的城市老建筑，是老城的风景，如今已显得寥落。今日凋零破败的角落，却是昨日的辉煌所在。断壁残垣边，一根破损的柱子上写了一行行来历不明的电话号码。一个骑小自行车的孩童路边，好奇地看了一眼。那堵黄黄的墙边，有过怎样的故事呢？

海水，江水，湖水，河水，溪水，一切的水，依然在流动。有时肃穆，有时安静，有时喧闹。你曾以优雅的、温柔的心，想念过它吗？

在利物浦，那个苍老低沉的声音最后道：

我就在这里，或在别处。从终点回到起点。

我们在路上遇见命运并开始逃避，

我叩问灵魂，静下来让黑夜笼罩，那应是来自上帝的黑暗。

我叩问灵魂，静下来无望地等候，无望地等候，因为所爱并非正确，但我们仍有信心，其他的则与我们无关。

家是从头再来的地方。

当我们老去，世界也逐渐陌生，比生死轮回更难以捉摸。

有时是在点点星光下，有时是在灯火阑珊时，老相册伴着黑夜。

我静下心来，叩问灵魂，接纳事实，为逝去的一切哼一曲爱的旋律。

但你，我熟悉和热爱的利物浦到哪儿去了？

你抛下我去了哪里？让如今的我身在故土却如在异乡。

时光匆匆，风过无痕，岁月，时代，你轻轻地踏过，生疏地轻旋钥匙。

打开时间让年华在人们身后流逝，

时间凌驾在一切之上，只有希望保护我们。

轻叩门庭，然后悄然关闭，但永远不向黑夜低头。

利物浦。时间。城市。没有一片瓦砾是可以永恒的，而我们的生命依然如此鲜活。我想以特伦斯·戴维斯那样专注温柔的目光打量它，打量自己的城市。第一次去真正认识我们生活的地方吧，我们和城市一起，终将老去。

那个来自利物浦的苍老声音呢喃：一切会好的，所有的一切都会好的。

巴黎：通向你的路

人们总觉得真实的巴黎与影像中的巴黎稍稍不同，有时候，我们会像《柏林苍穹下》里的那两位天使一样，离地千尺，只为了将脚下的土地看得更清楚，那是一种略微抽象一些的观看。就像戈达尔电影里的这样一句台词："珍妮，我通向你的路，是多么的奇怪。"

我花了一个下午的时间看完这部叫《爱的礼赞》的法国电影，导演是让·吕克·戈达尔——法国电影史上一个让人不能绕过的名字。

看这部片子就是在看巴黎。一些剪辑得很意识流的片段，几个导演模样的人和几个演员模样的人讨论电影剧本，剧本的主题就是爱：最初的朦胧，之后的激情，以及爱到疲惫之后的回归。每一个镜头都美，都迷离。对热爱优质语言的人来说，每一句台词都是一种诱惑。

电影的前半部是黑白的，后半部是彩色的。于是有了一个巴黎：半个黑白，半个彩色。只有当你经历过黑白世界之后，彩色世界才变得眩目，炫目得使人晕，使人醉。你知道彩色的世界才是真实的。

人类的爱呢，到底是黑白的，还是彩色的？青年之爱、中年之爱和晚年之爱，又有些怎样的本质区别？只明白戈达尔想要表达的是关于爱的主题，不只在于男女之爱，还有城市之爱，人类之爱。而用诗歌、舞台、小说和剧本来表现爱的主题，看起来又有什么不同？

我在电影里并没有找到答案，或许是因为我没能真正找到通向它的路。关于艺术，我从来没有想得那么深奥，或许只有巴黎人才时刻准备着，将艺术当作吃饭一般的事情来思考。

很多的镜头给了巴黎和它的塞纳河。你感到巴黎是值得去爱的，不管你是谁。用黑白镜头表现的巴黎繁华，是另一种具有象征意味的繁华，好像要永久地停留在时间的某处褶子里。

塞纳河上，记忆里黑白色的波光和酒吧歌手唱的民歌。女声的高音清亮透彻。你还看到黑白的巴黎大街上，一些装饰华丽的橱窗在镜头里慢慢地滑过。

不急不缓的钢琴声总是隔几分钟就响起，它是明亮客厅里的一双优雅的手弹奏的，让人想起杜拉斯编剧的电影《琴声如诉》里面的钢琴声。

我把它解读为一部关于巴黎之爱的电影。1945 年 4 月，饥荒的巴黎，战争结束了，和平还没有开始。而在巴黎，大多数人的生活都有故事，因为他们的心总是那么的细腻。

想起另一部与巴黎有关的电影。有一个下午，一个云游到巴黎寻找灵感的男导演坐在塞纳河边。一个秋千架上，这个人到中年的男人慢悠悠地荡起了秋千。他荡秋千的城市，仿佛有一种沉静在流动着，还有一点莫名的惆怅和虚无。在巴黎的秋千上的那个男人有一种美，优雅、浪漫、深沉。他手里有一本书，只是拿着，不知道是否翻看过。或者是，风吹哪页读哪页。不远处就有塞纳河上的桨声，这是最典型的法国情调。这个男人是在塞纳河的左岸还是右岸呢？

这是安东尼奥尼晚年拍的一部老电影《云上的日子》。因为在云上，所以这里的巴黎比戈达尔的巴黎轻。轻得可以在雾中浮起来，而戈达尔的巴黎却像郁积在胸口的，一段想抒而还未抒出的情。

电影里的一个巴黎女人说，我不再妩媚。一种空白在凝视着我。我对自己说，从现在开始，我要生活在希望之中，就像生活在高贵的年代。

巴黎，那么1968年的巴黎呢？它是否真的存在过？

与巴黎意象有关的电影，总是令人期待，此前有贝纳尔多·贝托鲁奇的《巴黎最后的探戈》，马龙·白兰度演的中年男人保罗身后，是忧郁得令人窒息的巴黎。文德斯的公路电影《德州，巴黎》，有德州却没有巴黎，但巴黎却是心如死灰的男女主人公的唯一幻梦，是生活在别处的那一点希望之光。好莱坞先前由伊丽莎白·泰勒演女主角的《魂断巴黎》，再现的是美国作家菲兹杰拉德笔下的爵士时代青年人在巴黎的浪漫、颓废与迷失。现在，又是巴黎，贝托鲁奇对于巴黎的复杂感觉似乎远远还没有表达够。

这部名叫《梦想家》的贝氏新作，流传到中国，名字变成了更浪漫的《戏梦巴黎》。贝托鲁奇的镜头一碰上巴黎，华美、颓废与情色就成了不可避免的格调。这部电影虽然难说是贝氏电影中的上乘之作，两男一女三人组成的小世界里，充斥了太多的性镜头，又有兄妹乱伦的迷情，似乎对本该严肃的主题有喧宾夺主的削弱，但他选取的视角却是新鲜的。看完片子，虽有遗憾，但我仍然轻易就被他唤起对六十年代记忆的激荡。

他将叙述的主体对准了在巴黎的三个青年学生：一对巴黎兄妹与一个美国留学生邂逅于已是骚乱前奏中的巴黎街头，后来美国学生住进了巴黎兄妹的家里。欧美六十年代的大学生是什么样子？美国留学生马修长得有点像最漂亮时候的莱昂纳多，但看上去更像是好孩子。那对双胞胎兄妹美艳、浪漫、高雅、自负，充满激情，又有极浓的巴黎气质，炫目得让人不能逼视。有趣的是，热爱电影的贝托鲁奇还让这对巴黎兄妹成为骨灰级电影发烧友，对无数老电影的每一个镜头几乎了如指掌，并以考电影来进行兄妹间暧昧的身体游戏，那美国来的留学生马修，也是一个热爱电影的艺术青年，就像二十世纪三十年代的海明威们到了巴黎，总会发生什么，然后诞生一部《太阳照常升起》。

我们的确想打开窗，看看属于全世界的六十年代，西方青年与中国青年几乎同步的“红色激情”。欧美世界在经历了整个保守的五十年代之后，六十年代取而代之的，是激进与革命，是充满反叛的摇滚乐，是每一条街道都弥漫着的骚动与不安，是巴黎的屋顶上飘着的理想主义空气。那时候的欧美青年也被马克思学说吸引，他们崇拜的偶像是毛泽东、格瓦拉和列侬，连萨特也是那么的情不自禁。就像我们在这部《戏梦巴黎》中看到的那样，来自中国和古巴的精神领袖的画像贴满了巴黎青年们的卧室。他们对现有的社会秩序有强烈的不满，对父辈中产阶级和资产阶级式的伪善，表示愤怒与反感。

电影的主题可以用三个词概括：性、政治与理想主义。两男一女，三个青年学生，走出门去，扑面而来的是无比混乱无比激情的学生运动。关起门来，外面世界的呐喊声退去，三个人之间再次沦陷于虚幻的电影影像、错综复杂的灵与欲的体验之中。最后那种“躲进小楼成一统”的梦境，也被窗外的喧嚣打破。外部世界入侵了，三个青年从男女欲望的小世界走出，来到大街上，到处是口号，到处是混乱，于是来不及冷静思考，凭一腔热血冲动，再一次陷身到学生运动的风暴之中。那对巴黎的精神连体儿——双胞胎兄妹投入到了巴黎的学生运动之中，而从美国到巴黎留学的青年马修，则选择了独自冷静地离开。

1968 年 5 月的巴黎，一个反叛的青春期终于爆发。巴黎青年们的梦想在现实面前四分五裂。或许让贝托鲁奇感到惶惑的是，当生命个体陷入政治激流的旋涡之中时，是让政治更加政治，还是让肉体更加肉体？政治的狂热激情，肉体的深度沉迷，到底哪一个能够拯救哪一个呢？

第三个巴黎，是女导演克莱尔·丹尼斯的巴黎。她出生于巴黎，游走非洲等地。在此之前我看过她的两部电影。在低沉的大提琴声中，克莱尔那段十分钟的短片《面对南希》缓缓推出。

我们看到了一段列车行进中的时空。我们每个人仔细回味过我们曾在旅行列车上的其中一个十分钟吗？在列车中谁曾提醒过自己要清晰地记得，你经历过十分钟的短暂片刻是怎样的？克莱尔的十分钟看起来是随意的，就像任何两个旅客的十分钟，它很正常，并不另类。列车中，在临窗的位置面对面坐着一男一女，正在交谈，语言的氛围完全是法国式的虚无主义，纯粹的形而上。中年的男人和年轻的女人进行着异乡人身份的对话。十分钟的时间，火车匀速穿越了许多的空间，男人和女人一贯地以身体前倾的姿势，以陌生人无拘束的友好，深入言语和思想的隧道。年轻女人是一位非法国裔姑娘，看起来清秀漂亮；而中年男人正是著名的法国哲学家让－吕克·南希，一位海德格尔哲学的阐述者。这看似平淡的十分钟，充分表达了一个女性导演对认知世界的切入方式。我以为她想表达的是和谐的美和重要性，而和谐是必须通过交流和沟通才能达到的。就如克莱尔的画面中，和谐是多元的：列车上男人与女人在交流中，达到了两性的和谐；白人与非白人的不同种族，在反复的交流与质疑中达到和谐；时间与空间在小小的列车中达到和谐；哲学家南希的理性与女孩从自身出发的感性在交流中达到和谐；哲学家批评法国人的文化优越感，而非法裔的姑娘却从自身处境出发，迫切地希望自己“法国化”，就像亚洲人正以西化为时尚一样。在男人与女人的交流中，包厢外的一个黑人不时关注里面的谈话，有些向往，想加入又想离开，他是一个固定空间外的外来者。最后，黑人作为一个“外来者”终于进去了，对两个谈话的男女说："火车快到站了。"男人与女人抬起头，虚无的谈论就此打住，就像很自然地给不断滑落的线圈打个结般，打住。南希看着女孩说："时间结束了一切。"

克莱尔对于时间与年华的解读，似乎正努力抹去女性导演的性别痕迹，但依然可以领会她的女性立场。她希望一切的对立关系都能在时间中达到和谐。克莱尔站在了最近正热门的南非诺贝尔奖获得者库切的对立面。他反复强调不和谐，无法沟通；而她说，要和谐。这或许就是女性气质的对世界的良好愿望吧。

十分钟的时间，或许不能让克莱尔这样的法国新锐女导演将自己的电影观念表达个痛快。我曾看过她的另两部影片，一是《日烦夜烦》，女主角是演《巴黎野玫瑰》里那个疯狂的贝蒂的法国大嘴美人碧翠丝·黛尔。克莱尔的这部惊悚片因血腥和恐怖而备受争议。一位医生发明一种类似伟哥的药，人在欲望高涨的同时成为可怕食人族，克莱尔向人展示了打破生理平衡地追求极限带来的恐怖和危机，其实她的惊悚电影仍关乎世界的和谐本质。

另一部克莱尔的电影《星期五晚上》摄影极美，像一部印象派的电影。电影根据一部畅销小说改编，原来是她的老搭档、著名女摄影师阿涅斯·高达助她打造了这个长长的、静默的、意象派的星期五老巴黎之夜。我们似乎是在透过一张橘红色的纸片儿看世界，有些不真实的恍惚感。巴黎大堵车的夜晚，成就了一个溢着梦呓者个人感觉的、女性气的、缠绵的、暖色调的白日梦。女人劳拉自己的单身公寓已经打包，她已准备搬走，明天她就要去与男朋友同居。在此之前的星期五晚上，她已约好顺路去一个女友家参加一个派对，然后打算再去男友家。但是她的车堵在了路上，一场交通大罢工改变了她的星期五。时间在堵车的过程中一点点走过，车窗外是花都的蒙蒙细雨。她枯坐在缓慢推行的车流之中，车上的收音机反复地报道大堵车的消息，她的眼睛长时期空洞地看着窗外巴黎街头的商店、橱窗、焦虑而茫然的行人。一个陌生的男人闪过许许多多停滞车辆的缝隙，向车中孤独不安的她走去，敲响了她的车窗。她允许他上车。后来，她走下汽车去公共电话亭打电话，那边的女友也因为星期五堵车，没有一个人去她家，通知女人派对取消了。离开电话亭，她突然在茫茫车海中找不到自己的车，惶恐之中，忽然看到那个搭车的男人又向她走去，将她拉向她那辆车。劳拉在车上，突然感到迷惑，不知道自己该干些什么：她的夜晚因为单身公寓已打包，派对已取消，忽然失去了目标和方向，车还堵在路上，但等待已成为无意义的事。或许这时，一个孤独的女人最好的可以解闷的事情，是在路上艳遇上一个看起来不太坏的男人。一个陌生感的、意外的、不确定的晚上发生了。她请他搭车，而时间，也成为另一种命运里的时间，成为一条意外的通道，从大堵车的马路，从一男一女互相试探，又互相靠近的车子上，移向陌生的旅馆，旅馆的房间，旅馆外他们用餐的比萨饼店，再回到旅馆陌生的床，在晕红的光中他们互相缠绵的身体，再移向一夜欢情之后，第二天清晨的那条现实的巴黎马路。

她在清晨五点的时间悄悄离开，丢下依然陌生的一夜情男人，丢下陌生的旅馆，巴黎大堵车不知何时像从未发生过一样。她奔跑，像要飞起来，一切都很正常，那个不确定的玫瑰之夜，只是在时间里等待的女人的一次出神？而星期五的宁馨儿的巴黎，在若干年之后恐怖主义者制造的“黑色星期五”的阴影中，已经成为梦幻一般的过去。

也可以是侯麦的花都。太阳底下无新事，侯麦的电影，便是巴黎最日常的样子，絮絮叨叨的男男女女，因为日子每一天都是细碎的。巴黎的日子也是有时湿润，有时忧伤。巴黎的春天到来之后，如果是三女一男，会干些什么？这是埃里克·侯麦《四季故事》的第一个故事，《春天的故事》。

三个女人，中心是弹钢琴的少女，另一个女人是一个看起来比较理性的哲学教师，第三个女人是少女父亲的情人，比他女儿大不了几岁。那个男人，自然是少女那优雅的、成熟味十足的父亲了。

故事开始的时候，女哲学老师和她的科学家男友吵了架，整理衣服想回自己的公寓，但公寓暂时有她的女友住着，她只好回到另一套空荡荡的冷清房子里，心里也是空荡荡的感觉。

无聊中开车去郊外的小镇参加一个派对，无聊地枯坐，认识了一个同样无聊的漂亮女孩，两个人聊得高兴，成了女朋友。当晚女哲学教师开车送女孩回巴黎的家，她也住在女孩家里，她住的房间是女孩的父亲的。第二天早晨，女孩英俊的父亲提着公文包回家了，两个人在一种晨起的尴尬私人场景下撞见。哲学教师对女孩父亲的印象很好。因为他彬彬有礼，像个绅士。

然后热情的少女邀请女哲学教师在她家住上一阵。怕落单的两个女人，变得很亲密。星期天，女孩父亲带着他漂亮的小情人也回到家中。在餐桌边，四人制的法式西餐，却吃出别样味道。女哲学教师和那位情人谈哲学家康德谈得很投机。女孩儿就不太高兴。因为她从来不喜欢父亲的小情人。她怀疑是她偷走了项链，那是父亲准备送给她的十八岁生日礼。

春天来了，法国潮湿的乡间，春暖花开，鸟儿鸣叫。开车去度假成了必不可少的节目。女孩家有套家传的乡间别墅，别墅外有个花园，姹紫嫣红。弹钢琴的少女，和女哲学教师一起去享受几天快乐的乡间时光。但女孩的父亲带上小情人也去了。四个人在一座房子里，父亲眼里，自己的女儿和情人是一对天敌，两个女人明争暗斗间，不快乐因子也在空气中蔓延。终于，少女不依不饶地逼走了父亲的情人。在女儿和情人之间，父亲无奈地，偏爱地，选择了女儿。

情人走后，男人觉得无聊。女哲学教师是个旁观者，但夹在中间的她也不快乐。而且，慢慢地，身不由己地，她与每个人的关系越来越暧昧了。

在乡间别墅的某个夜晚，少女和邀她约会的男孩走了，打电话说她不回来睡。房子里剩下一男一女。女的说她也要走，男人说，今天三个女人全部要离开我？法国男人，想要不多情也难。想要没有故事也难。但是想要发生什么大故事也难。

我喜欢看侯麦的电影，喜欢他让男女人物喋喋不休地唠叨，喜欢侯麦的女人。他的法国女人，不那么惊艳，性感不会触目地写在身体上。他的女人就像细铅笔在意识流状态划在白纸上的细线，线条明晰，却又暗藏着小心思。他营造的电影氛围是地道的法国味道。

比如，男人和女人都衣着休闲，神情闲散。在常有的度假时光里调调情，玩并不伤筋动骨的爱情游戏，然后各自愉快地离开，回到都市的公寓。如果他和她有缘分，春天的故事可能会讲到秋天。那样一种属于法国气场的生活状态，男人和女人都只是普通的都市白领，有点中产阶级的人格和小资的情趣，你不用担心他们之间会出现暴力和流血事件，他们不会有一夜暴富或一夜赤贫的戏剧性经历，甚至不会醉卧街头。

让·科克托可能是晚生了几年的王尔德一样的人物，他是华丽颓唐又形而上的巴黎的代言人。他的《大明星》讲的是一对被冗长的厮守和共同的目标联系在一起的夫妇，他们的关系受到了青春诱惑的威胁。这个主题，放在任何时代都适用，那么说，也是人类永恒的小主题。

波伏娃对科克托的评价：他那滔滔不绝的话令人眩晕，是个完全沉醉于自我的人，但这种自恋的特点既没有限制的视野也没有以任何方式切断他与别人的联系。看来，科克托是所有自恋者的榜样。而巴黎人，男男女女也总给人那么点自恋的感觉。

爆炸声在这个世界不会减少，在巴黎，《查理周刊》枪杀事件或者广场袭击之类的喧嚣依然不会绝迹。但爆炸声过后，人们更爱那个伍迪·艾伦的《情迷巴黎》里面的巴黎。受那爆炸声的刺激，更多的现代人反倒拿起海明威写于二十世纪三十年代巴黎的《太阳照样升起》读起来，追寻起那巴黎独有的美好。还有，只要塞纳河的夏日夜晚常在，依旧可以有《爱在午夜降临前》里的伊桑·霍克和朱莉·德尔佩从鸡毛蒜皮的中年生活中逃离到这儿，然后明白彼此在十八年前的维也纳相遇时是相爱的，现在依然是相爱的。那么巴黎，即便你仍然会有事故发生，我们依然爱你如初。

第三辑　偷香记

裙边上的西蒙·波伏娃

夜读洋洋六大卷的《西蒙·波伏娃回忆录》，书写得极好，逝去的时光复活了。我喜欢用铅笔或墨水笔在书上划下心仪的句子，比如西蒙·波伏娃在讲到一位过早接触成人书的小女孩在十一二岁就自杀时说，“但是假如人们不再相信什么，不再有信仰，一切的深渊就将裂开”“想到生活的真面目能扼杀某一种年龄的生命时，我竟产生了对理性主义的反感”。不可理喻的理性主义！

连这话也打动了我。“在我眼中，友谊、爱情是某种确定的、永恒的东西，而不是一种无常的奇遇。我不愿自己的将来和自己的过去断绝，将来必须涵盖我所有的过去。”是的，我就是将过去、现在、将来打包在一起的那个人。就像我看艺术作品，总要看到来龙去脉才肯罢休，这似乎不够空灵不够抽象，但有来的方向和去的方向，我才能看得安心，也许这很愚蠢。

一旦打开了精装本的《西蒙·波伏娃回忆录》，就得慢慢地看下去。不管别人有多不喜欢西蒙·波伏娃这个女人，我对她的认同度许多年前就确立了。这套精装回忆录是大学毕业没多久就买下的，一直没有认真阅读的耐心，现在则认为，再不认真读就晚了。有些书，应该在适当的年龄适当的心境下读，才可能读得透，甚至对你的人生发生作用。因为很早中毒，“女人是后天变成女人的”，我现在几乎是一个令人生厌的女权主义者。我已经不用温吞吞含糊不明的“女性主义者”了，且明知道女权主义令人生厌，我依然用这个词。

看完了西蒙回忆录的第一卷，心满意足地合上书，又打开，整个阅读的旅程，就像沉醉在黑夜与微风中。我琢磨附录里的时间年表，非常惊异的一处，是在西蒙·波伏娃二十一岁的青春年华，她生命中的关键人物已经出场。这是怎样的一种生命际遇呢。想起张爱玲的“出名要趁早”那句话，一生中的关键人物才是应该趁早出场的，越早出场越好。那样，他们才可以陪你走上很长的路，在生命的旅程中，在合适的时间里，对你将来灵魂的走向发生作用。西蒙·波伏娃在二十一岁时就遇上了萨特，于是实现了自己的愿望：“如果我喜欢一个人的话，那将是终身的，我要用肉体、心灵、头脑、过去，完全地去拥抱。”

她已和另一法国女哲学家西蒙娜·薇伊（那时也很年轻）交谈过，另一个西蒙的聪慧和奇装异服当时已经引起了众议，当她听说中国在闹饥荒时，曾经号啕大哭过。两个年轻的西蒙在某一天进行了交谈。薇伊比波伏娃小一岁，但思想更早熟，在索邦大学已被人拥戴。在她们交谈的时候，薇依已显露出要让世界上的穷人们都吃饱饭的使命感。因为波伏娃认为薇伊将她看成是一位“有灵性的小资产阶级”，她们没有走得更近，就像当她混入小酒馆时，被一个在酒馆写连载小说的男人识破，他称她，“你是一位想扮演流浪汉的小资产阶级”。薇伊尖锐地向波伏娃指出，你没有挨过饿。

二十一岁，她走入了由萨特、梅洛·庞蒂、埃尔博等人组成的哲学精英小圈子，在其中，她“乐得腾云驾雾”，从那时起，她有了个绰号叫“海狸”。

她在二十岁时就已十分明确，“除了自己的意志之外，我不愿意别人的意志强加于我的生活之中”。她读邓肯的《我的生活》，也幻想着自己的生活，反叛的性格已经昭然若揭。她从九岁就相伴的女友扎扎在一本书里看到一句话暗示服从也可能是恶魔的陷阱，接受使人变得卑微、愚钝。无论大人物还是如我等小人物，这句话都是适用的。人生是个不断叛逆的过程，尤其是女人，想得到更多的精神自由，更多的空间，更大限度上成就自己可能打开的人生，叛逆是一个唯一的方向，而接受总是带着自我牺牲的色彩。二十一岁时，她的女友扎扎陷入与她的好友梅洛·庞蒂的爱情之中，因家庭反对，扎扎精神崩溃而死。扎扎是一个比波伏娃更有艺术家气质的才女，家庭所处更优裕的资产阶级上层，被束缚得更深，又是基督徒（波伏娃早就不信上帝），终于早逝。

萨特出场之时，对于波伏娃的一生当然是最关键的时刻。他们相遇，由她的好友埃尔博将她介绍给萨特认识，很快他们就无话不谈。她发现的不仅是萨特非同凡响的才华和自我认知，还有他对她的重要性。“当其他人希望对我解释时，他们把我附加到他们的世界中，这使我恼怒。萨特正好与他们相反，他试着把我放在我自己的系统中。他显然了解我的价值和计划。”所以她说，萨特完全符合她十五岁时渴求的梦中伴侣。因为他的存在，“我的爱好变得愈加强烈，和他在一起，我们能分享一切”。

真的是非常幸运啊。

自传第一卷的尾声令我落泪。最后她写到死去的女友扎扎，“我们曾一起战斗，反抗摆在我们前面的令人厌恶的命运，我一直相信，因为她的死，我获得了自由”。

记得是冬天，我缩着凉冰冰的脚，读着西蒙·波伏娃回忆录的《闺中淑女》部分，完全被她的文字和经历迷住。在那些少女时光，她独自在夜晚去蒙巴拿斯的小酒馆，喝高度酒，假装自己是妓女，但又不被早已阅春无数的酒吧客们相信。于是有某男当即画个男性生殖器给她，告诉她，如果你是妓女，那么这是你每天要面对的东西。西蒙想故作镇定状，轻描淡写表示这没什么了不起的，但是她回答的方式错了，立马被人识破。

她胆子不小，和陌生人跳舞、喝酒。在路上，上了一个陌生男人的车，只是为了体验冒险的感觉。一上车，陌生男人就动手动脚，她挣脱了，于是被男人用极其难听的话大骂了一顿，指责她不懂潜规则，上了陌生男的车，还那么一本正经？

更有意思的一次，是她在一个露天游乐场和几个坏小子（相当于街头流氓）那样的男孩玩踢足球和射击，这小资产阶级的女大学生想坐最后一班公车回家，结果被那两个坏小子拖下车来，说要教训她，最后她倒空了钱包里的十几个法郎才得以脱身。坏小子们不满意地说，还不够找一个妓女的钱。

种种冒险经历都发生在二十岁前后，经历多了之后，她才知道，作为女人这么干，那的确是藏着危险的，才知道了害怕。她在巴黎索邦大学求学时，常提醒自己不要看起来太像书呆子、女知识分子。因为看起来太像女知识分子，其实没什么值得骄傲的。这个时期，还没有碰到萨特，她爱慕她的表兄雅克。正是雅克，领她第一次踏进了咖啡馆和小酒馆，她在知识女性的唇上，涂上了一抹性感的口红。

读《西蒙·波伏娃回忆录》第二卷。萨特被一个医生朋友拉去体验一种名叫墨斯卡灵的致幻药，医生说这不会影响身体，但可能会引起一些不快。随后萨特在一间灯火灰暗的房间中躺下，他并没有得到什么美妙的幻觉，而是各种东西都变了形。伞变成了秃鹰，鞋变成了骷髅等等，眼前的世界变得不堪入目。总之，他的致幻体验是一个世界向丑恶变形的过程，而另一个同屋的体验者却获得了美妙的感受，实验结束后他告诉萨特，他在鲜花盛开的草地上乱蹦乱跳，美女娇娃尽收眼底。同样的东西，在一个人身上引起悲剧体验，在另一个身上则是喜剧。

这种截然相反的幻觉体验让人非常好奇，因为未知世界总是如此吸引人，如此充满诱惑。萨特的感觉让我想起垮掉派的教父级人物威廉·巴勒斯。巴勒斯是双性恋，大半辈子都与毒品为伴，能活到寿终正寝实属不易，他的妻子就死于毒品过量和绝望。看巴勒斯的著名作品《赤裸的午餐》改编成的电影，几乎是巴勒斯与几个垮掉派哥们儿金斯堡、凯鲁亚克等人的自传性作品，是一个充满不快感觉的体验，因为他的幻觉体验与萨特的极为相似：生活中正常的东西忽然变成可怕的虫子，变成古怪的形状。如果人一生都被这样恶心变态的幻觉纠缠，真是生不如死了。

为什么在致幻起作用后，萨特和巴勒斯的体验全是审丑的？也许，真是因为他们在本质上对这个世界是悲观的，绝望的。正如萨特之《恶心》、巴勒斯的《赤裸的午餐》，他们对这个世界都是警惕的，怀疑的，萨特比巴勒斯大九岁，他们几乎同时经历了二十世纪五十年代、六十年代和七十年代，萨特在法国，巴勒斯在美国，只是他们的表达方式、思维的向度不同而已。

又或许，如超现实主义领袖安德烈·布勒东所说的，每个人身上都潜伏着坚不可摧的黑暗内核，而致幻剂恰巧向这个方向激发了他们？

翻《盛年》上卷时，忽然有一联想：萨特和戈达尔是一类的，气息相通的。戈达尔的电影语言有浓浓的萨特味，有存在意味。萨特自己搞的戏剧可惜没有看过，不知是什么样。加缪和萨特很不一样，所以两个因为政见不一，主义不一，以及女人，最后闹翻了。加缪的女友也够酷，曾对当时迷恋共产主义的萨特说：“萨特，你应该去自杀。”

波伏娃与加缪是有过暧昧的。加缪小她五岁，英俊而又有才华，他车祸而死，对她是一个沉重的打击。加缪既被她吸引，又不喜欢她，觉得她过于强大，高谈阔论，很是矛盾。但加缪与贝克特却是气息相通的。后一对，更黑，更绝望，更阴冷，更无聊，没有前一对那么宽广、开阔。

就像鲍勃·迪伦与琼·贝兹这一对民谣灵魂，他们为什么要分手。有一次，迪伦说他与琼·贝兹的不同在于，他从不认为可以改变什么，但她以为能。这是他们看这个世界的根本不同。

波伏娃也提到萨特某个阶段的矛盾，即他曾对“内心生活”这个概念望而生畏。据他说，一旦理性意识以某些特定对象为目标，跳跃性地超越自我而存在时，“内心生活”就会烟消云散。我以为，有时“理性生活”过于强大时，便会干扰内心生活。理性生活其实是个外在的东西，理性意识的至高无上，难道不是一种外在的社会法则吗？“内心生活”因理性意识而烟消云散，令人悲伤。

波伏娃自己的难题：在男人和女人之间，互相以爱维系起来的忠诚是否有极限？如果有，这个极限在什么地方？

这是个值得追问的问题，甚至是个有禅意的问题，就像“雨淅淅沥沥地洒在石板路上”那么有禅意。谁会对终极追问不感兴趣呢。

波伏娃的另一个问题也许对女性更为适用。她说，这个问题即是，我怎样才能把自己对独立的渴望和对另一个人的激情调和起来？她坦率地说，显而易见，这些方面的问题之所以让我遇上，恰恰是因为我是一个女人。但是，正是作为一个女人，我试图解决这个问题。

坊间对于波伏娃的态度，也颇有点古怪的趣味。那满脸的讥讽及对女性的蔑视都堂而皇之地暴晒在阳光下：别看她穿上得体的套裙，人五人六地写着女权解放著作，脱掉衣服她还是一个萨特床上的女人，她得为萨特的花心垂泪哭泣无奈，她基本上和渐至人老珠黄不断地受小三威胁的中国大奶的处境差不多，等等。

其实我以为，拿波伏娃和萨特比，就像拿李银河与王小波比，是比较文本中的伪命题。波伏娃中年以后的大多数思想意义上的研究，与萨特的存在主义哲学是有明显分野的。她早已不再满足于年轻时代，也即与萨特契约关系的早些年，帮助萨特分析、完善着他一点点冒出的哲学思想火花，而完全没有自己在哲学上的建树，甚至不清楚自己到底该干些什么。

在很长一段时间里，也就是她个人思想上的迷茫岁月，波伏娃经常像凯鲁亚克那样独自旅行，登山，在搭车与小旅馆之间度过思想的成长期（这与她和萨特一起的旅行在精神上是不一致的）。她坦诚地说过，女人不宜搞哲学，也是对她自己的幽默调侃。所以可以说，萨特的哲学体系里，有她的很多贡献，但那思想的主体是萨特的，她更多是以“批评家”的身份在参与。再说，波伏娃并没有像现在的一些美女文化人一样，惯于在与她亲密的男人的成果后面，署上自己的名字。

“但我想重新成为一个有我自身历史和未来的人”，这是她 1940

年 6 月 30 日这一天的日记中所说的话，幸好，她做到了。

波伏娃身上也有强烈的母性，这一点有些像布鲁姆斯伯里集团的温尼莎·贝尔。战时物资极度匮乏，波伏娃也像杨绛那样成为“灶下婢”，要管他们“大家庭”中所有人的吃喝，摆脱饥饿困扰，为了搞到一块牛肉费尽心机。他们的大家庭指她和萨特，还有他们两个的追随者们。他们的大家庭在巴黎的旅馆和弗洛咖啡馆之间移动。除了在弗洛的写作，作为大家庭女掌门的她要做很多家务。

“我总是割掉发恶臭的牛肉，用醋浸泡，然后，把它们煮上几个小时，再用味很重的香草作调料，做成蔬菜牛肉汤。每当萨特没吃完就推开了盘子时，我感到很难受。有一次，当我解开装着半只兔子的包裹时，他在场。他马上抓起兔子，奔下楼，把它扔进垃圾箱。”萨特曾因为营养不良病倒，而她自己的体重减轻了十六磅，浑身都是斑点。战时，她对吃饭的操心远远胜过写作，直到有一天，当她发现自己写给萨特的信中都在谈论吃的，忽然觉得脸红。在当一大家子的女主人的间隙，她完成了《女宾》的创作。她说，我要我的下一部小说阐明在真正的纷繁复杂中人与人的关系。

还有一样东西是酒。战时，如果搞得到酒，就用饮酒去打破日常生活的无聊。没有人不想喝醉，有些人，甚至把喝酒看成是一桩义务。

对很多忠于酒道的人来说，酒，其实是一根精神的拐杖。

盛宴是一些非同一般的日子，跟一天又一天的平静寻常日子不同，短暂却是盛宴的命运，而且盛宴总是女人在张罗。几个人的狂欢，一群人的狂欢。盛宴时分，是当下的燃烧。盛宴超越了现实，或者是暂时赶走了现实。所以，盛宴正在进行的时候，感伤也同时相伴。辉煌的片刻遮蔽不住更多日子的平庸苍白无意义。

她说，“我们只想抓住一小段时间，在一片混乱之中得到完全的快乐，让自己陶醉一番，而不让现实清醒我们的头脑。”

有时，我们也是这样，盛宴未来到时每一天都在掰着手指期待着盛宴，盛宴开始时感觉到随后而来的寂寞。

读了半本《时势的力量》下册，也就是《西蒙·波伏娃回忆录》的第五卷。读到一句话，“加缪说过，不管发生什么，你保持你自己的欢乐吧。”我想我不可能做到，并且永远都做不到。还有一句让人心跳的话——“我总有这样一个秘不告人的狂想：我的生活正被录到某架巨大的录音机上，有朝一日，我会把整个往昔都倒回来。”这也是她写这部巨著的动因。还看到一个名词，“精神的脱衣舞”，忽然想笑。人们总会不由自主地暴露精神，那么，是不是都在跳“精神的脱衣舞”呢？萨特和波伏娃都认为，他们像帕韦泽小说中的人，所有那些辉煌的设想总是泡汤，那么我们这些小人物呢？是否如乔治·巴塔耶说的那样，“我为痛苦安排了日程表”？还是，我们有能力在麻木琐屑中得到小团圆呢？

我也读了很沉重的那部分，法国对阿尔及利亚的战争。关于阿尔及利亚的战争，我并不陌生。因为新浪潮导演戈达尔、阿涅斯·瓦尔达和布努埃尔的电影中早有反映，我一直敬佩法国人的自省精神（当然布努埃尔是西班牙人)。在波伏娃这里，痛苦和反省是那么深切。她记下了1956年8月赴阿法军中一位班长对一个新兵说的话："如果有另一次纽伦堡审判，我们都得受到判决。"她说，我再也不能容忍这样的伪善，这样的冷漠，这样的国家，我甚至不能容忍我自身了。在这种非正义战争方国民的耻辱感之下，她说，说出"我是法国人"这几个字，如同应诺做一次可怕的截肢一样，令喉咙发痛。她提到一个给她写信的女人，赠予她十八本日记，日记中说她老是担心原子弹，曾给科学家奥本·海默写过信。还好，看完戏剧《哥本哈根》，我知道了奥本·海默的意义。

她提到切·格瓦拉曾对美国人预言说"你们会丧失全球"，而格瓦拉的预言在如今正成为现实。

她的情人，比她小十七岁的朗兹曼也说了一句很忧郁的话——"连青草的颜色也不会依旧了"。法国纪念西蒙·波伏娃一百周年诞辰日，朗兹曼又在她的墓前朗诵了自己写给她的纪念文章。

是在"连青草的颜色也不会依旧了"的冬夜，读完了六大卷的《西蒙·波伏娃回忆录》。合上书，发了会呆。最后一卷的后半部分，看得人心情不快，因为她身处的世界一直动荡不定，非正义事件一次又一次发生。有很多页是讲美国人在越南犯下的罪行，以及越南平民受到的巨大伤害。这让我们想起了日本在中国的暴行，所有的侵略者，似乎都无法回避"野蛮"。在这种不快中合上书，进入睡眠，所以牵连得睡眠也变得郁郁不欢。但我终于可以放下这么久以来的这种严肃的对话了。

《西蒙·波伏娃回忆录》的第六卷《清算已毕》，是最有力量的一卷。西蒙讲自己早年的那些朋友的结局，一次次的告别；讲她做过的各种各样的梦，讲她的写作生涯和艺术生涯，其中包括她看过的各种各样有意思的电影；讲她一生的旅行。特别是后半部书，几乎都是在想一次次与政治有关的旅行。她说她喜欢印象中的日本、能剧。她多次到过解体前的苏联，在一个个加盟共和国之间周游。只有在苏联解体后，我们回过头看她和萨特旅途中的所见所闻，便可知道加盟共和国之间的联盟是多么脆弱。她也到过中国，还到过南美洲的很多地方。在她的后半生，政治成为主题，不得不让政治进入生活。她多次谈到越战、布拉格之春、1968 年 5 月、中国“文革”、埃及以色列的“六日战争”、欧洲反犹运动、希腊军人统治等等，最后才是她对妇女解放运动的看法，以及她为什么是一个无神论者。她到过的地方，看到的事情，思考的领域，她的用情之处，实在太多了。

最后这一册是在她的晚年写的，写完这一册后就没再写什么大部头了。到最后一部，她把个人推到了很小、很不起眼的角落里，她的眼睛，时刻关注的都是人类的痛苦，他人的痛苦。

在阿娜伊斯·宁的房间

夜晚，我沉浸在阿娜伊斯·宁的秘密花园里。阿娜伊斯·宁说的真实的东西：真实的酒。真实的肉体。真实的吻。真实的咖啡馆。真实的厨房。真实的狂喜。

她，“渴望写作、阅读、音乐、哲学、思考带来的狂喜，渴望通过敞开的窗帘看到的那个房间，四墙摆满书，高悬于生活之上”。心有戚戚焉。

跨越时间的鸿沟，沉浸于文艺生活的女人总有许多相通之处，这也是我在某段时间几次寻觅宁的日记的原因。相信她的体验：一个比较依赖于时间的人，以为事后回忆总是有所失真。她渴望真实，所以“一定要在生活时，在记忆新鲜时，在没因距离和时间变味前，立刻记录下来”，这是她一生都在记日记的原因。

一个女人在一个城市过着家庭生活，肩负多重责任，照顾母亲、孩子，一边还活在过去；另一个女人在咖啡馆生活，在追求艺术，没有时间和金钱概念，在写作这个更大的世界里，走得无边无际。像双面薇罗尼卡那样的女人？

宁说，男人永远不可能体验女人经历的孤独。这句话要打上一个问号，因为反之亦然。女人能体验男人一生所经历的那些孤独时刻吗？

这世界上，从午夜到黎明，依然睁着眼睛的男人会比女人多吗？我以为不会。男人为了生存的需要，得闭上眼睛睡觉；而女人，总在夜晚睁着眼睛进入恍惚神游的半梦境之中。

此外，你得相信艺术是缓解精神痛苦的良药。没有爱情的时候，艺术是人生最好的安慰剂。

她又问你：你可以说出一生都叫你牵肠挂肚的几个人吗？一个、二个、三个、四个？

宁形容欲望中的男人的一个很好的比喻："眼睛沉重呆滞。没有梦，像堆干柴，只等爱情燃烧的那一刻。"我以为眼睛沉重呆滞的、没有梦的男人，是如此的笨拙，无趣。

她检阅自己的内心之后，说，"我要仅为狂喜而活，不多的剂量，寡淡的爱情，半遮半掩的一切，令我冷彻心底。我爱奢华！我要来信多得压弯邮递员的脊背，我要书页从封皮溢出，我要热爆体温表的性爱。"

宁："我爱追溯事情的发生轨迹，追啊追，追到起点，但起点在哪里？是记忆的起点还是痛苦的起点？"

宁："我待人热情，周到，友好，但这是表象，一旦涉及深层情感和意义，交往的人就少了。"似乎也是这样。涉及深层情感和意义上的交往，少之又少。

她和剧作家阿铎的关系："在梦里我梦见他拥有了我，他似火的激情震撼了我"，醒来又坚信她和他的关系不是肉体的。她做过很多梦，在梦里和每个人上床。但是，她一直拒绝与阿铎发生性的关系。

日记才读了第一卷的大部分，她在大半个世纪前惊人的、多重的生活，才刚刚打开了一扇门。在第一卷里她作为一个病人，已经让两个精神分析师爱上了她。最后部分刚读到她的一个小妄想，她甚至想去瑞士勾引荣格。这个时期，她是亨利·米勒的情人及知己。

《阿娜伊斯·宁日记》越读到后来，越觉得像茨威格的《昨日的世界——一个欧洲人的回忆》，一是男版的回忆录，一是女版的回忆录，视野都非常的广阔。茨威格在痛苦的批判中挣扎，而宁在女性与自我分析中盘桓。因其柔软，在时代、战争、政治、两性的裂缝中，宁是游刃有余的那一个。二战之后，宁随丈夫雨果从法国避走美国，而茨威格流亡巴西，最终在二战结束前看不到黎明的 1942 年与妻子双双自尽。宁则在美国纽约客居，当她得知了巴黎解放、美国在日本投原子弹的消息，尽管是为了尽快结束战争，她仍在日记里记下："这种暴行简直让我难以置信。"但日本投降之后，她又说，"我们能在这么残忍的世界里继续生活、相爱、工作，这简直令人难以置信，因为我们不知道如何制止残酷的战争，如何掌控历史。"

四部日记反映出的个人史，因为横穿二战而展示了这个时代的很多层面。作为一个女性艺术家，宁对政治的态度一直是疏远的，她认为那些整天整夜谈论政治的人并没有解决任何事情，她喜欢的是那些被爱激励，而不是被权力激励的人。

她把世界分成两大敌对的阵营。一边是艺术家的世界，快乐、创作、自由、无私；另一边是现实世界，贪婪、权力、战争、自私自利、腐败、乏味、虚伪。

在二战后期的美国时期，稍稍有些惊喜地看到了一个个具有影响力的传奇人物在她的小世界里出场：有超现实主义领袖安德烈·布勒东、达利夫妇、达达派及超现实主义画家马克斯·恩斯特（他曾是达利夫人莎拉的情人）、西班牙电影大师路易斯·布努埃尔。宁曾去看布努埃尔的电影，讲到他如何拍摄现实的丑陋面，如麻风病人的手的特写镜头。

还有美国先锋电影的教母玛雅·德伦（我收藏了几部她的黑白片），宁在日记中大篇幅记载了为朋友玛雅的电影打工拍戏的经历，她参加了几部玛雅实验电影的拍摄，提到玛雅既美丽又强悍，意志坚定，工作陷入低谷时需要男人的安慰，跳求爱舞等。某种意义上，玛雅是另一个更梦幻的安迪·沃霍尔，她同时还是舞蹈家和诗人，非常漂亮。玛雅这个二十世纪电影史上的先锋人物，在宁的日记里有血有肉，真真切切。

日记里出现美国著名评论家爱德蒙·威尔逊，宁不怎么喜欢他，但从日记里可以看出与威尔逊也有暧昧的情人关系。威尔逊的前妻是女作家玛丽·麦卡锡，宁在日记里称威尔逊是父亲般的人物。

更重要的是她与美国著名作家戈尔·维达尔的亲密关系。宁在四十多岁时认识了才二十岁的戈尔，宁在日记里写到很多他们的交往以及他们在价值观上的互相影响与分歧。他们的年龄相差二十多岁，但戈尔曾是宁的情人，戈尔后来也是同性恋作家。戈尔曾对宁说："你太热情而我太冷淡，我拥有你缺乏的一切。"

她谈到她错过了另一日后成为大作家的杜鲁门·卡波特，他后来写了《冷血》与《蒂凡尼的早餐》，她称他有"一只我所握过的最柔软无骨的手"，看起来很脆弱，容易受伤，他是她身边所有年轻人中看上去最天真无邪的一个。她遗憾和卡波特是在错误的时刻遇见彼此，当时她身边，有太多孩子般尚未成形的文艺青年包围着。

此外，她还提到去著名建筑师劳埃德·赖特的家，这个赖特，应该就是设计"流水别墅"的赖特吧？

宁日记里提到里尔克说过的一句话，"不论何时，占据你全身心的情感就是纯洁的情感"，看来风流佳人宁也认同这句话。亨利·詹姆斯说人类最大的悲剧是无法沟通。宁补充说道，非私人化，非个体化是友情和爱情衰减的表现。亨利·詹姆斯和宁的说法，我都深以为然。也认同宁说的，"当一个人和另一个人的关系不再亲密、接触不再密切时，他们对彼此的了解就有了隔阂，就好像你站在窗外向屋内张望。"

窗外向屋内张望的场景让我想起法国电影大师戈达尔的《爱的挽歌》里的一个无声的镜头：男人站在窗外，女人站在窗内，他始终在窗外，无声地观察着她，她在里面，但他就是不进入那个房间，只在窗外张望。男人与女人，一窗之隔，那么疏远。

生活帷幕升起，其剧情发展比任何戏剧或电影都有深度，令人惊惧。

继续读阿娜依斯·宁的日记，仿佛走进二十世纪三四十年代，一个多维度的女人的生活。在半个多世纪后，我曾在独自的夜晚听忧伤的蓝调。那也是宁的爱好。她在巴黎和纽约两个城市游走，她说巴黎和纽约，是世界的两极。两种生活，两重天地，引诱身体、刺激感官的是沉溺于酒色的巴黎；行色匆匆、注重实效的是人工合成的纽约。一个侧重精神生活，一个侧重现实生活。现在的巴黎和纽约，是否依然如此？

宁是时代的病人，或一面破碎的镜子。照见他人，也照见自己。

当年的阿娜依斯·宁有段时间是著名精神分析学家奥托·兰克的助手加合作伙伴，情感上的亲密，有点类似于一种父子关系。但兰克渐渐与弗洛伊德观点相左，最终成为弗洛伊德的弃徒，之前他有二十年时间与弗洛伊德在一起。兰克与弗洛伊德的关系切断后，失去的不仅是一个精神上的父亲，一个导师，还是一个世界，一个宇宙。后来，这个孤独的叛逆者，在巴黎遇到了阿娜伊丝·宁。宁成为他的红颜知己。因为兰克的召唤，宁赶去纽约与他会合，与他一起在纽约从事心理分析。

在兰克之前，宁因为自身的种种困扰，曾是另一位法国心理分析医生勒内·艾伦迪的病人，此君曾首创了法国心理分析学学会。在我看来，从事精神分析的女人是非常不简单的。几乎在同时期，另一位大名鼎鼎的女子——尼采曾经最爱的那个俄国女人莎乐美，也成为兰克曾经的老师弗洛伊德的学生，从事精神分析学的研究。宁与莎乐美的区别，或许是莎乐美更接近于抽象的、哲学层面的思维（她可以和尼采大谈哲学，也曾是里尔克的情人，她要了一个没有任何实质内容的形式婚姻），而宁作为一个女作家，更为本真，更为感性吧。

关于时代病，宁很早就说了这番有见解的话了，这是基于她对前来寻求心理分析治疗的各色人物精神状态的观察。他们中有政客、剧院经理、百万富翁、电影明星，各种身份的人。她惊叹于他们人生中最隐秘的那些故事。当她介入病人的生活越深，就越觉得这些人在外面、在大街上、在饭店的行为，就像虚伪的交响乐。

于是她感叹道：难道心理疾病是这个时代产生的新病吗？这个时代的生活节奏太快，人们无暇恋爱、交友，无暇建立相互信任的关系。

我想起了那个词：英国病人。我们自己也是病人。每当忙碌到一天之内没有时间看书、写字、思考、听音乐、胡思乱想，一天便在深夜的黑暗中谢幕的时候，便会感到沮丧，感觉不到生命的意义。只是活着，而不是生活。工作呼啸而来，却感觉不到意义和美好。就像无数紧闭的窗户无法敞开。

你看宁的思考已经具有科幻的味道，因为她已看到明日的城市，及那些不再具有人性的明日之人。人们受内心的高压困扰，只能靠维生素维持生活。果然，在《欲望都市》里的纽约生活，凯丽·布莱肖们以喝一种维他命水为时尚，也许，因为它有一只漂亮的具有设计感的瓶子？

当艾伦迪医生劝告宁对待爱情的态度可以更玩世不恭，只要高兴就行时，宁说，他忽视了一个艺术家深层次的需要。对艺术家来说，深沉圆满的爱是爱情唯一可能的形式。爱不是慢慢消耗生命，而是让生命沸腾。艾伦迪的观点让宁从此不再信任他。因为她不是一个愿意过普通日常生活的女人。

只有兰克的观点一针见血。他给宁的信中写道："艾伦迪一直试图带给你一般意义的快乐，却不知这种快乐永远不可能使你满意。"

美人计其一：性与政治

夜读多丽丝·莱辛，《金色笔记》在床头相伴了有些日子了。莱辛是老牌女作家，不像杜拉斯那么酷，不像阿娜伊斯·宁那么妖，不像波伏娃那么强，也不像萨冈那么任性。那又怎样？她依然让我想到了“性与政治”这个命题。

无论是男人或女人，当性的问题端上桌时，这道菜不仅荤腥而且“政治”。南非作家库切的《耻》里涉及性与种族主义的较量，《等待野蛮人》更是解剖了边境老行政长官和他想拯救的“蛮女”之间，既肉体又政治的荒谬关系。他与她之间，占有、拯救、狎昵、怜悯、接近、疏离等，完全混为一体；多丽丝的《金色笔记》之“戏中戏”，提到女作家安娜写的《战争边缘》，也是讲性与种族的冲突。在殖民地，白人飞行员与黑人女子之间也发生情事。另一部莱辛的《野草在歌唱》中，女主人不耐寂寞与男黑奴发生关系，他成为她的“地下情人”，或者说“性奴”更确切。这个温顺的奴隶之前对她的鞭打从不反抗，但女人在和他有了肉体关系后，再和别的白人一起羞辱、责骂他时，他怀恨在心，杀死了她。

查泰莱夫人和园丁之间也有“政治”问题。那么多版本的电影中，帕斯考尔·费兰的法国版最突出女主人与园丁之间的那种阶级差异，而不仅仅是冲淡了一切背景，忘记自己从哪里来的伊甸园男女。

《金色笔记》中，一对好闺蜜安娜和摩莉在一个世俗意义上的成功男人面前表现出了精神优越感。那是种夹着嘲弄或蔑视的表情，潜台词是：“瞧，我们是女的，但就比你优秀！”——真是很熟悉的表情。

至于那种表情的潜台词，实在是太多了。拥有这种表情的妖精们当年还未修炼成精，成了精的前妖精们，或许早已放下了“性别”二字。所以我这种性别立场比较鲜明的人，也曾因过于强调女性立场而被“不屑”过。

女人们想，真正脱俗的男人在哪里？《了不起的盖茨比》热映时，人们开始八卦菲兹杰拉德，兼消遣起让他不得好死的太太泽尔达，责备醉生梦死、物欲情欲都过盛的泽尔达毁掉了她的金发夫婿，证据是海明威很烦他这意志脆弱哥们儿的老婆。他们又何曾站在泽尔达的立场看待这一对爵士时代代言人呢？有谁想过她在那个爵士时代的艺术梦想，她写小说和跳芭蕾直至画画的疯狂实践呢？而他和她之间，写小说的权利首先，甚至只能属于他，他可曾想过妻子内心是否甘愿只当他文学上的绿叶？毕竟，有些女子爱一个人就忘记有自我价值要去实现，有些女子却不是。

生活不时是荒谬的。我曾为某男性精英朋友讨厌西蒙·波伏娃大怒，竟闹到绝交的地步。我以为从历史的长河来看，波伏娃在存在主义哲学领域永远只能排在萨特后面，但她的《第二性》比任何一部存在主义著作都重要多了，因为这事儿关系到地球一半人口的人类生存与未来处境。但我的男性朋友曾用类似“跪舔”之类的词侮辱这位一生在自我与两性的矛盾中成长、挣扎的女权先驱。我曾愤愤地叱责他的傲慢：“因为你不是女人，所以你轻视对另一个性别意义如此重大的《第二性》。”

如今我不再为这些虚妄的事情生气了。作为时代之女性，你选择成为一棵树、一朵花或一条藤，你自己高兴就是，我也不会再为在装修市场看到男人大声训斥老婆品味差而无端生气了。多年以前网络刚起之时，我也曾用过“红瘦腰”之类妖娆的网名，用这样的名字不知是为了取悦男性还是取悦自己，不过我怀疑在《女艺术家镜像》和《第二性元素》两部跟女性主义有关的书中我写到的每一位女性，除了蕾丝边如格特鲁德·斯坦因等，都是心存取悦男性的心的。或许说，取悦男性，就是取悦镜子里的那个自己。这与女权主义无关，也不意味着女人比男人更想取悦对方，取悦男性的心使女人自我完善起来。

看《金色笔记》时，读到一句很妙的话：

在一群人当中如果有两个核心人物保持着真正的性关系，那么，这种关系就会像催化剂一样影响到其他的人，最终会毁了这个组织。我已见过许多这样的团体，包括政治性与非政治性的。

妙得很。其实，我也见过，在团体、在组织里具有离合器一般效用的女子。就像披头士乐队，分裂的最直接原因就是洋子不仅和列侬睡，也和麦卡特尼睡了。波伏娃除了跟萨特，跟加缪之间也暧昧了。两个男当事人之间的感受比较隐晦，最后的分道扬镳，也离不开这个因素。而如今的性圈子又如何少了，又有多少没有性圈子的职场呢？

性与政治，就这么潜伏于从前到当下所有的男女关系里。聪明的女人又聪明在哪里？我迷麦当娜不是因为她尝过坏小子西恩·潘的老拳，而是尝过老拳后她离开了他，收拾了战衣，依然可以颠倒众生，做光芒万丈的自己。我迷阿娜伊丝·宁，不是因为她放荡不羁情人无数，而是在于她用自己的美享受爱情，而并不去换取别的。

读《金色笔记》时，看到令我“格楞”一下的地方。有妇之夫保罗和女作家爱拉好了五年。他们是情人。之后有一天，他告诉她，他要去尼日利亚工作。然后他似乎是依依不舍地离开了她，而她还在幻想着也跟他过去，开始新的生活。后来她从他从前的同事口中得知，他去非洲，是因为他被一个女人缠上了。她突然明白，他拼命想要摆脱的女人正是她自己。一个男人为了摆脱一个在一起生活五年的情人，只好远走非洲，这到底说明了什么呢？这里面的信息量实在太大了。其实作为一个旁观者的话，我还是隐隐对这个男人产生了某种敬意。尽管，这个女人知道他的真实意图后，其实很受伤。

这两个人的分手是必然的。五年的时间改变了一切。开始时，她作为一个有知识、独立的、有才华的自由女性吸引他的地方，在五年后，统统变成了这个女人的缺点。他最后对她的告诫是，希望她做一个跟大家一样的女人，因为这会对她有好处。

喜欢多丽丝·莱辛，不仅因为她小说写得好。从前都是老男人意淫小萝莉，从《洛丽塔》到我们生活的世界莫不如此，不仅意淫，还将意淫化为现实，男人们可真是个个像大佬呢。莱辛自己年轻时长得朴实，老年时一脸温良，但在她的《又来了，爱情》中，就大胆让一个已步入老年的知性女子拥有过年轻热烈又有才华的中年情人。我喜欢这种大胆的逆袭。

所以说，聪明女子的绚丽人生，总是给人以鼓舞。萧红拥有从萧军开始的几任接盘侠，这不是她的错，错的是可以毁掉她一点绮梦的"黄金时代"，还有她冷酷守旧的原生家庭。

身边有一些美丽的女子，从50后到80后，我大致知道她们的人生历程。穿得最时髦最青春的当然是80后，但是我反倒觉得她们无论观念还是内心都是最保守的一群，相反50后美女，我知道她们曾经如何胆大包天地折腾过，先锋过，她们的人生里已经绽放过盛大的焰火，而且她们有自己点燃那焰火的能力。她们扮过多少角色？女儿、母亲、妻子、情人、闺蜜、哥们儿、红颜知己，还有张楚歌声中的"姐姐"、宋冬野民谣里的"董小姐"、某些男人心中的缪斯女神……我看着她们，就觉得如此这般慢慢老去，也不是件太可怕的事情。

莱辛说旅馆也说得妙。我也是一个喜欢看旅馆场景和旅馆故事的人，虽然大多数旅馆时间是相当平庸的。旅馆相对家来说是一个稍许显出神秘、异样的空间，但一个在旅馆无所事事地看着电视的人，会比同样在家中看同样电视的人更容易有孤独感。脆弱的男人，便会期望从应召女郎身上得到一些慰藉。

在旅馆的时候，心会有更多的不确定。杜拉斯描述的旅馆能让人看到长长的白色窗帘，听到海浪声、钢琴声，感受到男人女人内心的起伏，是我喜欢的旅馆。

如多丽丝·莱辛所述，有时候，旅馆里也有“如波西米亚似的集体调情联欢”，不管你赞成还是不赞成。在走廊上，走过喝醉的人，想拉漂亮女人上床的男人，漂亮自由的女人，四个房间组成的“小团体”。周末，还举行舞会，一个公共的，一个私人的，与日常生活大相径庭的旅馆生活。

《旅馆》，应该就是一部好小说的名字。听起来香艳，自由。一个经常在路上跑的女人，一生会有多少与旅馆有关的记忆？

美人计其二：先做爱，再报仇

能写出人性幽暗与挣扎的都是狠角色，比如美国的两个剧作家，我是彻底佩服的，一个是“大师”尤金·奥尼尔，另一个是“良心”阿瑟·米勒。

大美女索菲亚·罗兰年轻时曾演过奥尼尔的戏剧《榆树下的欲望》，她演的女主角艾比颠倒了众生。奥尼尔这部“伟大悲剧”几年前曾在上海演过，奥尼尔的戏剧有这些让人心跳的元素：同床异梦的老夫少妻，私通的继母继子，作为继承人的儿子和作为夺权人的儿子。

阿瑟·米勒可以与前辈大师抗衡的，一是《推销员之死》，还有就是这部《萨勒姆的女巫》。当我想起《萨勒姆的女巫》里挑起事端的核心艾比小姐时，就禁不住想起另一个《榆树下的欲望》中的艾比。是的，两个艾比，是这两出伟大的美国悲剧的关键人物：一样是欲望法则下不善良的女人，左手爱情右手毒药，把她身边的世界搅个翻天覆地。好心人说，人性可不是用来考验的。可偏偏有时候，就是要在极端状况下考验出人性的黑白，是为“炼狱”。《萨勒姆的女巫》，原名就叫《炼狱》。

《榆树下的欲望》说的是一个令人惊骇的故事。一个女人先是为了夺取财产去勾引七十五岁的老丈夫的儿子，借种生子后忽然发现爱情占了上风，为了挽救爱情竟亲手杀死了她和继子伊本的婴儿，而伊本先是告发了她，最终又愿意为了爱情和她一同赴刑场。它涉及比父弑子、子弑父更极端的也更少被文学作品拿来的母弑子这个西方式的悲剧命题。另一部以母弑子为主题的伟大戏剧是古希腊悲剧《美狄亚》。

一个话剧迷和这样拷问灵魂的戏剧，也属于标配一种。《萨勒姆的女巫》，男主人与漂亮女仆，玫瑰、风骚与调情只是前奏，你孤独或寂寞的内心跟着荡漾不了多久，很快，就得全身绷紧了。因为你，一个凡人，拥有最平庸的亲情和男女关系的凡人，忽然被一只手牵引进黑暗的人性洞穴，无法回头，此时连话剧的间离效果都不能使你清醒，你和舞台上的那些演员一起，经历了人生中不可能遭遇的人性大拷问。恍惚与窒息间，你已经身在舞台之中，成为舞台中的一分子。你，为了自己保命，会不会去指控谁？

女人。美狄亚出于对背叛她的丈夫伊阿宋的疯狂复仇，杀死了自己的两个儿子，她成了西方的复仇女神。农夫的情人艾比呢？在她挑起的一场关于女巫的指控中，她是否也从一个为了家庭被情夫抛弃的小情人，变身为愤怒的复仇女神？

戏剧大师们几乎都不约而同地喜好禁忌题材。阿瑟·米勒不知用多少他体验过的痛苦，浸透了《萨勒姆的女巫》这样一出伟大的悲剧。

米勒是在沉闷的麦卡锡时代写下了这个十七世纪的真实故事，真实案件发生在1692年，正是欧洲的清教徒们大批移民新大陆的时代。彼时，宗教与命一样，是最大的天。麻省的一个村有十九个居民，被一群女孩指证与魔鬼为伍而被判绞死。女孩们最初只是为自己在森林里玩巫术游戏开脱，但最后竟变成了借刀杀人，以魔鬼的名义铲除村子里自己不喜欢的人。看似纯真的少女们，杀人的动机到底是什么？其中一个关键人物，女主角艾比，是为了自保而嫁祸于人。也是因为在苟且之事发生之后，得不到作为有妇之夫的情人的爱而生报复心理。人性的阴暗面被米勒放大，却因为放大，让人看得更清楚真实。

那么如果女孩艾比得到了爱情会怎样？在那个清教徒整肃的时代，她和她的情人将触犯“十诫”的另一规条，农夫为了新欢，只得抛妻弃子与她私奔，去别处生活。也许在若干年后以另一种话语书写，她和他成为十七世纪的爱情楷模、情爱至上者。变成一出平民版的《红字》，或另一出激进版的《廊桥遗梦》。女孩在失爱后被激发出来的人性之恶，也许到死也只是在她的身体内沉睡着，连她自己都不会察觉。那个农夫，在决定跟她断绝关系之前，其实并没有看到她在恶方面的爆发力，他只是一个在家庭和情欲间徘徊的懦夫而已。

她和他之间，难道一定是女孩诱惑了农夫吗？农夫因妻子察觉而终于决定收手，单向度地准备做回一个好男人。他是个有毅力的男人，而女孩身上并没有农夫那样的道德枷锁。无论从爱还是欲望出发，她在偷欢之后更加想拥有他，但她发现她的情人已是铁板一块，并且忽然变得道貌岸然，连她吻他也变成了一次强吻，被他冰冷地推开。农夫的虚伪，激怒了这个从小父母被印第安人杀害，即便被牧师叔叔管教仍野性不羁的女孩，也是有因有果。

失爱使人变得刻薄，邪恶，仇恨世界，仇恨一切貌似幸福的人。女孩体内疯狂的恶之火焰被煽起。在她看来，被情人的老婆发觉奸情赶到大街上是耻辱，而被情人冰冷地拒绝更是耻辱。所以她选择了报仇。一个没有爱的、原生态的女孩，成为充满了个人力量的恶的化身，此类女性还使人联想到美狄亚、莎乐美，《贵妇还乡》中的贵妇，即一贯的西方式的复仇主题。

米勒的着墨点在于杀人的动机。那种为了维持面子，在知道真相后将错误进行到底的残酷的司法者嘴脸，不是我所感兴趣的，因为听闻得已经太多。也许更让人感兴趣的还是爱的主题。爱与失爱。

《萨勒姆的女巫》除了经典的话剧版，还有电影版。丹尼尔·戴·刘易斯演的农夫，薇诺娜· 瑞德演女主角艾比。《布拉格之恋》中的花花公子汤玛斯在这里的表演堪称完美。

农夫与妻子有无爱情？电影中的农夫曾经指责妻子的冰冷，至少说明，农夫在妻子那里曾经得不到温情，虽然妻子是个标准的好女人。他和妻子的隔膜到死前才化解，因为好女人也向丈夫忏悔了她的冰冷。电影没有给出农夫与女孩艾比的那场情欲的任何镜头，使人无从判断两人的男女关系，到底是情多一点，还是欲多一点。或者说，农夫是否仅仅是挡不住女孩的诱惑一时失足？但在两人的一次单独在墙根下独处的谈话中，农夫承认了他也会想女孩，只是他大义凛然地强调说：“但是，如果我再将我的手伸向你，我会砍掉这只手。”就像他妻子在法庭上说的那样：“我丈夫是个好男人。”

那么艾比的复仇，的确是在为失爱而复仇了。而在她的一系列报复行动中，她也在农夫心中彻底走向了反面，她不再是他的女人，而是他的敌人。即便在性命交关之时，他也不会选择与她私奔，而是在地狱相见。

那么艾比有没有第三条道路呢？当然有。在被农夫拒绝之后，她努力隐忍下来，在村里做个好姑娘，嫁给喜欢他的另一个农夫，接受刻板沉闷的生活，然后成为一个儿孙满堂的老妇。但艾比显然不愿意接受这样一种灰色的人生。她要的就是激情中的生活，她这样从小目睹父母被残杀的女孩肯定无法平静。

于是她选择了一种极端的、激越的方式，报复了所有的人，利用了荒唐的法律、傲慢的法官、村里人的人性的弱点，背负着所有的决裂，拿上她的钱，远走高飞。传说后来艾比被发现在波士顿沦为了一名妓女。

至于说人性到底有多幽暗，幽暗之后，会不会有穿过黑洞的救赎，王晓鹰导演版话剧比电影版更给人酣畅淋漓的残酷感觉。

我还记得最后那一句台词：“他现在保全他那正直的美德啦。主不容许我剥夺他的这种美德呵！”这是农夫约翰被行刑前，他的妻子伊丽莎白说的。

美人计其三：遗忘是那么无礼吗

关于爱情，读到夏多布里昂好的那一口。夏多布里昂年纪轻轻就想要高层次的、老派的恋爱，比如他想要中世纪插图中的某个场景：一位年轻的姑娘顺着街道走来，她看到了他的眼睛里面去，她戴着发带，穿着祖母缝制的衣裙，那天晚上屋里激情如火。

很巧，在泰坦尼克号沉没一百周年的下午，我又去看了杰克如何与露丝相遇的故事。依然喜欢这个老故事，喜欢小李和肥温的这些年，看过他们拍的很多电影。这个故事也符合夏多布里昂的爱情公式，惊为天人的一瞥，短短的几天，在甲板的马车里激情如火，不同的是到黎明时分，就生死永隔。

最近孟京辉的话剧《一个陌生女人的来信》上演，但我并没有去剧院。归根结底，是我从来没有喜欢过《一个陌生女人的来信》。这是茨威格的原著中我最不喜欢的小说，我不知道那么智慧温雅的茨威格为什么要写这么个小说。徐静蕾改编的同名电影也不喜欢，一个我不喜欢的内核就算换个孟京辉式的新演绎，我依然是不会喜欢的。

《一个陌生女人的来信》，徐静蕾演这个电影时，一再迷恋那句话“我爱你，但与你何干”，此言出处，乃法兰西作家让·科克托译自歌德的一个句子——“我爱你，那与你有关吗”，但这句话听起来多少有些强词夺理。如果被爱者并不在意你是否爱他，你的爱也影响不到他的任何层面，那么，你的爱又有何价值呢？那不过是你自己的内心戏罢了。

事实上，即便女主是那么口口声声地说“与你无关”，她不是始终在等待一往情深的自己终于被那健忘的负心汉认出来么？《一个陌生女人的来信》小说是我大学时读的，记得当时就读得不开心。女主和她深爱的男人再次上床时，连男人的家仆都终于认出她是谁，但男人依然以为是又一个鱼水新欢，又一朵新鲜桃花。我想，她应该是绝望哀伤憔悴而死。

再说法国美女伊莎贝尔·阿佳妮演了《阿黛尔·雨果的故事》，不是很喜欢那部令人心碎的电影，因为法国大文豪维克多·雨果的女儿阿黛尔的故事悲寒入骨。阿黛尔付出一百，却得不到一。阿黛尔远渡重洋，从法国跑去美洲去追她爱的男人平松，一个只是曾经喜欢过她一下的花花公子，很快，他的喜欢也像一片秋叶般落下了。阿黛尔很快就“秋扇见捐”，哪怕她是雨果的千金，惊人美艳，也无济于事。阿黛尔为平松流浪在异乡，从鲜衣华服到衣衫褴褛，直至最后的精神失常。平松从她身边走过，她已认不出他来，甚至那一刻，连平松这花花公子也觉得有些凄凉，默默地从她身边走开了。不要去想一个美貌绝伦又有家世的阿黛尔为何打动不了一个平庸的青年军官，她就是打动不了他，尽她一切所能，也无法使他爱上她，在爱情这件事上，阿黛尔输得太惨。

女人比男人更易犯某种执拗病，执拗到疯魔，到产生幻觉。西蒙·波伏娃在她的大部头自传里，讲了一个她的女友路易丝的故事。路易丝是一个初级中学的老师，在三十岁时爱上了一个著名男作家。不管怎样，她追这个有妇之夫，并终于使他上了她的床，之后的事情就朝着另一个方向发展了。他退却了，写信说希望一刀两断。他是这么做的，而她却开始了长达一年的自我幻想。她把男作家的行为诠释成种种他其实是爱她的潜台词，并朝着这条路狂奔不止。之后这场爱情成了一场事故，也基本上成为她一个人的表演。她宁愿相信男人的推脱是言不由衷的，他是放不下她的，他为了克制自己的情感也在痛苦煎熬中，他还是爱着她的。他拒绝和她约会，路易丝就跑到他家公寓对面的豪华饭店订了个房间，守望他，一见他从公寓出来就马上冲下去见他，为此男人不得不出于礼貌，请她喝了杯饮料。当路易丝得知男作家生了个女儿，又为自己找到理由——他是因为老婆要生孩子才没有提离婚的，于是她不断用电报、电话和信件去骚扰他，坚决不相信他真的认为他们之间已经结束了。她又不断臆想他的种种细节和举止，认为他误会了她，甚至是吃醋了，然后又为假想中的吃醋写信去解释。后来，她几乎精神崩溃，无法工作，想的是该继续活下去还是自杀。她也正在失去朋友，朋友们因为她的怪异举止而不敢接近她。

波伏娃提到的这个男人其实不算坏。你不能要求他只是为了一次偶尔的风流事件，就得为路易丝的痛苦埋单，他甚至称得上是彬彬有礼地对待了她的纠缠。事情本来就是不公平的：在他，是受了她的诱惑，回应了一下；在她，却是不可自拔地走上一段无望的爱情旅程。

路易丝，一个很有生命力的女人差点就这样毁于爱情。终于，一年以后，路易丝认识到这是一种自我虐待式的自暴自弃。波伏娃最后写道："从那以后，我再没见过她。在很长一段时间内，她一直生活在自己的幻想之中。但终于有一天她对它们厌倦了，于是重执教鞭。我得知，她在抵抗运动中大显身手，后来真的参加了共产党。"

拿到新书《恋爱中的波伏娃》，正是桃之夭夭的春日，又想到路易丝的故事。还好路易丝没有疯掉，她就像是我们身边一个走在桃花树下的活泼爱笑的姐妹，忽有一天坠入情网，从此成了花痴，哭哭笑笑，不得安生。也许我们好多女人身上，多少也有一些路易丝的影子，以一种顽固的偏执激发自己的情场斗志，苦苦地支撑下去，自己跟自己玩这种爱情游戏。还好，等身边的女人们都开始不耐烦她时，有一天女人自动醒转，发现那个人其实早已经与自己无关了。

米兰・昆德拉的《无知》是我很喜欢的小说。里面的一对男女，男人以为女人只是在机场偶尔碰到的陌生女人，想和她玩一段艳遇，再各奔东西，如此而已。而女人以为男人记得她，因为多年前，他们曾经在酒吧邂逅，女人至今还一直留着男人送她的烟灰缸，他们是再续前缘。等他们到旅馆开了房间，上过床之后，女人突然明白，她只是男人的一夜情对象，他根本不知道她是谁。她以为她和他是重逢后的旧情复燃，他们做爱是穿越了时光的情感爆发，原来却是一次陌生男女间廉价的即兴欢娱。于是她崩溃了。

这个女人的崩溃，却是令我肃然起敬。你尊重她因时间和前缘而产生的情感，而那男人，却让人想起昆德拉说的那句话——生命中不能承受之轻。他太轻了，太容易遗忘了，于是也就在时间的河流中失去了分量。

然而，男人的遗忘对女人来说真是那么严重的无礼行为吗？

美人计其四：形而下的床上女人

从看《尤利西斯》改编的电影，到看英国剧团演出的话剧《尤利西斯》，整整过了十年。

电影这门艺术的包容力足够让人惊叹，连《尤利西斯》这样被公认为迷宫般的天书作品都被改编成了电影。我看到的电影版本名字叫《布鲁姆》，英国影片，导演说不上很有名。但是把《尤利西斯》改编成电影这种事情并不是什么人都敢干的，或许胆子大的新锐导演还敢试试。与《尤利西斯》的改编可以比一比的，是普鲁斯特的《追忆逝水年华》被改编成电影，法国人也执拗地想让自己的大师触电。大师过于敏感，所以电影也拍得敏感，很有双鱼座的气息。看过《追忆逝水年华》，经典、奢华、怀旧，却又漫不经心，云里雾里。法国大美女艾曼纽·贝阿演女主角吉尔贝特，我一边赞叹电影拍得美，一边忍不住打瞌睡。后来不甘心，又看了第二遍。

十年前我相信看《布鲁姆》会是一次奇怪的观影经验，十年后发现看戏剧版的《尤利西斯》更为过瘾。舞台变着戏法，一会儿莫莉在床上绮想，一会儿布鲁姆在都柏林小酒馆和男人们鬼混或在海滩边解决他的性冲动，一会儿是深夜两个男人惺惺相惜。拉开一个抽屉就打开了一个世界。乔伊斯，也许他真的同意这样玩？

啃过爱尔兰作家詹姆斯·乔伊斯的《尤利西斯》这部书，怪咖滋味真是难以言说。毕竟，与大部头的文学作品相比，一部再难懂的电影也不过跟你耗上两个小时，比起陪一个乏味又难搞的女人两小时，也不至于厌倦。在爱尔兰，也没多少人读得懂他们的大师乔伊斯的天书，甚至当时的都柏林人还骂这小子伤风败俗。但是现在每年 6 月 16 日这天，都柏林有一个盛大的节日“布鲁姆日”。在这一天，成千上万的人会从世界各地来到这座城，都柏林市长也跟着在这一天作秀，捧起《尤利西斯》念上一段。男主人公布鲁姆在这一天的游荡，被安排成了都柏林的一条重要旅游热线，有的游客身先士卒，去品尝布鲁姆最喜欢吃的早餐——羊骚味十足的烤羊腰子。一本书如此华丽地牵出一个城市的狂欢节，足见得文学的影响力之深，欧洲的穷乡边地爱尔兰，却是文化的富翁。

英国人的电影版和话剧版基本是忠于原著的。只不过是将原著中最后一部分没有标点符号的莫莉意识流的内心独白解构了，将莫莉肉欲主义的内心世界展现在片头和片尾。电影中的这个莫莉，长得挺丰满，穿着丝质的睡衣，表情慵懒而又爱幻想，半是女人半是女孩，一半的良家女子，一半的风尘女子。莫莉对情欲的向往倒是务实的，看起来并不像包法利夫人爱玛那样有杀伤力。话剧版的莫莉呢，歌声优美，高于她的欲望生活，看起来却是一个胖了的迟暮美人，当那些只合在心里秘而不宣的意识流淫荡念头变成台词一一说出口时，莫莉的床上形象难免就显得粗鲁放荡了。莫莉，她在舞台上只是个形而下的床上女人。

报纸广告员布鲁姆呢？早晨他先起床，上街，买羊腰子，取情人的来信和夹在里面的一朵小花，然后回家烤腰子，给床上的莫莉送上早餐，然后又开始一天的游荡。布鲁姆游荡在桥头、酒吧、墓地、市场、医院、法庭、海滩、报社等处，与另一个爱尔兰文艺青年斯蒂芬相遇等等。中间莫莉在家接待情人，布鲁姆为避开莫莉的情人，又到海滩边游荡，见到一个漂亮姑娘坐在海滩边，两人不远不近地互相勾引。布鲁姆想入非非自慰后，才发现站起来离开的姑娘是个瘸子。晚上在酒店遇上激进青年斯蒂芬，有人在酒吧骂犹太人，中年男人布鲁姆和青年男人斯蒂芬遭遇了友情。电影里，扮演布鲁姆的英国男演员将这个中年男人的犬儒主义表演得很到位。

《尤利西斯》中有大量的意识流，电影以一个个荒诞的闪回镜头来表现那种属于白日梦的东西——在布鲁姆的白日梦里，他变成了一个滑稽的情人、勇士，想统治世界，颁布新政的国王和自大狂，甚至是尼采一般的哲学家。作为一个爱尔兰的普通人，布鲁姆的吃喝拉撒都被幽默地表现在影像中，他从白日梦中张狂的国王变成如厕时便秘的问题男人，梦想就以这样的尴尬在现实中跌落。话剧中布鲁姆的白日梦切换得很快，在同一个舞台，几个演员说变就变，要担纲八十多个人物，太挑战观剧者的脑细胞了。

房间里的莫莉是真实的。她的一天就是赖在床上不起，或是在家中穿着性感内衣等待情人，然后等布鲁姆在深夜回到家，结束一天的游荡时，莫莉又已经在床上假寐了。这一对可算是中产阶级的夫妻，结婚多年，有一个女儿，先前他们的儿子早夭，成为布鲁姆内心永恒的痛。他们的婚姻状况是在一张床上各睡一头，相安无事。布鲁姆像受虐狂一般想象妻子在家中接待情人的情形却从不吭声。

电影中最美的部分是莫莉对青年时代的回忆，话剧中，这一段回忆放在了剧终部分。整个剧场顿时安静下来，每个人都听到了从一名少女成为妇人的莫莉的心声。她现在人到中年，如此空虚，可那会儿，恋爱中的莫莉和青年布鲁姆在明媚的草地上甜蜜地相拥在一起，在海滩边，布鲁姆向莫莉求婚，生活无比美好，但后来生活又如此消沉，如此无奈。

所以，舞台上的莫莉，她的声音颤抖了。她拥有过好时光，这是真的！

看着莫莉和布鲁姆就这样被岁月打败，变得平庸、猥琐、苍老和肥胖，我们的心也不由自主地抖了一抖。我们，也会变成莫莉和布鲁姆吗？

尤利西斯为什么要将那个有可能成为永恒的日子定为6月16日？因为这一天，正好是他漂亮、强大又很有人间烟火气质的、会给不在她身边时的乔伊斯写淫秽情书的、他始终无法掌控的妻子诺拉·巴纳克尔的生日。而被认为有些放荡野性的饭店服务员出身的诺拉，成了莫莉的原型。

美人计其五：被边缘化的迪伦·托马斯

《爱的边缘》不如说是一部女性电影，因为电影的背景是威尔士诗人迪伦·托马斯与两个女人凯瑟琳、薇拉的一段生活经历。总免不了想到迪伦·托马斯这个人，他那首著名的诗《不要温和地走进那个良夜》在克里斯托弗·诺兰的科幻电影《星际穿越》中被反复吟诵："不要温和地走进那个良夜 / 白昼将近，暮年仍应该燃烧咆哮 / 怒斥吧，怒斥光的消逝 / 虽然在白昼尽头，智者自知该踏上夜途……"读这样的句子，感性的人很容易就会陷进去。迪伦·托马斯，这个酒鬼、烟鬼，1953 年 11 月 9 日，他在纽约著名的白马酒店，痛饮了十八杯威士忌酒仓促地死了。

我的一个女友说《爱的边缘》把托马斯整得过于黑暗了。诗人的另一面，就是黑暗与阴影吧。迪伦·托马斯如此，兰波如此，特德·休斯也是如此。

这个片子的最后，迪伦在法庭上说他的初恋薇拉的丈夫有杀他的动机，让人对作为一个男人的迪伦的人格很是失望，他在法庭上怯懦阴暗的眼神，让我想起写《冷血》的卡波特。

我更想看的是伊桑·霍克的小成本文艺片《切尔西大墙》，这是根据迪伦·托马斯的著名戏剧《牛奶树下》改编的。

比如迪伦说，“不要温和地走进那个良夜”，这句话就让很多文艺女青年动了心。迪伦的初恋情人薇拉和妻子凯瑟琳，一个是他的天，一个是他的地。凯瑟琳原是著名画家的模特兼情人，迪伦在一个小酒馆遇上她后，实施了跪在女人脚边狂吻其膝盖的攻势，最终抱得美人归。但这个电影把迪伦放在次要的位置，主要着墨于两个女人之间的情谊，这样的角度还是挺难得的，大诗人成了事实上的配角，怎么可能？因为，编剧是女人，名编莎曼·麦克唐纳德。

说到底，女人之间的情谊在文学艺术史上的书写要比男人之间的情谊小众得多，甚至不太端得上台面。“你们女人之间的情谊如何，其实哪怕爱你的男人也不太当回事的”，我一个哥们儿平淡地说。所谓闺蜜，就是泄密，这就是闺的本质了。而女人们却在那儿很一边倒地向往着男人间义薄云天的哥们儿兄弟情怀。

薇拉与凯瑟琳，在感受力和美貌、性情等方面都是旗鼓相当的，各自有着天与地的质感，所以，她们能够真正去欣赏对方的美，成为最好的女性朋友。这段女人之间的情谊源于迪伦·托马斯，事实上又与托马斯无关。有一天，凯瑟琳和薇拉躺在一张床上聊天，两个女人抽着烟，凯瑟琳对薇拉抱怨，她并不比迪伦差，为什么只能做他的灵感。但两个女人的关系却因同一个男人差点反目成仇。薇拉与迪伦的一次上床刺伤了凯瑟琳，这友情在情敌关系昭显后很难再维持下去。

在最后，女编剧安排了迪伦一家离开威尔士之前，两个女人——闺蜜兼情敌的和解与包容。

这个“边缘”，也可以理解为这两个女人的关系。她们再往前走一步可能就成了同性恋；再往另一方面，就成了仇人；而现在，她们是一对彼此怜悯的姐妹花。

女子情谊的小众化表达还是因为一个社会问题，女人们在经济地位上的弱势是根本的原因。男人们的情谊，就像男人是这个社会的主宰，是家庭经济收入的主要来源，于是男性友谊也被书写得响当当的。而女人们的情谊就像女人的私房钱一样，带着私底下的气息。就说借钱这桩事，俗是俗了点，但也是最考验人情的。姐妹有难，需要接济，女人们往往爱莫能助的多，真正能做主的，也就她自己的那点私房钱，很难为姐妹撑起一片天。

电影里，凯瑟琳在外面乱搞惹了麻烦，怀孕了，需要钱打胎，她自己被迪伦搞得很穷，还是闺蜜薇拉说：“我有钱，我们去银行。”看来，闺蜜事急，也是需要有经济基础的。女子情谊不能江水滔滔，细水长流毕竟还是有的，但还是憋屈地，不被将哥们儿义气叫得山响的男人们放在眼里。

迪伦死后数年，他的妻子凯特琳在回忆录里写道：“酒精和天赋共同给了他生命，他不能忍受单靠天赋活着。”或许迪伦真的带上了他的诗，抛下他的两个女人，抛下世间的繁华与酒精，穿越到他曾梦见过的星际中了。

美人计其六：如果外面的世界不存在

最近着迷于看封闭的小环境里男人女人情感冲撞的戏。比如在一只狭小的船舱、火车车厢的软卧小包间、旅馆或别的地方的房间，男人与女人如何相处。由盖伊·里奇导演、他的前妻麦当娜主演的《踩过界》，被拍过多次。讲的是一个小荒岛上被困的一男一女的故事。男的是工人、海员，女的是富婆、资产阶级贵妇人。不一样的阶级，在大社会中，地位低下的海员被这坏脾气夫人使唤着，她俨然是主人模样。但小船出了事故，他们被抛在一个荒岛小社会，于是他们的关系就发生了变化，仿佛回到了原始社会的法则。力大为王，自然男人占了上风。他折磨她，报复她，她为了生存只好低下高贵的头颅臣服于他：给他洗内裤，为他做饭，裸身为他服务，谦卑地吻他的手，甚至吻他的脚。在这种颠倒错位的关系中，男女的本能被激发，终于还是放下阶级仇，共谱鸳鸯曲，一主一仆在荒岛上灵肉相交，疯狂相爱起来。他变得像她的男人，她变得像他的女人。他保护她，她给予他柔情。再后来，他们得救了，女人曾说过她宁愿和他待在岛上，不回去了。当他们看到有救命的船经过荒岛时，女人的第一反应是要藏起来，或许女人是更清醒的那一个。两人的爱欲本来只能在与世隔绝的荒岛发生，可这时男人却信心爆棚，以为她已经被他收服，离不开他了。最终，一到陆地，一切又恢复了常态。男人无可奈何地看着女人离他而去，又回到从前贵妇的队伍中去，只落得孤零零一人坐在码头空悲泣。荒岛上的爱，恍如南柯一梦。

里奇夫妇拍的是重拍版，1974 年意大利拍的原版是著名女导演里娜·韦特缪勒的作品，有个有趣的名字叫《八月的一天由于不凡的命运在蓝色大海上踩过界》。可见这个故事在阶级、性与政治的核心内容上是有吸引力的。人类的男女原欲到底能不能胜过阶级属性，永远也不会有太完美的答案。

在相对封闭的环境中，人更容易达到忘乡的境界，就好像在地下的酒窖里更容易酿出好葡萄酒一样。此情此景，天与地，门与窗，白墙与白床单。你和我。世界变得简单了，滚滚的尘埃退潮了，人性的美妙之处被激发，像一个暖调的盒子，人际的冰山也有了融化的契机。人性被放大了。

男人与女人，展现更真实的平等，或更真实的不平等。

从头到尾不改换场景地拍下去，密集到不透风的台词，一般来说演的人或看的人都会觉得很累，但我偏爱看这样需要投入大情绪的剧。从前看斯特林堡的《朱丽小姐》，看得惊心动魄，剧里一夜，好像我也跟着经历了那一夜；看女性电影《与女人们的对话》，则无限感伤；看林克莱特的动画片《半梦半醒的人生》，触碰到青春期时最柔软的敏感。之后，我开始迷恋于小空间里的男人与女人没完没了的长谈，激发，迂回，躲闪，亲密，疏离，试探，靠近，远离，沉默，以及眼睛的交流。这样的影像要吸引人，无他，只有一个好的剧本，才是关键。

有一个智利的小成本电影《在床上》，是近年来关于一夜情题材非常不错的一部片子。玛提亚斯·比西，一个年轻导演的数码片子，探讨的是一夜情关系中的两个人，在性之后的逐渐深入的交谈怎样改变了两个人的情感关系，而不是性本身。

一开始他们谈的是："我们都做爱了，你还不知道我是谁。"

然后是："我就知道我们会这样""怎样？""就像这样，在床上，我见到你的时候就知道了。"

然后不可避免地问道："你相信爱情的火花吗？"

再后来，一个问，你在想什么。他们躺在床上，在浴缸里的时候，开始编织各自心目中的电影镜头。然后，说各自的一夜情经历。

然后，有在高潮的那一刻喊错了名字的气愤和尴尬。她弹簧一样跳起来，说："不，我是丹尼拉。"

在凌晨四五点，各自接到电话，将他们拉回到自己的情感生活。当他想要她的电子邮件地址时，他们意识到分离的痛苦已经开始了。直到男人问出那句话："你快乐吗，丹尼拉？你满意你的生活吗？"但是她还是清醒地抗拒，说："我们什么也不是，以后也会什么也不是，别再问我快乐不快乐的问题了。"

他和她一直谈到了更深处：他的童年的秘密，阴影；她的爱情和夹杂着爱的暴力与苦难。一起流下眼泪。

现实情况是，他们在走进旅馆前互不相识，她马上就要结婚，而他要出国读博士。这是他们的短促人生，但是情愫已种下因果。

他和她，做爱，谈话，做爱，谈话，笑，流泪，黯然神伤，相依相偎。他们的交流，从身体，到眼睛，到语言。导演不忍让这一男一女走出这个汽车旅馆的房间，天快亮时，他们还待在那儿，在汽车旅馆的床上相拥，衣服散乱地摊了一地。

他们是在夜晚的一个派对上认识的，对上眼就决定去汽车旅馆。在房间，在床上，从陌生到亲密，彼此展示各自的个性和想法，他们是如此坦诚，不知不觉中，暴露了一夜情人们基本不愿意暴露的内在情感，其实你发现他们又是如此默契。尾声时，她和他相拥而卧，慢慢地闭上眼睛，一起睡了。

电影留下的悬念是，这一晚是否会彻底改变他们的生活。

也许我们都很好奇：对于生命来说，一个夜晚到底能有多大的容量；对于当下更多的无意于探寻心灵的欲望男女来说，一个夜晚之后，本质上依然可以是陌生人。但这个偏远南美小国智利人的片子，让人感觉到人心的温暖。无论当初是抱着多么游戏的态度，他和她，在欲望之后，果真无法做到怠慢自己心灵的需要。虽然这样的情感很危险，多有颠覆性。

那位智利男演员有黑色的头发，很迷人，就像是威尔士边锋吉格斯与美国演员伊桑·霍克的混合体，给人感性而又坚定的印象。

美人计其七：男女关系之尺

旅途，车上，看白色封面的《冷记忆》。作者让·波德里亚，法国人，后现代理论的代表人物。短短的片断式文字，断章，很多从男性性别探索女性心理的断章。罗兰·巴特的《恋人絮语》也是后现代文本，将女性作为符号来研究。想象女性、探索女性、挖掘女性。

让·波德里亚是一个怎样的男人呢？他说，无论我们梦见过的是什么女人，情况都是这样。包括将我们带向女人享受的奇迹，因为女人具备这一切，勇敢、激情、爱的能力、狡诈等，而在我们心里，想象只是能天真地聚集起勇气的幻想。

喜欢这段话：经久不衰的东西，就是在每次新遇到某个人时，有在他身上期待一切的可能性。从理念上看，我们都是童男贞女，我们希望在最不起眼的面孔上找到未来的命运，尽管这毫无道理可言。

《茫茫黑夜漫游》也是我很喜欢的小说，从语言到故事。最喜欢里面的一个“恶人”——小说中“我”的狐朋狗友罗班松。塞利纳几笔就能描画出此等败类。他是思想者，独行者，孤独者，又是厌世厌到厌爱情者，是何等的智慧。罗班松在经历了从军，漫游，去非洲，流浪，回到法国，谋财害命当帮凶反倒把自己弄瞎，被安置去另一小城生活，忽然桃花运来，遭遇爱情，又谋财害命杀人等一系列人生事件后，最后的壮举是为了逃避爱情。他从一个女人那里逃离，到一个精神病医院打工。他在精神病医院任劳任怨地护理病人，干最脏最累的活，几乎让我想起《故园风雨后》里，离开家乡前往非洲独居的贵族青年塞巴斯蒂安。万念俱灰的塞巴斯蒂安在摩洛哥的一个养老院当一名看门人，似乎早已告别自己的过去，而罗班松要告别的是仿佛被当真了的爱情。一个女人爱他，从他瞎眼到一点点重见天日，但他早已厌倦人世，觉得自己是一个人渣，而别人也一样是人渣，毫无出路，只有独活于世，不与任何人发生情感联系。罗班松的清醒是可怕的，同时又让人对这坏蛋无赖生出一丝敬意来。小说中的“我”巴勒莫，虽然也有不少恶行恶态，但也时常有善良之举。但罗班松是拒绝善良的，他的恶带着地狱的力量，不像巴勒莫，很多时候是软弱迷惘的，罗班松是从来不迷惘的。

罗班松最后的人生高潮是被爱他的未婚妻找到，在一辆出租车上，当他说出他烦透爱情的真相时，愤怒的女人开枪打死了他。一个恶人在枪声中死去，他的人生几乎是轰轰烈烈的。

纳博科夫的《一则童话》，讲一个男人被一个神秘的女人告知可以满足他对女人的愿望，只要他物色到的中意女人，都可有魔法让她们供他使用，但有个条件，他看中的女人的数目必须是奇数。神秘女人和他约好子夜时分在一个花园别墅碰面，那些女人将在那儿集合，等待他的光临。然后男人就在大街上物色女人了。一个，三个，五个，神秘女人曾劝他差不多了，正好五个，奇数。但这时男人的贪婪劲儿上来了，他又再次去大街上寻找，结果找到了十二个女人时，时间不多了，他拼命要找到第十三个女人，跟踪着第十三个女人走了很长的路，想要看清她的脸，但结果，这第十三个女人正是第一个女人。时间到了，于是一切都化为泡影。

不过，纳博科夫又站出来安慰这个不走运的男人了，让男人说："不过，成与不成，反正都一样。"

火车上，读的是我收藏的《译文》上的小说《天使的指印》。讲一个德国女孩到一个法国长笛音乐家的家里当仆人，被音乐家全心爱上，但她对他几乎无情，甚至麻木，他们结婚，也依然是"他对她做爱"，她完全是静止的一般，但丈夫非常爱她。有一天她为音乐家丈夫去一家店修理他的长笛，遇到了修笛子的匈牙利男人，几分钟后，几乎不用言语，两人立刻爱得难舍难分，而且女人也突然迷上了性。几年之后，音乐家偶尔发现了妻子爱的是别人，连他们的孩子也视那个匈牙利男人为父亲，对自己毫无感情，他的生活被摧毁了。在愤怒中，瞬间的恶念占据心灵，他在火车上杀死了自己年幼的儿子，但终因证据不足无罪释放。事件之后女人失踪了。之后很多年过去，有一天又在一趟列车上，两个男人的目光在一面镜子里相遇，他们始终没有真正看对方一眼，却知道对方是谁，而且很坦然地面对镜中的彼此。

小说中有一句话说得棒：在过去的若干年里，他们互相夺走了对方最爱的人。

小说中讲到男人与女人的关系，是从一开始就定局了的，从此不管怎样，那“关系之尺”几无改变。德国女孩和音乐家最初的距离就是隔着一千米，此后就一直在一千米，无论音乐家如何爱她，她都无动于衷。德国女孩和匈牙利男人一开始便是负距离，马上要彼此融入的那种，此后便是这样。小说作者渲染的是一种情爱“关系之尺”的宿命，真的有道理吗？一个男人与女人的距离似乎从一相识开始便决定了的，这是无法仅用理性来阐释的，里面充满了微妙与玄机。

普鲁斯特的崇拜者，比利时女导演香特尔·阿克曼，曾拍过一部深受普鲁斯特影响的影片《迷惑》。喜欢那种隔着玻璃和水雾，朦胧之中看不清对方的迷惑，男女之间最痛苦又令人无奈的疏离与不解，在爱情的疲惫期到来之后，谜一样的结局。世界上最遥远的距离，就是你在我身边而我觉得你的心很远。《迷惑》里面，她最后是杀了他吗？

美人计其八：作为消费主义奴隶的爱玛

福楼拜最著名的小说《包法利夫人》不愧是名著，在现在看来依然有强大的现实性。小说一再被改编成不同的电影版本，我看的是著名女演员伊莎贝尔·于佩尔主演的版本。

爱玛是一个富裕农民的女儿，嫁给平庸的医生包法利就是想成为城里人，她的婚姻出发点不是为了爱情，而是一种以女性身体换取城市生存资格的交换，她已经把自己当成了一件女性商品。而包法利医生也并非城里人，他只不过是一个小镇医生。爱玛想要实现一个时尚女性的理想，还有很远的路要走。她住在外省，对巴黎的浮华上流社会很向往。她通过订阅当时的时尚杂志和书刊摸到了巴黎的世界。那个纸上的巴黎由各种流行的衣裙、帽子、手套、鞋子、手提箱等元素组成。让爱玛郁闷的是，包法利家的经济实力只够订得起杂志，供她做时尚美女的梦，却不能帮她将梦圆为真实。

另一方面是她的爱情。爱玛购买的那些浪漫小说，消费对象就是像她这种无所事事的中产阶级闲妇。爱玛不必自己动手干活，所以她就有足够的时间看小说，在小说中幻想着爱上自己的风流倜傥的男主角。这时，她碰到了一时厌倦都市生活而来到她的小镇散心的书记员赖昂，爱玛以自己的美貌吸引了赖昂。赖昂回去后，精神空虚的爱玛又遇上了风月老手鲁道夫。这时，爱玛已经完全厌弃了自己又穷又无能的丈夫，她沉迷于情欲之中，并且毫不以成为鲁道夫的情妇为耻。她的精神一步步完成了从爱情幻想到情欲堕落的下降过程。为了摆脱家庭，她想和鲁道夫私奔。但鲁道夫只把爱玛当成玩物，那时的爱玛就是那种自己花钱打扮得漂漂亮亮再跑去向鲁道夫献媚的女人，鲁道夫当然乐得消受，可当他看到这疯狂的女子竟不顾一切地要和他私奔，当即就抛下她不告而别了。

等到爱玛再次和赖昂相遇，他们的关系就由当初的一点纯情变成肉欲和物欲了。他们根本不为未来负责任。为了满足消费欲望，购买那些根本买不起的时髦货，他们合伙以谎言欺骗爱玛丈夫的钱，使他债台高筑。她的消费欲望一经勾起，根本就停不下来，就像一头陷入巨大的消费主义圈套的亢奋的兽，她毫无节制地通过借高利贷把自己武装成一名和巴黎女郎一样时髦的美女。她的脸因亢奋而潮红。而她在消费完那些充满诱惑的商品之后，也消费掉了自己的生存能力。

最后，爱玛在几千法郎的债务面前服毒自尽。电影很冷酷地以自然主义手法展示了爱玛服毒之后在床上走向死亡的全过程。她痛苦不甘的表情说明，她是热爱生活的，她放弃生是多么无奈，她还把由她造成的苦难留给了丈夫和女儿。临死前，她对可怜的丈夫心怀歉疚，但一切已无济于事。因为没有人肯借给她三千法郎，连曾经的情人，富有的鲁道夫都不乐意。这位花花公子面对走投无路的爱玛的哀告，只是冷漠地说："我没有钱。"爱玛知道，如果不死她将身败名裂，被人唾弃为道德败坏的荡妇。更重要的是，从此她的生活将跌入贫穷的深渊，那种小镇贫妇的日子是她最憎恶的，对于曾经像贵妇那样消费时尚的爱玛来说，那种痛苦还不如去死了好。

爱玛死了，对于诱惑十足的消费社会倒是最好的解脱。起码，一切物质的追逐和随之而来的苦难结束了。

德莫斯报告《明天的女人》中说："作为消费者，女人的力量可能比她们意识到的还要大。"她们被"人人都知道，我身上穿的是香奈儿牌的裙子"而驱动。正是这种可怕的"力量"成了女人如爱玛的主宰者。

女性由物质崇拜导致自身的窘境。莫泊桑短篇小说《项链》的女主人公玛蒂尔德的承受力要比爱玛强，面对价值昂贵的项链的丢失她没有选择逃避，而是靠自己和丈夫的劳作去还债。然而十年后，当玛蒂尔德得知项链竟是假货的时候，她已经为此付出了提前衰老和丧失美貌的代价。玛蒂尔德的活着比起爱玛的死，又何等辛酸。

美人计其九：像萨冈的女人

看了个古典片子，也颇有“迷香”的那种香氛，不过不是左岸，是英伦迷香。法国导演弗朗索瓦·欧容的《天使的味道》，讲的是十九世纪一个英国女作家安琪儿的故事。安琪儿本是杂货店店主的女儿，读书时代上作文课时，因出身低微，还被刻薄的女教师取笑。但杂货店姑娘咸鱼翻身，因为她的通俗爱情小说被出版人看中出版了，安琪儿成了畅销书女作家，一夜成名，接着便名利双收。原来身上朴素的衣裙，换成了上流淑女的豪华行头。她还买了座大别墅，别墅的名字叫“天堂”，“天堂”是一座宫殿式的大豪宅，加之豪宅外最令人叹为观止的英式大草坪，你只能相信，女主人公的确是靠编爱情故事一步登天。

导演弗朗索瓦·欧容是有多爱展示豪华奢侈的生活场面呀。法国男人欧容的奢侈癖，估计和拍《满城尽是黄金甲》的张艺谋有得一拼。我就想，一个写通俗爱情小说的女作家的房子，搞得像宫殿那样金碧辉煌总有点不对劲了，女主角脸上浮现的高贵表情，倒时而令人想起法国的几位皇后，玛戈或者玛丽。女主角身材非常的好，肌肤胜雪，为了在镜头里不浪费，欧容安排她裸身坐在豪宅的写字桌前，透过椅背露出后背和一截雪白的屁股。这个镜头又让我想到电影里的乔治·桑仅穿睡衣在房间写作的情形，那是朱丽叶·比诺什演的乔治·桑，形象很有说服力。

因为安琪儿的衣服实在是太漂亮了，漂亮得让人目不暇接，美轮美奂。大红、紫红、绿、乳白、淡紫、黑……漂亮得使人忘了女作家的身份，而觉得她更像只安放在豪宅里的花瓶。

这样还不够万千宠爱在一身。又加了个细节，剧场里，一出爱情戏剧演完了，演员也谢幕了，然后最隆重推出的人，居然是作为编剧的安琪儿。她从包厢一起身，剧场里所有的人都跟着站了起来，向她致意，而她也用优雅的飞吻回报这份热情。我笑，要是好莱坞的编剧们这几天恰好看了《天使的味道》，那么完了，他们肯定内心更加不平衡了，非得将罢工进行到底不可。你看安琪儿这个编剧，得到的是多么隆重的尊崇啊。

而且，她还那么有钱。买豪宅、名画、美服，估计一百年后在巴黎同样通过写作出尽了风头，同样爱好华服的萨冈小姐，都要羡慕这位姐姐了。

不过安琪儿确实有花瓶的脆性。她只在“天堂”里当自己的女王，根本不问现实。后来她那个浪荡不羁的画家丈夫因为战争导致的残废以及生活的幻灭悬梁自尽时，安琪儿的整个世界也塌掉了，这神思恍惚的天使，很快也死了。

也许欧容把物质排场搞得那么大，想说的就是幻灭吧。

《你好，忧愁》是萨冈十八岁时一鸣惊人的老套故事，我看的是新版，下次准备看看珍·茜宝演的老版。

美人计其十：他观看她，她观看他

不管是一个人还是两个人，床越大越好。便于思想，便于欲望，便于孤独。

《革命之路》中，一对中产夫妇听说另一对中产夫妇要离开美国郊区去巴黎时，那个女人莫名地抱着丈夫痛哭。她哭的是，其实她的生活和那个决心出走去巴黎的女人一样无聊苦闷。只是，最后，巴黎只是一个幻梦。她，艾普莉，没有勇气独自去巴黎看一看，却有勇气给自己做个堕胎手术，绝望压垮了企图迈出的脚步。也许我们会说，艾普莉何至于此，如果苦闷了，那么抛下一切，先去巴黎看看再决定下一步，为何不可？

看完萨姆·门德斯的《革命之路》，又想了会儿文德斯的公路电影《德州，巴黎》。只不过文德斯用大量忧伤的音乐作铺垫，让一个内心荒芜孤寂到崩溃的男人踏上公路，让一对分离的夫妻的命运分外感伤。曲子是“黑色属于夜晚”，1927年的布鲁斯。记得那个男人，疲态的步伐总也走不出沙漠。而维姆·文德斯以冷静的写实镜头来处理美国中产的绝望主妇。《德州，巴黎》里的女人，出走后宁愿去当妓女，自我流放，而男人寻找妻子的旅途也与颓废、绝望、酒精、迷失缠绕在一起。谁也拯救不了谁，不如分离了吧。记得他找到她后，有一场令人心碎的谈话，隔着玻璃。《革命之路》讲的是二十世纪五十年代已婚女人的绝望，看着他和她一次次的争吵。夜深，她靠在路上，抽一根烟，这个镜头能闻到另一个绝望的偏执狂——德国导演法斯宾德的气味。还好，萨姆·门德斯是冷静的，他不把自己埋葬进影像中。之前他导的《美国美人》讲的是中年男人的绝望。基调都是忧郁和灰色。两部电影，事实上，都没有巴黎。巴黎只是一个"生活在别处"的致命符号而已。

伤心的并不总是女人，相比为生存而变得更为粗粝的男人，女人对生活的触感却更为敏锐，也更容易失望。男人对生活不满，于是多了好些酒鬼。尼古拉斯·凯奇演的《离开拉斯维加斯》的那个酒鬼，为什么绝望得一塌糊涂呢？

菲利浦·罗斯的小说《垂死的肉身》则告诉我们，美丽的乳房比起酒精更是即将对生活绝望的男人的良药。翻译者的文笔很好，小说也好，所以我至今记忆深刻：一个知天命的老男人和一个二十多岁的女青年的室内故事。所谓室内故事，小说中他和她的交往好像都是在室内。他和她年龄应该相差三十岁以上，这样的关系，还是在室内比较自在些。罗斯的笔异常冷峻，刀刀剖出老男人一口一口地把姑娘的身体当补品吃进去，让自己振作起来的整个心路历程。他观看她，完全是他的视角，他眼中的她，他想象的她。所以，她是一个带点神秘色彩的异化物，她完全是他者。

这是一个男人老了的故事，开始喜欢上下一代了，说明男人是真的老了。老了，唯恐就要来不及似的，自私裹挟着一缕由社会成功身份带来的霸气，便义无反顾地需要消费女性青春用品了。当然他具备拥有这一切的实力。他是教授，文化名人，她的老师，而她除了青春外，几乎一无所有，前程未卜。当然她的乳房，是他迷恋的重点。他和她，除了身体上的关系，精神上有明显的疏离，他还隐隐地对她从他的房间走出去后的另一个世界，属于她的年龄的世界感到害怕。一抵达那里，他不见得有信心。他觉得她对他的态度也有些反复无常，好像她把跟他的性关系当成是一种提前拥抱沧桑的体验，通过和一个比自己老三十岁以上的、集名望与学识于一身的老男人睡觉，她人生的半径是否丰富了许多？

但小说的后半部却是冰冷黑暗的，她得病了，更要命的是她得的是乳癌。后半部是这个男人眼中的一朵鲜花凋谢的过程。之后，她当然不再美丽了。他很细致地，又客观冷静地体验到她不再美丽了。她自身的确是一首挽歌，但小说的气氛是她在他眼里连挽歌都说不上，他对她没有那么多哀伤的情感；甚至，他有点感到解脱（小说中他读她的身体的时候，甚至有些嫉妒的感觉），因为，他终于可以不用迷恋她了。

或许是因为女导演导的戏，电影却变得温情脉脉起来，电影取名叫《挽歌》，“爱”像味精一样撒得到处都是。他爱她，她也爱他，他只是在自己的年龄面前胆怯了，不敢去参加她的生日派对，于是她很失望地走了。两年后她打电话告诉他，她想见他，然后一个憔悴的光彩不再的她再一次来到他家，告诉他她得了病。结局也是温情脉脉的，他在她刚手术后的病床边陪她，她睡着了。电影还加了一首很煽情的歌，一段海边漫步的戏，但是却比罗斯的小说原著逊色多了。罗斯的小说端出来的是真相，但电影是把真相朦胧化了。

也许女导演想，为什么要那么残忍呢，让我们多一点真爱吧。但小说的作者菲利浦·罗斯有句潜台词：我写这个，可不是在写爱情，而是在写对青春的占有，以及行将进入老年之前的最后疯狂，一个体面男人对岁月的挣扎。

女导演伊莎贝尔·科赛特倒是把两个老男人之间的友情处理得相当出彩。本·金斯利和丹尼斯·霍珀两个老戏骨，演这两个男人几十年如一日的友情。最后霍珀死的时候，金斯利吻了他，有点荒诞又令人感动。女学生是西班牙女星佩内洛普·克鲁兹演的，她挺适合演文艺片的，但一到好莱坞就找不到北。

男作家要揭开，女导演要捂上，也许女人心肠太软，到底谁比谁善良呢？

想起另一部法国片，路易·马勒的《毁灭》，一个西式爬灰的故事，朱丽叶·比诺什在其中的短发造型非常美。电影的感觉很紧张绝望，他的儿子看到老爸和未婚妻做爱的这一幕，惊慌失措地从楼梯上摔了下去，死了。未来公公对未来儿媳也有疯狂到致命的欲望，那是种可以摧毁一切的力量。杰瑞米·艾恩斯的眼睛仿佛有个深洞，《洛丽塔》里的那个男人亨伯特，也是他演的。这部电影很好，但我不太喜欢。

美人计十一：爱丽丝和丽贝卡

有些女子并非凡胎，她们生来就是怪异的，有一种灵性的怪异，而这种灵性与怪异要是深究起来，也带着“性与政治”的烙印。《床上的爱丽丝》，苏珊·桑塔格写的唯一的戏剧作品，八幕剧，想来舞台版一定会很有意思。

伍尔芙曾假设如果莎士比亚有一个妹妹，如果莎妹妹也一样的有天才，她的命运会怎样？伍尔芙推测出来的莎妹妹的结局很不乐观。桑塔格提供的是另一个真实样本——美国作家亨利·詹姆斯的妹妹爱丽丝。她也一样有天才，但在十九岁就想自杀，和父亲讨论自杀问题，后来一直疾病缠身，直到四十岁时因病在英国去世。

八幕剧对白很玄乎，对女性问题的一些本质也是点到为止。爱丽丝妹妹是另一个“林妹妹”，只不过她生活在一个西方的才华显赫的世家，有两个天才兄长，他们的父亲认为，爱丽丝的才华在兄妹五个中排列第三，但也属有天才之列（“在我们家你虽不上不下，可放到几乎所有其他家庭中你都无可比拟”）。但令人困惑的是，爱丽丝为什么被自己的天才缺乏出口而折磨得病弱，下不了床，少女时即被忧郁症等各种病缠绕，为什么她的结局除了一个天才的悲剧，其他一事无成？她甚至不如简·奥斯丁，没谈过一次像样的恋爱？

对白中的爱丽丝，她似乎更沉溺于虚无主义，两位兄长更杰出的天才构成了对她的压力？她似乎是带着厌倦出生的。如果爱丽丝没有那么脆弱（看起来她比哥哥亨利·詹姆斯的小说《黛西·米勒》中的黛西小姐更柔弱），她有没有可能成为差不多同时代或更早的简·奥斯丁，还有勃朗特姐妹、白朗宁夫人？

爱丽丝，一个水月镜花的谜。读完剧本依然没找到答案。

“我必须平静下来。我横渡大西洋的时候是十一月。海很平静。但我一步都没有踏出我的船舱。”而她的意识却汪洋般飘流到罗马，仿佛看见了罗马的一切。

爱丽丝妹妹的忧郁至死，难道，仅仅因为她是一个女子？

虚弱之极的爱丽丝在大陆的另一端有一个好姐妹，是古怪之极的丽贝卡，她出自于马尔克斯笔下的《百年孤独》。还记得初读这部外国文学入门书的感觉，惊艳呀，着迷呀，那个颠倒众生呀。从少女到老妇的丽贝卡的形象更是深烙脑中。似乎丽—贝—卡发音的音节，和洛—丽—塔一般，成为一种女子的隐秘代号。丽贝卡是魔性的，古灵精怪的，跟着父母的骨殖莫名降临到马孔多。她令人想到三毛的撒哈拉沙漠中的神秘女子，中东沙漠中行走的蒙面女子，某种迷失在路上的男人在夜半时分的星辰下遇到的十二岁既像天使又像幽灵的女孩。丽贝卡，她吃墙壁吃灰土，她可以在外力的教化下成长为一个马孔多的淑女，在长廊下娴静地坐着绣花，她可以在初次接触到象征文明的自动钢琴时为之着迷，为一个比马孔多的土人更时髦优雅的英俊青年着迷，产生出一种冒牌爱情的情愫；但她身上魔性的、野蛮的一面始终是一触即发的，直到她遇到同样具有原始能量的上校的大儿子，就像天雷地火一般，文明世界的英俊青年顿时显得苍白如蜡像。而这一对野蛮男女，被驱逐到马孔多的主流之外，与狼共舞，在夜半为原始的激情而嚎叫。

印象中，丽贝卡式的孤独曾在少女时代抓住过我。我无法想象她的眼睛，一双天外来客般的孤独却清亮得异常的眼睛。她在世上只有一个同类，没有知己，所以当那个同类被一颗奇怪的子弹谋杀之后，丽贝卡就像自己关了终身禁闭，永远与这个世界隔上一扇最厚的门。

我有一阵子在各种外国电影中寻找丽贝卡式的女子，想起一部男主角是格利高里·派克的电影，名叫《太阳浴血记》，里面的有一头狂野卷发的女主角，有几分丽贝卡的影子，是一部很有张力的老片，一男一女，相爱又相杀，以毁掉对方的方式成全对方。

丽贝卡作为马孔多的异类，作为文明与野蛮冲突的代表，她的巨大转变说明了女性身上也具备原始野性的力量，这种力并非只有男性独有。芥川龙之介的小说集《罗生门》中，有一个故事讲日本古代，一群上了年纪被儿子背上山林抛弃并让其自生自灭的老太太上山之后的事。老太太们上了山一时死不了，又被荒野激起了求生欲望，她们竟变成了很有战斗力的原始野蛮人，甚至是劫匪、女强盗。昔日山下被教化的作为女子的温顺谦恭，到山上后荡然无存。文明对女性身体和头脑的束缚，有时那么强大，有时又是如此虚弱。女子要懂得羞怯、退避，这些都是被后天教化出来的。

《百年孤独》里的其他女人，比丽贝卡更容易找到世界文学中的同类。女巫、妓女、圣母三位一体的皮拉尔这种跟男人乱搞的角色，善良，舍得付出与给予，会算命，很多吉卜赛女郎式的女人也有这种德行。乌尔苏拉这样坚忍有耐力的女人，在各个民族的鸿篇巨制里都能找到一个。男人离开、回归、失心、疯狂、牺牲或变异，女人总在那里，一直在那里。女人是对孤独最有免疫力的动物。1995 年有一部奥斯卡获奖外语片，名叫《安东尼娅家族》，又名《不靠男人的日子》，女主安东尼娅开创了一个类似现代社会中的母系家族，建立起一个小小的“女儿国”，来去的男人只是客卿，只是种马。即便是安东尼娅的下一代中受过高等教育的女知识分子，回到家中依然选择了母辈的生活方式，找个长得帅的男人上床，然后倒立着让自己受孕，除了性的其他事情上，她也并不怎么需要一个男人。

美人计十二：女人的私房话

黄真真的纪录片，隔几年看也不过时。各色各样的女人聚在一起说私房话，这是古代从深宅大院到蓬门小户人家都有的场景。女导演宁瀛的《无穷动》里，中国酷女刘索拉和洪晃们也一边啃鸡爪一边说私房话。有女人的地方就有私房话，只是黄真真要的私房话尺度，前所未有的大胆直露。

多年前，有人将黄真真的纪录片《男人这东西》交给我，说是女人就该看看这部《男人这东西》，另一部《女人那话儿》就给我们男人看吧。看来男性与女性的世界果然如火星与金星，都想互相了解更多一点，都对另一个星球的真相好奇。幸好，香港冒出个黄真真这样的好事者，又是看起来妖艳妩媚又豪爽的漂亮女人。《女人那话儿》和《男人这东西》姐妹篇，就带上了一抹女性主义的先锋的玫红色。

一堆男人对着女导演黄真真谈男人看女人，谈男人的性。都是极隐私的话题，又是镜头冷冷地注视他的眼睛，但是还得说——当然，绝大多数说的是真话，往往过去在亲密的女人那里不敢说的真话，否则就毫无意义。先前我听说黄真真拍了女人和男人谈性的纪录片，最好奇之处倒不是被采访者说了什么——事实上，男人说的大多数内容并不出乎看这纪录片的女人的意料。无非是对一夫多妻制有春梦一般的向往，又害怕那样会麻烦。大多数男人说，家有一妻就够烦了，多妻，意味着你得承担好几倍的责任。香港才子倪震则说，要是多妻又不用负对妻子那样的责任，那当然好啦——想想看，人家已有周慧敏这样的大美人作娇妻了。可见人性欲望这东西，如果没有一个法则来规范，那么大家会玩成怎样一种状态呢？还有，被采访的大多数男人表示喜欢丰胸女子，说那样带出去有面子，感觉就像女人戴着硕大的珠宝一般耀眼。不过倪才子却说他不喜欢，因为觉得波霸女人俗气。

看来对女性的身体，男人总是各有眼光。从前中国男人喜欢小脚女人，从对身体的欣赏爱好来讲，女人也应该理解。

黄真真的《男人这东西》与日本作家渡边淳一写的《丈夫这东西》有很多相似之处。不久前渡边淳一为他的新书《丈夫这东西》来杭州，一些见过他的朋友说，这是个挺坦白的老头。他的小说《失乐园》拍成了电影，很多人看到电影中情欲的疯狂，都觉得沉重骇然，然后想，欲仙欲死固然好，但日子到底还是平实点好，别为了爱一个人，弄到要死要活的地步。

黄真真和男人们探讨男人情欲的对话方式很有江湖味道。当对面的男人说出在老婆那里或许会挨骂的心里话，她常会哈哈大笑。她不是站在女性的立场上，而是个中立者。她的笑是在说："噢，原来你们男人是这样想的呀。"

她的刁钻有时可真让给她的纪录片当“炮灰”的男人们尴尬，他们当中有普通白领、退休阿伯，甚至是嫖客和色情业服务人员，还有很多文化演艺圈名人。黄真真问男人对“老牛吃嫩草”的看法，退休阿伯的话倒也实实在在：“就是因为感到自己老了嘛。”说白了，原来是那种“找补”的心态。

最刁钻的问题是关于男人的遗憾的。黄真真一定要被访的男人在秃发和ED之间选择，还要说出理由。实在是够呛！

不要以为黄真真这“香港性女”拍的电影很“三级”，香港大学开的公共课《人类的性》，还将《女人那话儿》列入必看片目。毕业于香港演艺学院戏剧系的黄真真还因为公开谈性获得“香港十大杰出青年”，纪录片的力量，你不服不行。

劳伦斯的女人经

看到秋叶，就想到D.H.劳伦斯。虽然由他的原著改编的《查泰莱夫人的情人》电影会很不一样，但查泰莱家庄园秋天的树林却是别样的美。

记得劳伦斯的太太是跟他私奔的，也叫弗丽达。但是弗吉尼亚·伍尔芙姐妹俩却还是有些看不起弗丽达，以为她还是档次偏低。有一次温尼莎·贝尔趁孩子们都玩儿去了，抓紧宝贵的时间在画室作画，弗丽达却去她的画室，唠叨家常没完没了，搞得被浪费了时间的温尼莎很烦她。温尼莎此后不客气地下了逐客令，让想进入伍尔芙姐妹俩的布鲁姆斯伯里小精英文化圈子的弗丽达很是委屈加不爽。本来嘛，劳伦斯也不算是真正的布鲁姆斯伯里集团成员。估计他写的《查泰莱夫人的情人》等书，并不怎么对伍尔芙姐妹的胃口。

前几天又看了一下2006年法国人拍的新版《查泰莱夫人的情人》，法国导演的本事在于去掉了这个被反复翻拍的故事的那种传奇性、非一般性，让它变得很一般，于是更让你觉得这起偷情事件的发展是可信的。尤其是园丁除了健硕之外根本不帅，甚至有些肚子，头也有点秃，女主角也不算倾国倾城。让你觉得这一对男女就是从生活中走出来的，而不是经过电影审美化过的。

两个人关系的突破性桥段就很有说服力：

他和她已经有点熟悉了。她到树林里散步，她喜欢园丁小木屋那儿的清静。有时候会去他的小木屋坐坐，晒晒太阳，有一次还竟然睡着了。

有一天，她又去看他的养鸡棚。棚里面母鸡已经孵出小鸡了，她伸进手去抓了几次，没抓住。于是他帮她抓到一只小鸡，然后小心地放到她的手里。

她捧着小鸡，忽然泪流满面。也许小鸡激发了她的母性，为自己因为丈夫的残废当不了母亲而哭吧。

女人柔弱地哭，让园丁不知所措，刹那也就把她当弱女子而非女主人了。他于是用手去揽她。她就靠在他身上，依然哭泣。

于是他急切而又直接地问她："你想做吗？"那么园丁可能是知道庄园男主人——那位残废军人的身体状况的。于是两个人进小木屋亲热去了。

看过几个版本，有一个美国版本的男主角又帅又性感，简直是马龙·白兰度的范儿，这么帅，其实就消解了那种原欲的缺乏和给予，并且轻易就突破了贵妇和园丁的阶级伦理的那种说服力。那个男子哪里是园丁，简直就是好莱坞明星范儿，人见人爱，何况是闺中怨妇查泰莱夫人呢。

法国味的《查泰莱夫人的情人》，又新鲜，又世俗。相比之下，另一部劳伦斯原著《恋爱中的女人》改编的同名电影是英国人拍的却有新浪潮电影的气息，连音乐也颇新浪潮。里面有几个桥段，比如两个男人在壁炉炉火熊熊的室内，赤身裸体地进行角力，摔跤，为的便是展现劳伦斯推崇的那种不经文明开化过的男性的力与美：汗水、肌肉、古铜色肌肤、有雕塑感的身材。富有野性美的雕塑家姐姐，居然以类似于邓肯的自由舞蹈逼退了在河边乱跑的一群野牛。还有男人深夜奔到野外，脱光衣服，用荆棘猛擦裸露皮肤的威猛镜头。

看得我笑出声来，以为劳伦斯还是比较幼稚的。他真的了解女人吗？不过把女人当成雌性符号罢了。电影音乐让人紧张不安，有不祥的感觉。结局果然如此。很早以前看过原著，劳伦斯充其量是个二流作家吧，不如另一名英国作家毛姆。

美女爱野兽

有几个令女人失了方寸的性感男人，比如亨利·米勒。看到《南回归线》的黑色封面，有一条深夜灯光亮起时照射到的铁路，延伸到不明的前方。亨利是粗糙的、下流的、生机勃勃的、性欲旺盛的、才华横溢和想象恣意的——一个天才胚子。他还是一个超级乐观主义者，在一文不名、穷困潦倒之时，他说："我一生中的事情，总是到最后很顺当。"他真的做到了。到八十多岁时，他过得很顺当，有荣光，有艳福。

亨利·米勒说，他需要的不是工作，而是更充裕的生活。他不能浪费时间当一个教师、一个律师、一个医生、一个政治家，或社会可以提供的任何其他什么职位。接受卑下的工作更容易些，因为这使他的思想保持自由。

他认为重要的东西有这些：好的香烟、好电影、书、音乐唱片、留声机、上等牛排等。音乐十分重要，是灵魂的开罐器。他强调，你确切知道，支配生活的不是金钱，不是种族，不是语言，不是习俗，而是别的东西。我很同意他说的"重要的东西"，还有他说到城市：

“有些城市，你甚至不必在其中过夜。”

亨利·米勒这鬼精的妖人。如果人可以分为两种：可以交往的和不可以交往的，那么城市也可分为两种：可以过夜的和不可以过夜的。有些城市如果一个人在那儿，竟然还要过夜，真会觉得又无趣又凄凉。

有阵子老是读凯鲁亚克。脑袋里跳出一个穿唐装摇纸扇吟诵着俳句的凯鲁亚克。如“徒步千里远，与君相觌面，为携美酒归”；如“时光逝如水，一去不复回，我竟浑无觉”。别以为念着俳句的人古井无波，这并不妨碍他在荒凉山顶的寂寞晚上想着女人，梦见女人。他曾经的情人伊斯特拉后来成了美国作家诺曼·梅勒的老婆，真是好玩。不过是梅勒的第几任妻呢？应该不是被梅勒刺伤的那一位吧？

凯鲁亚克和他的哥们儿时常妙语如珠，好像生有莲花之舌，比如——

“吃你的鸡蛋。并且，把你的嘴闭上。

“坐在愚人间，自身成愚人。这就是一切。

“我们谈论和梦想着欧洲，去欧洲也是一个悲哀的梦，浸透了宿雨和悲凉。

“比如刀剑、桨叶或灾难，浮华的青年，一阵狂风，卷走落叶的激流，空气，喇叭号角之声，该受到谴责的火药爆炸，谴责，寻找恶果之过错，诘难，对喧嚣争吵之非难，恶意诋毁……

“这个世界太大了——只有金钱，只有生活，人群狂呼乱叫，数字闪烁不定，但这些数字转瞬就会被遗忘。”

他渴望重现往日孤独的宁静，而内心却又隐约地贪恋尘世之欢——诸如脱衣秀、性爱、安慰、美酒佳肴——所有在山上错过之物——他明白，此刻生活需要寻求宁静，如同一个艺术家那样，但又不止于此。要像一个沉思默想者那样，以冥思代替行动，亦即中国道家所说之“无为”，这将是所有的生活道路当中最美好的一条道路，是介于喧哗的行动与“摩登”的世界之间的一种隐修式的激情。

他说自己从不企求被这个世界所理解，因为这是不可能的。

他说，来吧，到处都是狂野的派对。而他越来越像个布尔乔亚，大腹便便，脸上露出怀疑和优裕的痕迹。

他喜欢美食、美酒与美谈，而乞丐不会喜欢后者。

他的朋友艾伦·金斯堡说：“我们抛弃一切条条框框，我们脱光衣服读我们的诗歌！”“我们要在好莱坞的电影里露出我们的屁股眼。”

金斯堡说凯鲁亚克：“我们曾经进行过一轮挑战，互相盯了二十分钟，或者十分钟。我记不清了，他的眼睛变得越来越疯狂，而我的却越来越疲累。”

凯鲁亚克说威廉·巴勒斯：“穿一套精致的西装，在一个姑娘身边笑着（那姑娘的服饰十分昂贵），谈着威尼斯和它的景致。他是多么的优雅出众，如一支欢愉的竖笛。他坐在罗斯身边，妙语连珠，那些词我一个都没记住，是因为它们实在太完美了，诸如‘我希望它不要像西红柿那么红’。”

为他们疯狂一回，又如何？当一个姑娘还年轻时，不妨爱上几个人渣，有趣的人渣，以后，你有的是时间找个稳妥的男人共度余生。

有些时候，会有“垮”的感觉，只是男人和女人的方式不一样。就像凯鲁亚克说的，也许每个人生命中都有最垮的时候。凯鲁亚克在流浪的途中咬牙切齿地说：“宁可睡在不舒服的床上当自由人，也不睡在舒服的床上当不自由人。”问题是，现实中没有这么绝对的事。很多人，是睡在不那么舒服的床上当不自由人。或者说，不管床是不是舒服的床，我们都当不成自由人。

一段时间没有看到某个人，突然发现那个人身上有“垮”的感觉，那么你可以肯定，他一定是经历过什么对他的人生来说是很大的事情了。那样的事情，一般都会刻在脸上，身体上，成为生命的印痕。不过没关系，“垮掉”之后，还会复活的。

跟他们这几个比，莱昂纳德·科恩是多么温柔的男人。爱女人深沉的、温柔的男人。忘了北京那条街的名字了。有一次和朋友走进去的时候，眼睛一亮，是家音像店。主人很专业，我问他要科恩的 CD，他就问是哪个科恩？当然不是重金属的那个科恩，我要的是那个在切西旅馆住过的摇滚诗人科恩，他的确是个诗人。他写过献给二十世纪六十年代当红摇滚歌星詹尼斯·乔普林的情歌，只是他们很快就分手了。乔普林红了，离开了切西旅馆。科恩的声音超级好听，低沉、感伤、忧郁，是低调的男性诱惑。不过忧伤的人听了他的歌会更忧伤。

那店员酷男孩给我一张别的明星们唱科恩的歌的合集，我不要，我想要的是科恩自己唱的。最后的结果是，我只好买了一张鲍勃·迪伦的。

科恩是我好几个闺蜜的所爱，大约还是因为他如此温柔谦卑地爱着女人吧，就像他的《渴望之书》中的那些写给女人的诗一样。纳兰性德词“一往情深深几许，深山夕照深秋雨”，说的也是老男人科恩吧。

也有女人去小酒馆吗

有一段时间，我在迷菲兹杰拉德。比如我读完理查德·耶茨的一本书《年轻的心在哭泣》，就随意写下了几句——“发现耶茨真的有点像菲兹杰拉德，酒，女人，崩溃和崩溃边缘，艺术和各种想跟艺术ML的人，漫无边际的孤寂”。

这个写了小说《革命之路》的美国佬理查德·耶茨，被称为焦虑时代的代言人，比菲兹杰拉德的黄金时代晚些，不过两个人倒有很多的相似之处，年轻时还都长得帅，有才华，去好莱坞当过不成功的编剧。当你念念不忘地沉迷于菲兹杰拉德时，耶茨可以使我想起他，海明威也可以使我想起他，甚至八竿子打不着的伍迪·艾伦似乎也可以使我想起他。

谁让伍迪·艾伦要拍一部《午夜巴黎》呢！而且，还要让在巴黎游荡的主人公坐一辆叮当作响的古董车穿越到巴黎的二三十年代。伍迪·艾伦倒未必是为了菲兹杰拉德，他恐怕是被海明威所说的“流动的盛宴”迷住了，所以他将菲兹杰拉德夫妇、海明威、达利、毕加索、格特鲁德·斯坦因等一干古人都请了出来。夜巴黎的盛宴仿佛没有终结之时，古董车到站，停下，又启动，下一站是哪里？花都小酒馆。

我曾说过，小酒馆是男人们在一起密谋些什么的地方，不过这个判断或许针对已经去世的捷克前总统哈维尔更合适。一场恋爱，或者一场革命？那都是要伤筋动骨的，别的地方都太温婉，当然只有在小酒馆最合适。哈维尔到小酒馆谈政治，同时也听他喜爱的摇滚乐，他爱“地下丝绒”，他爱弗兰克·扎帕，他爱平克·弗洛伊德——我想，他是爱摇滚的“无权者的力量”吧！他也爱他志同道合的妻子奥尔嘉，她很配合地称他为“一个梦想家、浪漫主义者和大嘴巴”。这位布拉格之子曾在一家啤酒厂打工，每天早晨四点钟起来滚啤酒。世界正在分崩离析，但是布拉格人热爱和平。哈维尔式的政治充满张力、想象力和趣味，所以，会有哈维尔式的平滑柔软的“天鹅绒革命”。

至于菲兹杰拉德们，小酒馆里没有那么大的格局，只有红男绿女，醉生梦死，艺术家们和艺术家们的恋爱，盘根错节。

菲兹杰拉德和泽尔达这一对美国“黄金时代”的金童玉女，到了巴黎就同进同出花都各小酒馆，夫妻俩经常吵架，然后和好，爱得疯狂。华尔兹跳得很好的泽尔达，跑到了伍迪·艾伦的电影里，依然是只不驯的母兽，海明威则依旧不喜欢她。海明威也因为哥们儿菲兹杰拉德有点“妻管严”，而看不起金发温柔的哥们儿。再过几年，他们都已离开巴黎回到美国，海明威功成名就，而菲兹杰拉德在《了不起的盖茨比》之后一路潦倒，穷于应付酒精、女人和生活的各种巨大开销。菲兹杰拉德曾写信向海明威倾诉，而海明威报之以一篇逗乐的

“悼文”，拿哥们儿的痛苦一顿刻薄加嘲笑，这是后话。看来男人们在酒馆里建立起来的友谊，也不能期冀有多靠谱，更不用说“有福同享，有难同当”了。

不管怎么说，我以为独自坐在小酒馆里能镇得住的女人都是大女人，起码，她身上是有非同一般的特质的。如果把泽尔达夫妇替换耶茨的小说《革命之路》中的那对夫妇，那结局不是一方自杀，而是要搅个天翻地覆，然后都精神崩溃了拉倒。

大男子主义的海明威或许更喜欢服从的女人，他自己的四个太太，有点像毕加索的女人们那样，基本是个悲剧。曲曲折折前后四任太太，据说他承认第一任妻子——比他大八岁的哈德莉——是他的真爱。哈德莉生了孩子后，不太打扮了，在海明威眼里变胖变丑了，于是他有了二、三、四、五，一段又一段风流史。在海明威眼里，爵士时代的黄金伴侣应该就是他和他的哈德莉，才不是菲兹杰拉德和泽尔达呢。他们在巴黎待了八年，很穷很快乐。他的情书充满欲望且煽情：“我多希望在还只爱她一个人的时候就死去。”他当然不曾那么快就死，而且背叛了他的真爱。等他老了，他后悔了。

他认为他哥们儿的老婆泽尔达有一双锐利的“鹰的眼睛”，目光很有侵略性，这双眼睛即便在昏暗的小酒馆里，依然是特别的。泽尔达的结局确实不好，因为疯狂的理想和现实总是达不到和谐，她后来干脆疯掉了。她跳舞，会停不下来，直至精疲力竭，这一点竟让我想到疯狂跳舞的俄罗斯天才尼金斯基。

我对这样的女人充满敬畏。男人的小酒馆也是她们的舞台，是孔雀开屏时的背景。

伍迪·艾伦在《午夜巴黎》里安排了一个女演员和毕加索纠缠。毕加索也是有说头的，许多年前他的展览就曾登陆上海，据说此前作品在台湾展出，有家媒体干脆取个标题叫“八个女人来了七个”，其实是指毕加索的画作中，有七个曾经跟他有过关系的女人是原作的原型。至于跟他在小酒馆里一起混过从而滋生出情欲的女人，我最喜欢的是“洗衣船”时期的小女友费尔南德，一个个子高高的小模特，经常跟同样是小青年的毕加索赌气。这是一段跟蒙马特的 LeZut 等波西米亚小酒馆有关的今朝有酒今朝醉的豪放爱情，也是平等的恋情，又穷又自由，在冬天尤为肆意。另一位情人多拉·玛尔，从南斯拉夫到巴黎混的女艺术家，喜欢她的长相，在认识毕加索前也是位很活跃的摄影家、画家，是可以才华横溢又烟视媚行地在小酒馆里和男人们面对面的——他们就是在这种地方认识的。结果，倒霉的多拉成了毕加索的俘虏，继而成了《哭泣的女人》的原型永远被定格在哭泣状态，这种小酒馆虐情，实在是，太虐了！

“极度的亲昵之后是完全的冷漠”，作为艺术家们“另一个家”的小酒馆，的确也透着这般妖魅的气息。

在喧嚣与泥沼中辗转的间隙，读菲兹杰拉德的《崩溃》，这是金色头发敏感浪漫的菲兹杰拉德在人到中年里对那个纸醉金迷的爵士时代的回忆，无限缠绵，无限忧伤，皆因落日镕金，而往昔不再。和茨威格的《昨日的世界——一个欧洲人的回忆》都有那种很浓的失去的伤痛，是浓的痛，不是淡淡的。那些形容往昔风华岁月的辞藻依然华丽，而现实已经暗淡：才华枯竭，精神危机，生命力衰退。他说到了崩溃，是的，他和妻子泽尔达这一对璧人的神经脆弱，是需要“小心轻放”的，远非他的哥们儿海明威那般粗糙。我说理查德·耶茨像他，一样的帅，一样脆弱的易碎品，溺于酒精，自怜自伤。当然，菲兹杰拉德更有独一无二的华丽，谁让他在青春期便生逢战后的黄金时代呢？然后一天天地走下坡路，三十年代来了，四十年代来了，他们殚精竭虑地寻欢，活得不耐烦，合着时代的节拍，去感受黄金时代无可阻止的终结。

他用了“Crack up”这个词。他对泽尔达说：“这裂缝在我心里。”真的有点心疼他。

他们始终记得整个里维埃拉在他们脚下的沙滩上熠熠生光：“在那个绚烂无双的时刻，生活确乎成了一个梦。”

后记

这几年来，于写作事上颇感迷茫。在给自己关于写作的“有所为有所不为”的限制令中，总有些左右不是、左右都为难的感觉。但读书仍然是我生命中肯定能排前几位的快乐事，所以迷茫之中，往往就选择了做“快乐事”，而不是做“为难事”。身边诸友，有依然很执着于自己的精神世界不怎么理会外界喧嚣的，也有在意与这个鲜活魔幻的世界的互动的。一个作者，写与不写，为自己写还是为别人写，为精神写还是为名利写，都是问题。

可以交代给读者的是，这十几万字是我这几年基本无目的性的写作，懒得连给媒体投个稿的事都免了。你或许可以从字里感受到我慢条斯理的、有些私人气息的、刻意与这互联网时代保持距离的节奏。我是有些执拗的人，一个趣味至上主义者。在这世间熙熙攘攘皆为利来、皆为利往的时代，我也已经在谋生的路上扑腾多年。随着人生渐入中年，时间总是不够用，我已忍痛戒掉了不少的私人爱好，文字就成了我仅存的不愿戒掉的私人乐趣，是背街小巷中某一处隐秘的花园，任外面市声嘈杂，这里的花园仍然有四季的花开花落，我内心就更加想呵护这点像杜丽娘那样独步花园的小乐子，期盼可以使它长长久久，润物细无声地在生命里蔓延。

感谢出版人张杰，如今这些字在他的热诚推动下，终于要出版了。但我还是觉得这世间特别有上进心的、有征服欲的人是不适宜阅读此书的，有的书讲的是如何抵达成功，而另一些书仿佛就是他们人生里的反义词堆积而成的，我的这本就是。我迷恋着终将灰飞烟灭的锦灰堆，迷恋着毛姆迷恋过的中国屏风，迷恋王尔德的西洋礼帽，迷恋着普鲁斯特的小马德莱娜饼干，迷恋着西门庆家的那点事，迷恋《海上花列传》，迷恋着无数莺莺燕燕古典佳人和无数金发女郎；我迷恋酒馆里的坏男人和作为女性对照物的雄性，迷恋亚历山大，迷恋佩索阿的里斯本和浓雾中的利物浦……我在文字里又是偷香，又是窃玉，不亦乐乎。我是那么的任性，有小小的颓废和堕落。眼前的苟且于我已经越来越失去吸引力，如果我遇到一个同类，一个也是任性的人，不上进的人，有些不合时宜趣味的人，那或许，我拍一拍你的臂膀，说："原来，你就在这里，我的读者，且让我们一起温柔地走进这个良夜。"

或许这一切，连同这所有的字，终究只是一场梦，一场锦灰堆边的蝴蝶梦吧。

萧耳于杭州山水人家

2016 年 3 月 20 日